读客

读客悬疑文库

认准读客读悬疑，本本都是大师级。

EIGHT MILLION WAYS TO DIE

八百万种死法

LAWRENCE BLOCK
[美] 劳伦斯·布洛克 著
姚向辉 译

江苏凤凰文艺出版社
JIANGSU PHOENIX LITERATURE AND ART PUBLISHING, LTD

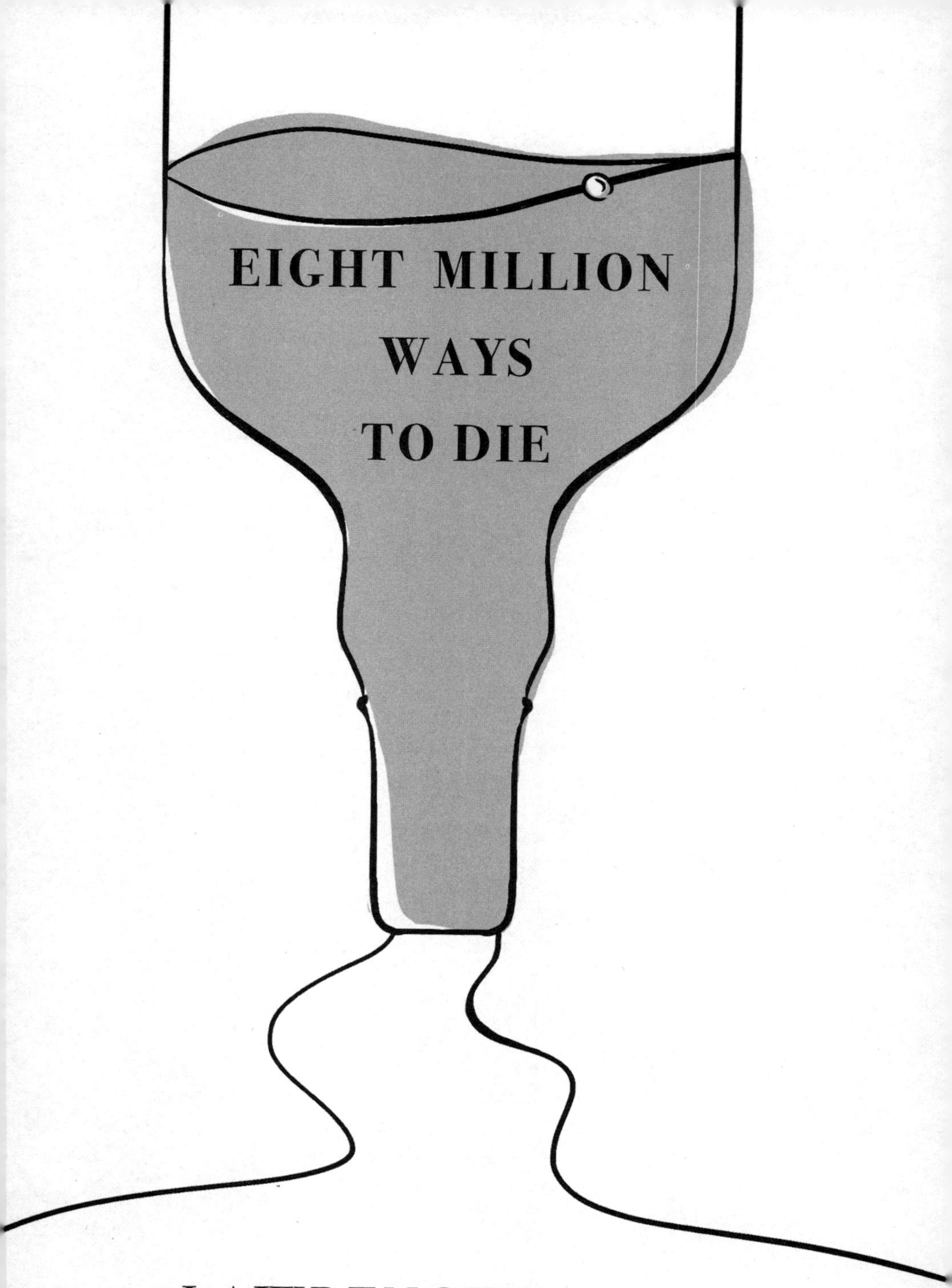

EIGHT MILLION WAYS TO DIE

LAWRENCE BLOCK

美丽女人的死亡，毫无疑问，是世上最有诗意的主题。

——埃德加·爱伦·坡

1

我看见她进来。想错过反而比较难。她的金发近乎白色，要是孩子长这种发色就是所谓的黄毛丫头。她的头发编成粗辫子盘在头上，用发簪别住。她额头高而光滑，颧骨突出，嘴巴只稍微大了那么一丁点。算上西部风格的皮靴，她足有六英尺高，高度几乎全在腿上。她穿设计师品牌的酒红色牛仔裤和香槟色的毛皮短夹克。雨断断续续下了一天，她没拿伞，头上也没戴帽子。水珠在她发辫上像钻石似的闪闪发亮。

她在门口站了一会儿，让眼睛习惯光线。今天星期三，现在是下午三点半左右，阿姆斯特朗酒馆的生意能有多清淡就有多清淡。吃午饭的人群早已散去，但这个时间对于下班后的顾客来说又太早。再过十五分钟，会有一两个教师进来飞快地喝一杯，然后是罗斯福医院四点下班的几个护士，但此刻吧台前只有三四个人，还有一对男女坐在靠近门口的一桌，桌上装葡萄酒的卡拉夫瓶就快见底。再没别人了。当然了，我不算，我占据了最里面我通常坐的那桌。

她很快认出了我，即便隔着整个店堂，我也看清楚了她的双眼有多么蓝。不过她还是先去吧台确认了一下，然后穿梭于酒桌之间，走向我坐的位置。

她说："斯卡德先生？我是金·达吉南，伊莱恩·马德尔的朋友。"

"她给我打过电话。请坐。"

"谢谢。"

她在我对面坐下，把手包放在我和她之间的桌上，取出烟盒和一次性打火机。她正要点烟，忽然停下，问我介不介意她抽烟。我说没问题，你随便抽。

她的声音和我想象中不一样。这个声音很柔和，所带的唯一口音属于中西部。见到长筒靴、毛皮夹克和分明的面部棱角，加上异国情调的名字，我以为她说话会像性虐狂幻想中的人物：粗哑严厉，带欧洲口音。比起我的第一印象，她实际上更年轻，顶多二十五。

她点燃香烟，把打火机压在烟盒上。女招待伊芙琳过去这两周一直上白班，因为外百老汇的某个剧目给了她一个小配角。她看上去总像要打哈欠。她来到桌旁，金·达吉南正在玩打火机。金点了一杯白葡萄酒。伊芙琳问我要不要加点咖啡，我说好的，金说："噢，你准备喝咖啡？那我不要葡萄酒了。没问题吧？"

咖啡端上桌后，她加入稀奶油和糖，搅一搅，尝一尝，告诉我她不怎么爱喝酒，尤其是时间还这么早，但她也没法像我这样直接喝黑咖啡，她从小到大一直没法喝黑咖啡，她喝的咖啡必须香甜、奶味足，就像甜点似的。她觉得她很幸运，因为她的体重从来都不成问题，她愿意吃什么就吃什么，一盎司都不会多长，难道这样不是很幸运吗？

我表示同意，确实幸运。

我认识伊莱恩很久了吗？我说好几年了。哦，她认识伊莱恩其实没多久，事实上她来纽约都还不算特别久，她和伊莱恩并不怎么熟，但她觉得伊莱恩为人非常好。我同意吗？我同意。伊莱恩还非常冷静，非常有判断力，很了不起，对吧？我表示同意，确实了不起。

我并没有催促她。她有几英亩的闲聊话题，她说话时面带微笑，直视你的双眼，她去参加任何一个选美比赛，就算无法摘下桂冠，多半也能得到最具亲和力小姐的头衔。假如她要兜一些圈子才能谈到正题，对我来说也没什么不好的。我没其他的地方要去，也没更好的事情可做。

她说："你当过警察。"

"几年前。"

"现在你是私家侦探。"

"也不尽然。"她的眼睛瞪大了。这双眼睛的蓝色非常鲜亮，色度非同寻常，我怀疑她戴着隐形眼镜。软性镜片有时会对眼睛颜色造成奇异的影响，改变某些色调，加深另一些。

"我没执照，"我解释道，"当初我决定不再戴警徽的时候，同样不认为我想换个执照带上。"我也不想填表，不想记账，更不想找税务员登记，"无论我做什么，都是非正式的。"

"但你做的就是这个对吧？你就靠这个过日子对吧？"

"没错。"

"你做的事情，你管它叫什么呢？"

就叫它混口饭吃吧，只是我不怎么主动去觅食。工作主动找到我。我推掉的比我能处理的多，接下的都是我找不到办法拒绝的。此时此刻我在琢磨这个女人到底要我干什么，还有我该找什么借口拒绝她。

“我不知道该叫它什么，”我对她说，“不妨说我给朋友帮忙好了。”

她表情一亮。自从进门以来，她几乎总在微笑，但笑意还是第一次涌入她的眼睛。“哈，该死，真是太好了，”她说，“我正需要别人帮忙。说起来，我也需要一个朋友。”

“你碰上什么难题了？”

她又点了支烟，争取了一点思考时间，然后垂下眼睛看自己的手，她把打火机摆在烟盒上的正中央。她的指甲修得很漂亮，留得挺长，但不碍事，染成茶色波尔图酒[1]的颜色。她左手中指戴着一枚金戒指，上面镶了一颗方形切割的偌大祖母绿。她说：“你知道我是做什么的。和伊莱恩一样。”

“我能猜到。”

“我是妓女。”

我点点头。她在座位上坐直，摆正肩膀，整理毛皮短夹克，解开喉咙口的搭扣。我闻到一丝她的香水味。我闻到过这股芬芳的气味，但不记得具体在什么场合。我拿起咖啡杯，一口喝完。

“我想退出。”

“退出这种生活？”

1　茶色波尔图酒：红葡萄酿制的波尔图酒，在木桶中陈酿，使其逐步氧化和蒸发，颜色较深。——译注（本书中注释，如无特殊说明，均为译注。）

她点点头："我做这一行四年了。四年前的七月我来到这儿。八月、九月、十月、十一月。四年又四个月。我今年二十三。还年轻，对吧？"

"对。"

"但感觉上已经没那么年轻了。"她再次整理短夹克，重新系上搭扣，灯光照得她的戒指闪闪发亮，"四年前我走下长途汽车，一只手拎着手提箱，另一条胳膊搭着牛仔上衣。现在我却拥有了这件养殖貂皮。"

"非常漂亮。"

"我愿意拿它换那件旧牛仔上衣，"她说，"要是时光能倒流就好了。不，我做不到。因为就算时光倒流，我还是会做相同的事情，对吧？唉，回到十九岁，知道我如今所知道的一切，但唯一有可能的出路是我十五岁就开始卖，那样我现在恐怕已经死了。我在胡说八道了，对不起。"

"没关系。"

"我想退出这种生活。"

"然后做什么呢？回明尼苏达？"

"威斯康星。不，我不会回去，老家没什么值得我回去的。我想退出不等于我想回去。"

"好的。"

"那样一来，我会给自己制造出许多麻烦。我把事情简化成了两个选择，A不行我就必须选B。但这么想并不对，字母表里剩下的字母还很多呢。"

她倒是随时可以去教哲学。我说："金，你要我干什么呢？"

"哦，对。"

我耐心等待。

“我上头有人拉皮条。”

“他不肯放你走？”

“我还什么都没对他说呢。我觉得他也许已经知道了，但我什么都没对他说过，他也什么都没对我说过，而且——”她整个上半身颤抖了一小会儿，嘴唇上方冒出亮晶晶的冷汗。

“你害怕他。”

“你怎么猜到的？”

“他威胁过你？”

“不算是吧。”

“这话什么意思？”

“他从没威胁过我，但我感觉受到了威胁。”

“还有其他姑娘试过退出吗？”

“不知道，我不怎么了解他其他的姑娘。他和其他皮条客非常不一样，至少和我认识的那些不一样。”

他们每个都不一样，你问他们手下的姑娘就知道了。“怎么个不一样法？”我问她。

“他更优雅，更温和。”

是哦。“他叫什么？”

“钱斯。”

“是姓还是名？”

“所有人都只叫他这个。我不知道是姓还是名，也许都不是，也许只是绰号。生活在这个世界里的人在不同场合会用不同的名字。”

“金是你的真名吗？”

她点点头："但我还有个花名。我在钱斯之前还有个皮条客，叫达菲。他自称达菲·格林，但也叫尤金·达菲，他另外还有个偶尔用的名字，不过我已经忘了。"她想到往事，露出微笑，"他拉我下水那会儿我真是太嫩了。他虽然不是在我刚下长途汽车时就盯上了我，但也差不多了。"

"他是黑人？"

"达菲？当然，钱斯也是。达菲让我站街，我们在莱克星顿大道上走来走去，有时候风声太紧，我们就过河去长岛市。"她闭上眼睛，停顿片刻。她睁开眼睛，继续道："刚才被回忆冲了一下，那会儿站街的生活。我的街头花名叫斑比。在长岛市，我们在嫖客车上做。他们从长岛的各个地方开车来嫖。莱克星顿大道有家旅馆供我们交易。我没法相信我做过那种事情，我曾经那么生活过。天哪，我真是太嫩了！我并不天真。我知道我来纽约干什么，但我毕竟还是太嫩了。"

"你站街站了多久？"

"肯定有五六个月吧。我不太擅长，但我长相不错，而且会——你明白的——会演，但我缺少混街头的机灵劲儿。我发作了几次焦虑症，连门都出不了。达菲给我东西，但除了害得我恶心，什么效果都没有。"

"东西？"

"你明白的，毒品。"

"好的。"

"然后他送我进妓院，这就好一些了，但他不喜欢，因为那样一来，他的控制力就弱了。哥伦布圆环附近有一套宽敞的公寓，我去那儿工作，就像你去办公室上班。我在妓院里又待了——我算一算——大概六个月吧。就那样，然后我跟了钱斯。”

“事情是怎么发生的？”

“有一天我和达菲在一家酒吧里。不是拉客的那种酒吧，而是一家爵士俱乐部。钱斯走进来，在我们的桌前坐下。我们三个人坐在那儿聊天，然后他们扔下我，出去聊了一阵，再之后达菲单独回来，叫我跟钱斯走。我以为他的意思是叫我去睡他，你明白的，我以为他是嫖客，我很生气，因为那天晚上我们本来该一起乐乐的，凭什么忽然要我去工作。明白吗？我没看出来钱斯是个皮条客，然后他解释说从今往后我就是钱斯的人了。我觉得我就像被他卖掉的一辆车。”

“所以他真的把你卖给了钱斯吗？”

“我不知道他到底做了什么，但我从此就跟了钱斯。情况还挺好，比我跟达菲的时候强。他把我领出妓院，让我听电话应召，然后一晃就——唉——三年了。”

“而现在你希望我帮你脱身。”

“你能做到吗？”

“我不确定，也许你自己就能做到。你和他说过什么吗？拐弯抹角暗示，直接谈起，诸如此类的？”

“我很害怕。”

“害怕什么？”

“他会杀了我，或者破我的相，或者用什么别的方法，或者说服我放弃念头。”她凑近我，把波尔图红酒色的指尖搭在我手腕上。尽管我知道这个动作是经过算计的，却依然有效。我呼吸着她芬芳的气味，感受她性感的诱惑力。我没有被撩起性欲，也不想占有她，但我不可能察觉不到她的性魅力。她说：“你能帮我吗，马特？”然后立刻又说，“介意我叫你马特吗？”

我忍俊不禁。“不，”我说，“不介意。”

“我挣了些钱，但不能由我自己保管，再说我做应召比站街挣得多不到哪儿去。不过我稍微有点钱。”

“是吗？”

“我有一千块。”

我没说话。她打开手包，取出一个白信封，手指伸进翻盖口，打开信封。她从里面取出一沓钞票，放在我和她之间的桌上。

“你可以代表我去见他吗？”她说。

我拿起钱，攥在手里。机会找上门，要我为金发妓女和黑人皮条客居间调停。这可不是我梦寐以求的那种角色。

我想把钱还给她。但我离开罗斯福医院才九天或者十天，还欠医院的钱，下个月一号我的房租就要到期，而我很久没寄钱给安妮塔和孩子们了，时间长到我懒得去记。我钱包里有钱，银行里还有更多，但加起来一共也没几个大子儿，而金·达吉南的钱和其他人的钱一样好用，况且还更容易挣到手，再说她怎么挣钱和我又有什么关系呢？

我数了数钞票。都是百元旧钞，一共十张。我把五张留在我面前的桌上，另外五张还给她。她的眼睛稍微瞪大了一点，我猜她肯定戴着隐形眼镜。没有谁拥有她这个颜色的眼睛。

我说：“先收五张，事后再五张，前提是我能帮你脱身。”

“成交，”她说，忽然咧嘴微笑，“你可以提前把一千块全拿走的。”

“有点激励，我办事也许更卖力。再来些咖啡？”

“看你还喝不喝了，另外我觉得我想吃点甜食，他们这儿有甜食吗？”

“山核桃派很好，芝士蛋糕也不错。”

“我爱吃山核桃派，”她说，“我特别喜欢甜食，但一盎司的肉都不会多长。是不是很幸运？”

2

有个问题。我想和钱斯谈就必须找到他，但她没法告诉我该怎么找钱斯。

“我不知道他住在哪儿，”她说，“没人知道。”

“没人知道？”

“他手下的姑娘没人知道。要是我们这些姑娘凑巧碰上，而他刚好不在身边，我们最喜欢玩的游戏就是猜猜看。猜钱斯究竟住在哪儿。有一天晚上，我记得一个叫桑妮的姑娘和我在一起，我们闲聊消磨时间，想出一个又一个荒唐点子。比方说他和残疾母亲住在哈莱姆的廉租公寓，或者他在糖山有个庄园，或者他在城郊通勤住宅区有一幢牧场式大平房，或者他车里有几个行李箱，生活用品全在里面，每天晚上轮流去我们这些姑娘的公寓睡几个小时。”她想了几秒钟，“不过他和我在一起时从不睡觉。就算上床，他事后也只躺一会儿，然后起来穿衣服走人。他曾经说过，只要房间里还有其他人，他就没法睡觉。”

"按理说你总得和他取得联系吧？"

"有个号码可以打，但对面是应答服务。一天二十四小时，你随时可以打这个号码，永远有话务员接听。他经常会去查留言。要是我们应召出去或其他什么，他会每隔三十分钟或一小时查一次。"

她把号码报给我，我写在笔记本上。我问他在哪儿存车。她不知道。记得他的车牌号码吗？

她摇摇头："我从不注意这种事。他开一辆凯迪拉克[1]。"

"真让人吃惊。他经常在哪儿出没？"

"不清楚。我想联系他就给他留言，不需要出去找他。哦，你是说有没有他经常去喝酒的酒吧？他偶尔会去的地方很多，但没有哪个是固定的。"

"他都做些什么？"

"什么意思？"

"他看球赛吗？赌博吗？怎么消磨时间？"

她思考着这个问题。"他做各种事情。"她说。

"什么意思？"

"取决于他和谁在一起。我喜欢去爵士俱乐部，所以假如他要陪我，那我们就会去爵士俱乐部。假如他想那么过一个晚上，就会打电话给我。还有另一个姑娘，我不认识她，但他们会去听音乐会。你明白的，古典音乐。卡耐基音乐厅之类的。还有一个姑娘，桑妮，她喜欢运动，他会带她去看比赛。"

---

1 凯迪拉克、林肯、克莱斯勒等品牌的大型豪车是黑人皮条客最钟爱的车型，甚至产生了一个专有名词：皮条车（pimpmobile）。

“他有多少个姑娘？”

“我不知道。有桑妮和南，还有喜欢古典音乐的那个。也许另外还有一两个，也许更多。钱斯这人口风很紧，明白吗？他把事情全闷在自己肚子里。”

“你只知道他叫钱斯？”

“没错。”

“你跟了他多久来着，三年？你只知道他半个名字和一个应答服务号码，连地址都不清楚。”

她低头看双手。

“他怎么取钱？”

“你是说我的营业收入？他有时候会过来拿。”

“会先打电话吗？”

“未必，有时候会，有时候会打电话叫我把钱拿给他，去某家咖啡馆或酒吧或什么地方，或者是某个路口，他开车来接我。”

“你挣的钱全交给他？”

她点点头：“我住的公寓是他给我找的，他付房租、电话费和其他账单。我们一起去买衣服，他付账。他喜欢给我挑衣服。我把我挣的钱全给他，他会给我一些，你明白的，零用钱。”

“你不留私房钱吗？”

“当然留了，否则你以为这一千块是从哪儿来的？不过说来好笑，我留下的并不多。”

她离开时，店堂里的上班族正变得越来越多。后来她喝够了咖啡，要了白葡萄酒换换口味。她点了一杯，留下一半在桌上。我继续喝黑咖啡。我的笔记本里有她的地址和号码，也有钱斯的应答服务号码，除此之外就没什么了。

但话说回来，我还需要什么呢？我迟早会找到他，到时候我会和他谈谈，要是做得到，我留给他的心灵伤害就会超过他有能力留给金的。要是做不到，我还是比今天早上醒来时多了五百块。

她离开后，我喝完咖啡，用一张她给的一百块付账。阿姆斯特朗酒馆在第九大道上，位于五十七街和五十八街之间，五十七街拐过路口就是我住的旅馆。我回到旅馆，问前台有没有邮件和留言，然后用大堂的付费电话打钱斯的应答服务号码。第三声铃响，一个女人接起电话，她重复了一遍号码的最后四位数，然后问有何贵干。

“我想找钱斯先生谈谈。”我说。

“我应该很快就会和他联系。”她说。她听上去人到中年，说话带着老烟枪的那种沙哑：“您要留言给他吗？”

我把我的名字和我在旅馆的电话号码报给她。她问我有什么事情，我说是私事。

我挂断电话，觉得身体有点抖，也许是因为我喝了一整天的咖啡。我想喝杯酒。我考虑了一下是否要过街去波莉笼子飞快地喝一杯，或者去它两个门牌号码外的酒铺子，买一品脱瓶的波本威士忌。烈酒浮现在我的眼前，占边或丹特，朴素的品脱瓶，货真价实的棕色威士忌。

我心想，算了吧，外面在下雨，你可不想出去淋雨。我走出电话亭，没有走向大门，而是拐向电梯，上楼回我的房间。我锁好门，把椅子拖到窗口，坐下看雨。几分钟后，想喝酒的冲动消失了。过了一会儿它卷土重来，随后再次消失。接下来的一个小时里，它来来去去，像霓虹灯似的明灭闪烁。我坐在那儿纹丝不动，一门心思看雨。

七点左右，我拿起房间里的电话，打给伊莱恩·马德尔。电话转到了自动答录机，嘀的一声过后，我说："是我，马特。我见过你朋友了，我想谢谢你推荐我，也许以后我会有机会还你这个人情。"我挂断电话，又等了半小时。钱斯没有回我的电话。

我不是特别饿，但还是逼着自己下楼找东西吃。雨已经停了。我走到蓝松鸦餐馆，要了汉堡包和炸薯条。隔着两张桌子有个男人在喝着啤酒配三明治，我决定等服务员送汉堡包过来的时候也点一瓶，但等他真的过来时，我已经改变主意。我吃掉大半个汉堡包和近一半薯条，喝了两杯咖啡，然后要了樱桃派当点心，几乎全部吃完了。

走出餐馆时差不多八点半。路过我住的旅馆时我进去问了问，没有留言；然后我一直走到第九大道。路口处以前是一家希腊酒吧，名叫安塔列斯与斯派罗酒吧，但现在是卖水果和蔬菜的小超市了。我拐向上城区，走过阿姆斯特朗酒馆，穿过五十八街后，我遇上了红灯，于是穿过第九大道，继续向前走，经过医院，来到圣保罗教堂。我绕到教堂侧面，走下一段狭窄的楼梯，来到地下室。门把手上挂着一个纸板牌子，但你不特地找就肯定看不见。

牌子上写着：A.A.[1]。

我进门时他们刚开始。三张长桌拼成U字形，人们坐在长桌

---

1 A.A.：匿名戒酒会。

两侧，后面还另外摆着十几把椅子。旁边的另一张桌子上放着点心和饮料。我拿了个一次性杯子，把大壶里的咖啡倒了进去，然后在最后面找了把椅子坐下。几个人朝我点点头，我点头还礼。

正在发言的人与我年龄相仿。他穿着鱼骨纹的粗花呢上衣和格子呢的法兰绒衬衫。他讲述他的人生故事，从十几岁喝第一杯酒到加入组织四年后终于成功戒酒。他结婚离婚数次，撞坏过几辆车，一次又一次丢工作，一次又一次进医院。然后他停止喝酒，参加协会活动，情况开始好转。“变好的并不是情况，”他更正道，“而是我自己。”

这种话他们经常说。他们总是一开口就滔滔不绝，类似的词句你听了一遍又一遍。不过那些人生故事还是挺有意思的。人们端坐在上帝和众人面前，向你讲述上帝最憎恶的事情。

他讲了半个小时。然后我们休息十分钟，捐款篮传来传去。我放进去一块钱，然后又去倒了杯咖啡，顺便拿了两块燕麦曲奇。一个穿旧陆军夹克衫的男人叫了我名字，和我打招呼。我记得他叫吉姆，也和他打了招呼。他问我情况怎么样，我说情况还不赖。

“你来了，而且头脑清醒，”他说，“这就是最重要的。”

“我看也是。”

“任何一天，只要我不喝酒，就是个好日子。你保持清醒，一天坚持一次，对酒鬼来说，世上最困难的事情就是不喝酒，但你做到了。”

然而我并没有。我出院才九天或十天。我能保持清醒两三天，然后就会端起酒杯。大部分时候只是一杯、两杯或三杯，情况还可控，但星期天夜里我喝得烂醉。我去第六大道的布拉尼石酒吧喝了波本威士忌，因为我觉得在那儿不会碰到认识的人。我不记得我是怎么离开酒吧的，也不知道我是怎么回家的，星期一早晨，我身体颤抖，嘴巴发干，觉得自己像是行尸走肉。

这些事我当然没告诉他。

十分钟后，大家继续开会，参加者轮流发言。人们报上姓名，说自己酗酒成瘾，感谢发言者的所谓“见证”，这是他们对发言者讲述的人生故事的叫法。然后他们会说他们如何认同发言者，回忆他们自己酗酒时的经历，叙述努力回归清醒生活的过程中遭遇的种种困难。一个比金·达吉南大不了多少的姑娘讲述了她和爱人之间的难题，一个三十多岁的同性恋男人描述了他那天如何在他的旅行社与一名顾客打嘴仗。这个故事很好玩，引来了许多笑声。

一个女人说：“保持清醒是世上最容易的事，你只需要做到几点就行：不喝酒，参加戒酒会活动，愿意改变你他妈的整个生活。”

轮到我了，我说：“我叫马特，我无话可说。”

聚会十点钟结束。回家路上，我走进阿姆斯特朗酒馆，在吧台前坐下。他们都说，假如你想戒酒就该远离酒吧，但我坐在这儿很舒服，况且他们家的咖啡很好。要是我想喝酒，无论我在哪儿，都一样会喝。

我离开时，《每日新闻报》的晨间版已经送来了。我取了报纸，上楼回房间。还是没有达吉南的皮条客的留言。我又打了个电话给他的应答服务，证实他已经收到我的留言。我再次留言，说事情很重要，请尽快联系我。

我冲澡，穿上浴袍，开始读报。我先读国内和国际报道，但我一向很难看进去这些东西。事情的规模必须比较小，发生的地点离家比较近，否则就不可能让我产生共鸣。

能让我产生共鸣的事情也不少。布朗克斯有两个小子把一个年轻女人推到D线列车前。她在轨道上躺平，六节车厢从她身上经过，司机这才刹住列车，但她没有受伤，死里逃生。

西街靠近哈德逊河的码头区，一名妓女遭到谋杀。报道说是被刺死的。

科罗纳房管局的一名警察依然生命垂危。两天前我读到两个男人用长铁管袭击他，抢走他的佩枪。他有个妻子和四个不到十岁的孩子。

电话还是不响。我其实不怎么指望它会响。我想不出钱斯有任何理由回电话给我，除非出于好奇，但他大概还记得猫的下场。我可以自称警察，比起斯卡德警官和斯卡德警探，斯卡德先生更容易被人忽视，但只要不是迫不得已，我就不愿意耍那种花招。我希望让人们自作聪明得出结论，但不喜欢主动推他们那一把。

所以我只能去找他了。其实也没什么不好，可以让我有点事做。但另一方面，我给他的应答服务留过言，会把我的名字印在他的脑袋里。

难以捉摸的钱斯先生。你会觉得他的皮条车里肯定有移动电话，也少不了小吧台、毛皮内饰和粉色天鹅绒防晒板。阶层象征一应俱全。

我读完运动版，又翻回去看妓女被杀的报道。新闻写得语焉不详，除了确认受害者年约二十五岁，既没有提到姓名也没有给出体貌特征。

我打给《每日新闻报》，问他们知不知道受害者叫什么，他们说他们不能泄露这种信息。我猜他们还在等待通知家属。我打给第六分局，可惜艾迪·科勒没当班，我想不出第六分局还有谁或许认识我。我取出笔记本，但觉得这会儿打给她好像太晚了，这座城市有一半女人在卖身，没理由西区高速路底下被开膛破肚的那一个刚好就是她。我收起笔记本，十分钟后又取出来，拨打她的号码。

我说："金，是我，马特·斯卡德。没什么，就想问一声，自从咱们见面以后，你有没有和你那位朋友说过话？"

"不，没有。怎么了？"

"我以为我也许能通过应答服务联系到他，但我猜他大概不打算回我的电话，所以明天我会出去找他。你没跟他说过你想退出吧？"

"一个字都没提过。"

"很好。要是你比我早见到他，就假装什么都没发生过。要是他打电话，叫你去某个地方见他，你就立刻打给我。"

"打你给我的那个号码？"

"没错。要是你找到我，我就赶去你们约定的地方。要是没找到，你就自己去，假装一切正常。"

我和她又聊了几句，尽量安慰她，因为我这个电话害得她神经紧张。不过，至少我知道她没有死在西街上，至少我能睡个安稳觉了。

说得跟真的似的。我关灯上床，躺了很久，最后我放弃了，爬起来继续读报纸。一个念头浮上心头：喝两杯能舒缓情绪，帮助我入睡。我无法赶走这个念头，但可以强迫自己坐在原处。时间来到凌晨四点，我终于能对自己说“算了吧”，因为酒吧已经打烊。十一大道有个通宵营业的去处，但我只当没想起来。

我再次关灯上床，思考惨死的妓女、房管局的警察和险些被地铁轧死的女人，真不知道为什么有人觉得活在这么一座城市里应该保持清醒。我抱着这个念头坠入梦乡。

3

十点半我爬起来，在睡眠边缘浮沉了六个小时，我居然休息得出奇地好。我冲澡，刮脸，吃了咖啡和面包卷当早餐，然后去圣保罗教堂。这次不是去地下室，而是去上面的教堂部分。我在条凳上坐了十分钟左右，然后点了两根蜡烛，把五十块钱塞进捐款箱。我走到六十街的邮局，换了两百块的汇票，买了个印着邮票的信封。我把汇票寄给住在赛奥西特的前妻。我想写个字条附在信封里，但无论怎么写都像在道歉。钱太少，寄得太晚，但不用我说她也习惯了。我用一张白纸包好汇款单，就这么寄了出去。

天色灰蒙蒙的，天气有点凉，感觉还要下雨。一阵寒风吹来，像飞毛腿后卫似的刮过路口。竞技场大楼门口，一个男人骂骂咧咧地追他的帽子，我不由自主地抬起手，拉了拉自己的帽檐。

我都快走到银行了，才想起来金的预付款已经所剩无几，没必要一本正经地去做金融交易了。于是我拐回旅馆，付了下个月的一半租金。百元大钞只剩下一张还没动，我干脆顺便把它换成十块和二十块的零钱。

你说我为什么不先全收下那一千块呢？我想到我说过的激励动机云云。好吧，这下我有个激励动机了。

我的邮件还是老一套，几封广告信，一封本选区国会议员的公开信。没什么非读不可的。

没有钱斯的留言，这也在意料之中。

我打给他的应答服务，又留了个口信给他，没什么理由，就因为我乐意。

我离开旅馆，整个下午都待在外面。我坐了几次地铁，但以步行为主。天色总像是要下雨，但雨就是不下，风越吹越嚣张，却始终没能刮走我的帽子。我去了两个警察分局、几家咖啡馆和五六家下等酒馆。我在咖啡馆喝咖啡，在酒吧喝可口可乐，和几个人聊了聊，做了一些笔记。我打了几次电话给我住的旅馆的前台。我估计钱斯不会打电话来，但我想保持联络，以免金打来电话。然而一直没人打给我。我打过两次金的电话号码，两次接电话的都是自动答录机。如今人人都有这种机器，机器迟早会开始自己拨号，互相交谈。我没给她留言。

下午快要结束时，我钻进时代广场的一家电影院。有两部克林特·伊斯特伍德的电影在搭配放映，他在电影里扮演暴力警察，用开枪打坏人来解决问题。观众似乎全都是他开枪打的那种人。每次他把一个人轰上西天，他们就狂呼乱喊叫好。

我在第八大道一家古巴中餐馆吃了猪肉蔬菜炒饭，再次回旅馆查留言，去阿姆斯特朗酒馆喝了杯咖啡。我在吧台和别人聊天，考虑要不要多待一会儿，但到了八点半，我逼着自己出门过街，走下楼梯，参加戒酒会活动。

发言者是个家庭主妇，丈夫每天去办公室上班，孩子去学校上学，她就喝得自己精神恍惚。她说她的孩子好几次发现她躺在厨房地板上不省人事，她说服孩子相信她在练瑜伽，对腰背有好处。所有人哈哈大笑。

轮到我了，我说："我叫马特。今晚我只想听你们说。"

凯文·斯茂酒吧开在莱诺克斯大道的一二七街路口。狭窄的店堂里，吧台纵向占据了一面墙，对面是一排卡座酒桌。最里面是个小小的乐池，台上有两个深色皮肤的黑人，他们剪着贴头皮的短发，戴角质框的墨镜，穿布克兄弟牌的正装，演奏安静的爵士乐，一个坐在小型立式钢琴前，另一个用鼓刷扫钹。他们从打扮到音乐都像半个世纪以前的现代爵士四重奏[1]乐队。

我很容易就能听见他们的演奏，因为我刚跨过门槛，店里立刻变得非常安静。酒吧里只有我一个白种男性，所有人都放下手里的事情，长时间地凝视我。店里有两个白种女性，她们和几个黑种男性坐在卡座里，还有两个黑种女性占据了一张酒桌，男人有二十几个，肤色各异，唯独缺少我这种的。

我走到最里面，钻进男洗手间。一个块头足以打职业篮球赛的男人在梳他拉直了的头发。发油的香味和大麻的呛人怪味争奇斗艳。我洗好手，然后在热风烘手机下搓了几下手。我出去的时候，高大男人还在整理头发。

我从男洗手间里出来，店堂里的交谈再次戛然而止。我走

1 现代爵士四重奏：Modern Jazz Quartet，美国著名爵士乐乐队，成立于1952年。

向门口，放慢脚步，让肩膀左摇右晃。乐手我说不准，但除了他们，我猜房间里每个男人都因为重罪被捕过至少一次。皮条客、毒贩子、赌棍、地下彩票。大自然优胜劣汰下的贵族。

从门口开始数第五张高脚凳上的男人引起了我的注意。我花了一秒钟才想起来他是谁，因为几年前我认识他时，他的头发是拉直的，但现在被做成了某种改造过的爆炸头。他穿着酸橙绿色的套装，鞋皮来自某种爬行类动物，搞不好是什么濒危物种。

我朝店门摆摆头，从他身旁走过，出去了。我在莱诺克斯大道上向南走了两个门牌号，站在路灯下等他。两三分钟过后，他走出酒吧，吊儿郎当地晃过来。“哎，马修，”他说，抬手要和我击掌，“兄弟最近可好？”

我没和他击掌。他低头看看手，抬头看看我，翻了个白眼，夸张地摇摇头，双手拍在一起，就着裤腿蹭了蹭，然后放在他细长的腰杆上。“好久不见，”他说，“下城区你爱喝的牌子卖完了，还是你非要跑到哈莱姆来上男厕所？”

“罗亚尔，你似乎混得不错嘛。”

他颇为自得。他叫罗亚尔·沃尔德隆，我以前认识一个傻乎乎的黑人警察，他先叫罗亚尔为同花顺，后来变成冲马桶，最后叫他茅坑[1]。他说：“哎，做点小买卖嘛。你知道的。”

“我确实知道。”

“做生意童叟无欺，你永远不愁吃穿。这是我老妈教我的格言。马修，你来上城区干什么？”

---

1 茅坑：从罗亚尔·沃尔德隆（Royal Waldron）到同花顺（Royal Flush）到冲马桶（Flush Toilet）到茅坑（The Crapper）。

"找一个人。"

"也许你已经找到了。你最近不当警察了？"

"都出来好几年了。"

"你想买什么东西吗？你要什么，愿意花多少钱？"

"看你卖什么了。"

"差不多什么都卖。"

"和哥伦比亚人的生意还好做吗？"

"我操！"他说，一只手扫过裤子前面。我猜他酸橙绿裤子的腰间别着一把枪。凯文·斯茂酒吧里有多少人，很可能就有多少把枪。"哥伦比亚人没什么不好的，"他说，"但你绝对别动耍他们的念头。你来这儿不是为了买东西。"

"对。"

"哥们儿，你到底要干什么？"

"找一个拉皮条的。"

"妈的，你刚刚就从二十个拉皮条的面前走过，还有六七个婊子。"

"我在找一个叫钱斯的。"

"钱斯。"

"你认识他？"

"我也许知道他是谁。"

我等他说下去。一个穿长外套的男人沿着街区向前走，经过每个店门口都停一下。他也许在看橱窗，但实际上不可能；每家店都有不锈钢卷帘门，在打烊时像车库门似的拉下来。男人在每家打烊的商店门口停下，仔细踅摸卷帘门，像是它们在他眼中有什么寓意。

“橱窗购物。”罗亚尔说。

一辆蓝白巡逻警车经过，放慢速度。车里的两个穿着制服的警察上下打量我们。罗亚尔祝他们晚上好。我没说话，他们也没有。警车开走后，罗亚尔说：“钱斯很少来这儿。”

“我该去哪儿找他？”

“很难说。他有可能在任何一个地方出现，但也许就是你最想不到的地方。他不在外面消磨时间。”

“别人也这么说。”

“你都去哪儿找过？”

我去过第六大道四十五街路口的一家咖啡馆、格林尼治村的一家钢琴酒吧、西四十街的两家酒吧。罗亚尔听我说完，若有所思地点点头。

“他的姑娘不在街上拉客，”他说，“所以他不会去松饼汉堡店。我就知道这么多。话虽如此，他一样有可能去那儿，你懂我的意思吗？就是为了去那儿。怎么说呢，他有可能在任何地方出现，但不会待在那儿消磨时间。”

“那我该去哪儿找他呢，罗亚尔？”

他说了几个地方的名字。我已经去过其中之一，但刚才忘了说。我记下另外几个名字，然后说：“罗亚尔，他长什么样子？”

“妈的，”他说，“哥们儿，他是拉皮条的。”

“你不喜欢他。”

“我对他没什么喜不喜欢的。我的朋友都是生意伙伴，马修，钱斯和我没有生意往来。我和他都不想买对方卖的东西。他不想买我的货，我不想买他的女人。”他牙齿一闪，露出一个下流的笑容，“当好货全在你手里时，你就是大爷，根本用不着花钱买女人。”

罗亚尔提到的几个地方之一在哈莱姆的圣尼古拉斯大道上。我步行到一二五街，这条街宽阔而繁忙，灯火通明，但我一个白人走在黑人区的街道上，某种并非完全无理的恐慌感渐渐笼罩了我。

我向北拐了个弯，踏上圣尼古拉斯大道，又走了几个街区，来到喀麦隆俱乐部。这地方很像凯文·斯茂酒吧，算是它的廉租区版本，用点唱机代替了现场演奏的音乐。男洗手间很脏，马桶隔间里有人在使劲吸气。我猜是在用鼻孔吸可卡因。

我没在吧台前认出任何人。我站在吧台前，喝了一杯苏打水，看着吧台镜子里映照着的后墙，以及墙边的十五二十张黑色面孔。今天晚上我不止一次地想到，也许钱斯就在我眼前，只是我不知道。在场的三分之一男性都符合我所知道的钱斯的体貌特征，稍微放宽一点标准的话，其他那些人里的一半也能包括在内。我到现在都还没能见到他的照片。我在警方的内线没听过这个名字，假如钱斯是他的姓，那警方档案里也没有他的犯罪记录。

左右两边的男人都转过去背对我。我看见镜子里的自己，脸色苍白，身穿不起眼的正装和灰色的大衣。我的正装需要熨烫了，而我的帽子就算被风吹走也不会变得更难看，而我站在这儿，左右两边都是时尚标杆，衣服的剪裁倍显肩宽，还带夸张的大翻领和蒙布料的纽扣。皮条客以前会去百老汇大街上菲尔·克朗菲尔德[1]的店里排队买这样的正装，但克朗菲尔德的店已经歇

1 菲尔·克朗菲尔德：开设于二十世纪二十年代的美国高档成衣店，位于百老汇大街和四十九街路口。

业，我不知道他们如今都去哪儿买衣服。也许我该去查一查，说不定钱斯在店里有记账户头，我可以顺藤摸瓜找到他。

可惜过这种生活的人从不赊账，因为他们无论做什么买卖都用现金。他们甚至用现金买汽车，他们会大摇大摆走进波塔姆金汽车经销店，数出一张张百元大钞，当场把凯迪拉克开回家。

我右边的男人朝酒保钩了钩手指。“同一个杯子，再给我满上，”他说，“别让味道跑掉了。”酒保给他杯子里倒了一量杯的轩尼诗，然后加上四到五盎司的冰牛奶。这种调法以前叫白色凯迪拉克。现在也许还这么叫。

也许我该去波塔姆金经销店问问。

也许我该待在家里。我的出现制造了紧张气氛，我能感觉到狭小店堂里的空气越来越凝重。迟早会有人过来问我，你他妈以为你在这儿干什么，而我绞尽脑汁也想不出像样的答案。

我主动离开，免得这种事发生。一辆无证出租车在等红灯。面向我这边的车门坑坑洼洼，挡泥板断了一个，我不确定这和司机的驾驶技术有没有关系，反正还是坐了上去。

罗亚尔提到的另一个地方在西九十四街上，我请出租车司机送我去那儿。已经过了凌晨两点，我开始感到疲惫。我又走进一家酒吧，又见到一个黑人在弹钢琴。这架钢琴听上去有些跑调，但出问题的也许是我自己。客人里的黑人和白人大致数量相当。有很多成双成对的黑白组合，但黑种男人身边的白种女人更像女友，而不是妓女。有几个男人打扮得很招摇，但没有人身穿我在北边一英里半的酒吧里见过的全套皮条客行头。就算这家店里弥漫着放浪形骸和金钱交易的气息，也比哈莱姆和时代广场附近那些夜总会来得微妙和含蓄。

我塞了一毛钱在投币电话里，打给我住的旅馆。没有留言。那晚当班的前台是个黑白混血儿，喝咳嗽糖浆成瘾，不过似乎不妨碍他的正常生活。他甚至依然能拿着水笔做《时报》上的填字游戏。我说："雅克布，帮我一个忙。打这个号码，就说你找钱斯。"

我把号码报给他。他重复给我听，问是不是钱斯先生。我说钱斯就好。

"要是他来接电话呢？"

"挂断就好。"

我走到吧台前，险些要点啤酒，但最后还是点了可乐。一分钟后，电话响了，一个年轻人拿起听筒，他看上去像个大学生。他大声问有没有一位姓钱斯的。没人回答。我从眼角盯着酒保，然而即便他认得这个名字，也没有表现出来。我甚至不确定他有没有留神在听。

我应该在我去过的每一家酒吧玩这个花招，付出的劳力说不定会有收获。可惜我耗了三个小时才终于想到这个方法。

我算什么侦探？我喝遍了曼哈顿各个角落的可口可乐，却找不到一个该死的皮条客。没等我找到那个狗娘养的，我的牙齿早就烂完了。

店里有一台点唱机，一张唱片放完，另一张续上，是弗兰克·辛纳特拉唱的什么歌，它打开了某个开关，我脑子里的电路一下子通了。我把可乐放在吧台上，跳上出租车去下城区方向的哥伦布大道。我在七十二街路口下车，向西走了半个街区，来到普根夜总会。这儿的顾客群体里黑人大佬比较少，年轻教父比较多，不过我反正不是来找钱斯的。我要找的是“丹尼男孩”贝尔。

他不在。酒保说：“丹尼男孩？早些时候他还来过。你去鸟冠试试看，过了哥伦布大道就是。他不来这儿就去那儿。”

没错，他确实在鸟冠，坐在最里面的一张高脚凳上。我好几年没见过他了，但仍然可以很轻松地认出他。他没长个子，肤色也没变黑。

丹尼男孩的父母都是深色皮肤的黑人。他继承了他们的相貌，但没得到他们的肤色。他是白化病人，和小白鼠一样缺乏皮肤色素。他相当瘦削，个头很矮。他声称他有五英尺二，但我总觉得他至少给自己加了一英寸半。

他穿着银行家那种三件套的条纹正装和我很久没见过的白衬衫，领带上有红黑二色的隐条纹，黑皮鞋擦得锃亮。我好像没见过他不穿正装，不打领带，或者穿磨损的皮鞋。

他说：“马特·斯卡德。我的天，你只要等得够久，什么人都有可能冒出来。”

“丹尼，你怎么样？”

“变老了。好几年不见。你离我顶多一英里远，但咱们上次见面是什么时候？简直够——请原谅我说话难听——黑鬼过一辈子了。”

“你没什么变化。”

他打量了我一会儿。“你也没有。”他说，但语气欠缺说服力。他这么一个非同寻常的人发出的声音却正常得惊人：男中音，毫无口音。你会以为他说话就像菲利普·莫里斯老广告里的约翰尼。

他说：“你是凑巧来这附近办事，还是特地来找我？”

“我先去了普根酒吧，他们说你也许在这儿。”

“我真是受宠若惊。当然了，你找我纯粹是社交拜访。”

“也不尽然。”

“咱们找张桌子坐下可好？可以聊聊旧日时光和死去的朋友，还有把你带到这儿来的天晓得是什么的使命。”

丹尼男孩中意的酒吧都会在冰箱里存一瓶俄国伏特加。他最爱喝这个，而且喜欢喝冰镇的，却又讨厌冰块在酒杯里叮当碰撞，冲淡酒味。我们坐进后面的一个卡座，动作飞快的小个子女招待端来他钟爱的饮料和我的可乐。丹尼男孩垂下眼睛看我的杯子，然后抬起视线看我的脸。

“我最近在减量。”我说。

“明智之举。”

“我看也是。”

“中庸[1]，”他说，“我告诉你，马特，古希腊人什么都知道。中庸。”

他一口喝掉半杯酒。他一天之内能这样喝掉八杯酒。就算一天一夸脱好了，全都装进一具顶多一百磅的躯体，我却从来没在他身上见过酒精造成的效果。他走路从不摇晃，说话从不口齿不清，始终就是同一个样子。

所以呢？这和我又有什么关系呢？

我喝了一口我的可乐。

1 中庸：moderation，古希腊哲学概念，指去除极端和过度的一种生活态度。

我们坐在那儿，各讲各的故事。假如说丹尼男孩也有一门生意，那就肯定是情报了。无论你对他说什么，都会在他的脑海里被归档记录，他把点点滴滴的消息拼凑到一起，让它们流转起来，挣到的钱足够他保持皮鞋锃亮、酒杯不空。他会把人们召集到一起，为了他付出的劳力而从他们的行动中分一杯羹。他在很多短期风险事业中扮演责任有限的合伙人角色，这些事业绝大多数的合法性都颇为可疑，但他的双手永远干干净净。我还在警队里的时候，他是我最优秀的消息来源，这个线人不需要我花钱，他能从情报中得到他应有的报酬。

他说："还记得卢·鲁丹科吗？大家叫他帽子路易。"我说我记得。"听说他母亲的事了吗？"

"她怎么了？"

"一个很和蔼的乌克兰老太太，还住在东第九还是第十大道的老地方，反正就是那附近。她寡居多年，肯定有七十多了，估计更接近八十。卢现在该多少岁了，五十？"

"差不多吧。"

"无所谓。重点是这位和蔼的小老太有个绅士朋友，一位鳏夫，和她年纪差不多。他一周会有两三个晚上去她家，她做乌克兰饭菜给他吃，他们偶尔会去电影院，只要能找到一部不是满银幕都是男女交配的电影就行。总而言之，一天下午他去她家，他兴高采烈，因为他在街上捡到了一台电视机。有人把它当垃圾扔在街上。他说大家都发疯了，居然把好端端的东西扔掉，他很擅长修理东西，老太太的电视刚好坏了，而这台是彩色的，屏幕有她那台两倍大，也许他能修好给她。"

"然后呢？"

“然后他插上电源，打开电视，看看情况如何，结果电视爆炸了。他失去了一条胳膊和一只眼睛，爆炸时鲁丹科夫人就站在电视前，她当场丧生。”

“那是什么东西，炸弹吗？”

“猜对了。你在报纸上看见报道了吗？”

“肯定是我看漏了。”

“嗯，已经过去五六个月了。他们查下来，认为有人在电视机里安装了炸弹，但本来是送给另外某个人的。也许是黑帮仇杀，也许不是，因为老先生只知道自己捡到电视机的街区，而这又能说明什么呢？重点在于，无论收到那台电视机的是谁，疑心病都足够重，直接把它放进了垃圾箱，结果害死了鲁丹科夫人。我见到卢，情况很可笑，因为他不知道该找谁泄愤。‘怪这个操蛋的城市，’他对我说，‘都怪这个天杀的操蛋城市。’但这么说有什么意义呢？你住在堪萨斯正中间，忽然吹起龙卷风，拆散你的屋子，扔得满内布拉斯加都是。这就叫天灾，对吧？”

“大家是这么说的。”

“老天爷在堪萨斯用的是龙卷风，在纽约就用做了手脚的电视机。不管你是上帝还是其他什么角色，反正都是随地取材。你要再来一杯可乐吗？”

“暂时不了。”

“找我有什么事？”

“我在找一个拉皮条的。”

“第欧根尼在找一个诚实的人。这儿有一整片田地那么多，随便你选。”

“我在找一个特别的皮条客。”

“他们每一个都很特别，其中有几个甚至讲究过头了。你知道他的名字吗？”

“钱斯。”

“哦，好的，”丹尼男孩说，“我认识钱斯。”

“你知道我该怎么联系他吗？”

他皱起眉头，拿起空酒杯又放下。“他不在任何地方消磨时间。”他说。

“这句话我听过好几遍了。”

“事实如此。要我说，每个人都该有个老窝。我不在这儿就在普根酒吧，而你在吉米·阿姆斯特朗那儿——至少我上次听说时是这样的。”

“现在还是。”

“你看吧？就算见不到你，我也还是关注你的情况。而钱斯……让我想一想。今天星期几来着，星期四？”

“对。呃，已经星期五凌晨了。”

“别抠细节。不介意我问一声吧，你找他干什么？”

“想和他聊一聊。”

“我不知道他此刻在哪儿，但也许知道他十八或二十个小时后有可能在哪儿。我去打个电话。要是女招待过来，给我再点一杯酒，可以吗？你自己也续一杯什么吧。”

我总算吸引到了女招待的注意，请她再给丹尼男孩上一杯伏特加。她说：“好的。你呢？再来一杯可乐？”

自从我坐下，想喝酒的隐约冲动就时起时落，此刻刚好一个大浪头打过来。想到再喝一杯可乐，我的喉咙有点发紧。我说这次我要姜汁汽水。她送上饮料，丹尼男孩还在打电话。她把姜汁汽水摆在我面前，伏特加摆在他那边的桌上。我坐在座位上，努力不去看酒杯，但视线找不到其他地方可以去。我希望他能快点回来，喝掉那杯该死的东西。

我深深地吸气呼气，小口喝姜汁汽水，阻止双手伸向他的伏特加，直到他终于回来坐下。“我没猜错，”他说，“明天他会在麦迪逊花园。”

“尼克斯队回来了？我以为他们还在打客场呢。”

“不是主场馆。要是我没弄错，主场馆在办什么摇滚演唱会。钱斯去的是菲尔特剧场，看周五晚的拳击赛。”

“他经常去？”

“不常去，但有个叫基德·巴斯康的次中量级拳手在预选赛里名列前茅，钱斯对这个年轻人很感兴趣。”

“这个拳手有他一份？”

“有可能，也许纯粹只是感兴趣。你笑什么？”

“笑一个皮条客有可能对一个次中量级拳手纯粹感兴趣。”

“你从来没见过钱斯。”

“对。”

“他不是普通角色。”

“我也开始有这个感觉了。”

“重点在于，基德·巴斯康肯定会出场，尽管这不代表着钱斯百分之百会去，但我觉得把握比较大。你想找他谈谈，要付出的代价就是一张门票钱。”

“我该怎么认出他？”

“你从来没见过他？哦，对，你刚说你没见过。就算他站在你面前，你也认不出他来？”

“在看拳击的观众里肯定不行，到时候场馆里得有一半是拉皮条的和赌钱的。”

他思忖片刻。“你想和钱斯谈的事情，”他说，“会让他非常生气吗？”

“希望不会。”

“听你的意思，无论谁把他指给你看，他恐怕都会对那个人产生强烈的反感？”

“我不觉得他会那样。”

“马特，那么你要付出的代价就不是一张门票钱，而是两张门票钱了。还好那是在小剧场的非周末比赛，而不是在花园主场馆的称号争夺战。拳台周围的票价顶多十到十二块，最多算它十五好了，咱们俩加起来顶多三十。”

“你陪我一起去？”

“有什么不好？三十块买门票，五十块买我的时间。相信你的预算能承担这些费用吧？”

“有必要就肯定能。”

“很抱歉，但我不得不向你收费。假如是田径比赛，我一分钱都不会要你的，但我一向不喜欢拳击。稍微安慰下你吧，还好不是去看冰球，否则我至少收你一百。”

“好像确实挺安慰人的。咱们直接去那儿碰头？”

“正门口，九点钟，时间应该很充裕。听起来如何？”

“行啊。”

“我看看我能不能穿一身显眼的，”他说，“这样你一眼就能认出我了。”

4

他确实不难认。他穿鸽羽灰的法兰绒正装，里面是鲜红色的马甲、黑色的针织领带和另一件雪白的礼服衬衫。他戴着太阳镜，金属框配黑色镜片。每天太阳升起，丹尼男孩就努力去睡觉，他的眼睛和皮肤都无法承受日晒，就算到了晚上，他也一样戴着太阳镜，除非是在普根或鸟冠那种灯光昏暗的场所。几年前他对我说，他希望这个世界有个变光开关，能让你把整个环境的光度调低一两档。记得我当时心想，威士忌就有这个作用。它能调暗光线，压低音量，磨圆棱角。

我夸奖他的打扮。他说："你喜欢这件马甲？我都几百年没穿过了，我只是想尽量显眼。"

我已经买好了门票。拳台四周的门票十五块一张，我买了两张四块五的，那些座位离上帝比离拳台近。门票让我们走进大门，我向前排的一名领座员出示门票，然后塞给他一张叠好的钞票。他领我们在第三排的两个座位坐下。

"也许等会儿必须请二位先生换个地方，"他说，"也许不用，总之我会保证你们就在拳台周围。"

他走开后，丹尼男孩问我："总有门路可以走，对吧？你给了他多少？"

"五块。"

"所以门票只花了你十四块，而不是三十。你估计他一个晚上能挣多少？"

"像这样的晚上不能赚多少，要是碰到尼克斯队或游骑兵队的比赛，他的小费应该能比工资多五倍。当然了，他还必须交保护费给别人。"

"每个人都有生财之道啊。"他说。

"似乎如此。"

"我指的是每个人，包括我。"

这话是说给我听的。我给了他两张二十和一张十块。他收起钞票，然后第一次认真扫视观众席。"嗯，没看见他，"他说，"不过有可能他只来看巴斯康一个人的比赛。我去转一圈。"

"随便你。"

他离开座位，在场馆里转悠。我也扫视我的四周，倒不是想找钱斯，而是想观察一下观众。现场有很多男人昨晚很可能就坐在哈莱姆的酒吧里，皮条客、毒贩子、赌棍和上城区其他非法勾当的参与者，大多数身旁有女人作陪。也有一些黑帮分子模样的白种人，他们穿休闲服，戴金首饰，不带女伴。比较便宜的座位上是所有比赛现场都少不了的观众大杂烩，黑人、白人、西班牙裔，单独来的，一双一对的，三五成群的，他们吃热狗，用纸杯喝啤酒，有说有笑，偶尔看一眼拳台上的活动。这儿那儿地，我瞥见一两张每个场外赌马场都能见到的那种面孔，他们皱眉瞪眼、等待开奖的百老汇表情只会出现在赌棍脸上。不过这种面孔并不多。现如今谁还赌拳赛呢?

我转身望向拳台。两个西班牙裔年轻人，一个肤色浅一点，另一个深一点，动作都非常谨慎，不敢冒受重伤的风险。在我看来，他们更像是轻量级，浅肤色的小子四肢瘦长，打击范围相当可观。我看着看着有了兴趣，最后一个回合，深肤色的小子想到了该怎么钻到对手的刺拳底下去。他卓有成效地打击对手的躯干，直到钟声敲响。裁判判定他获胜，大部分嘘声来自观众席上的一小片区域。我猜是另一个小子的朋友和家人。

最后一个回合期间，丹尼男孩回到了座位上。判定获胜后过了几分钟，基德·巴斯康爬过绳圈，对空打了一通组合拳。几秒钟后，他的对手也爬上拳台。巴斯康肤色很黑，肌肉发达，斜肩膀，胸肌健硕。他的身体大概抹过油，因为灯光照在上面闪闪发亮。和他打的是个意大利裔小子，来自南布鲁克林，名叫维托·卡内利。他腰上有些脂肪，看上去和生面团一样软乎乎的，但我以前见过他比赛，知道他是个有头脑的拳手。

丹尼男孩说:“他来了，在中央通道。”

我扭头去看。收了我五块钱的那位领座员带着一男一女走向他们的座位。女人身高大约五英尺五，红褐色的头发刚到肩膀，皮肤像最精致的白瓷。男人身高六英尺一或二，体重大约一百九十磅。他宽肩、细腰、窄臀，头发留成天然的爆炸头，算是比较长的短发，皮肤是鲜亮的棕色。他穿驼毛运动上衣和棕色法兰绒休闲裤。他的模样更像是职业运动员或炙手可热的律师，甚至像前途无量的黑人商业天才。

我说："你确定？"

丹尼男孩大笑："不像你见惯了的皮条客，对吧？我确定，那就是钱斯。希望那小子没把咱们安排在他的座位上。"

确实没有。钱斯和女伴的座位在第一排，比我们离中央拳台近得多。他们落座，他给领座员小费，几位观众向他问好，他和他们打招呼，然后走向基德·巴斯康所在的拳台角落，对拳手和他的助手等人说了几句话。他们凑到一起商量了一会儿。钱斯随后回到座位上。

"我这就走了，"丹尼男孩说，"我不怎么想看两个傻蛋互殴。你应该不需要我介绍你们认识吧？"我摇摇头。"那我就在血案开始前脚底抹油了。当然，我说的是拳台上。马特，他不是非得知道是我把他指给你看的吧？"

"肯定不会从我嘴里知道。"

"那就好。假如你需要我的其他服务——"

他顺着通道向外走。他大概是想喝一杯，但麦迪逊广场花园的酒吧恐怕没存冰镇的苏连红伏特加。

报幕员在介绍拳手，喊出两人的年龄、体重和籍贯。巴斯康二十二岁，未尝败绩。卡内利今晚似乎很难改变这个纪录。

钱斯旁边有两个空座位。我考虑要不要坐过去，但还是留在了原处。提醒比赛即将开始的铃声响了，然后钟声敲响，第一回合开始。这是个钩心斗角的回合，进展缓慢，两位拳手都不急着使出全力。巴斯康打出漂亮的刺拳，但绝大多数时候卡内利都能成功躲开。两个人的拳头都没有落在实处。

这个回合结束，钱斯旁边的两个座位依然空着。我走过去，在他身旁坐下。他非常专注地盯着拳台。他肯定觉察到了我的存在，但没有流露出任何迹象。

我说："钱斯？我叫斯卡德。"

他扭头盯着我。他的眼睛是棕色的，带有金色斑点。我想到委托人的眼睛，那种超现实的蓝色。昨晚我一家一家酒吧摸查时，他去了一趟她的公寓，未经事先通知，取走她的营业收入。中午时分她打电话到我住的旅馆，告诉我这个消息。"我很害怕，"她说，"我以为他也许打听过你的情况，然后来问我什么问题。不过还好，没事。"

此刻他说："马修·斯卡德，你给我的应答服务留了几次言。"

"你没有回我的电话。"

"我不认识你，我不给不认识的人打电话。另外，你在城里跑来跑去打听我。"他的声音低沉而洪亮，仿佛受过专业训练，就好像他上过播音学校。"我想欣赏这场比赛。"他说。

"我只想谈几分钟。"

"比赛期间和每个回合之间都不行。"他皱起眉头，随即舒展，"我希望能集中精神，知道吗？我花钱买了你坐着的座位，为的就是能够不受打扰。"

提醒铃声响起，钱斯转过身，视线聚焦在拳台上。基德·巴斯康站起来，助手把高脚凳拖出绳圈。"回你的座位去，"钱斯说，"比赛结束后，我会和你谈的。"

"这是一场十回合的比赛吗？"

"打不到十个回合。"

确实没打到。打到第三或第四个回合时，基德·巴斯康开始压倒卡内利，用刺拳惩罚他的失误，打出几套组合拳。卡内利有脑子，但基德年轻、敏捷而强壮，步伐让我想起“甜蜜射线”罗宾逊，而不是伦纳德[1]。第五回合，他一记短直拳击中卡内利的心口，打得对手踉跄后退，假如我的赌注押在意大利人身上，看到这儿就该知道钱已经打水漂了。

这个回合结束，卡内利看上去还很有精神，但那一拳击中目标时，我在他脸上看见了痛苦的表情。一个回合之后，基德·巴斯康抡出一记左勾拳，把他撂倒在地，我一点也不吃惊。裁判数到三，他爬起来，裁判给他一个强制数八，随后基德像狂风暴雨似的扑向他，使出各种招式揍他，就差没抡起绳圈立柱了。卡内利再次倒地，又立刻爬起来，但裁判插到两人之间，端详卡内利的瞳孔，然后叫停了比赛。

永远不希望拳赛结束的死忠分子半心半意地发出嘘声，卡内利的一名助手坚称他还能打，但卡内利本人似乎很高兴，表演终于可以结束了。基德·巴斯康跳了一会儿凯旋舞步，鞠躬感谢观众的支持，然后轻快地爬出绳圈，离开拳台。

出场的路上，他停下来和钱斯聊了几句。红褐色头发的姑娘向前俯身，伸出一只手抚摸拳手亮晶晶的黝黑臂膀。钱斯和基德聊了一会儿，基德随后走向他的更衣室。

我离开座位，走向钱斯和那个姑娘。等我走到那儿，他们正要起身。他说：“我们不打算留下来看压轴大戏，假如你要看——”

---

1 小沃尔克·史密斯·罗宾逊和雷·查尔斯·伦纳德都是著名拳手，外号都是“甜蜜射线”（Sugar Ray）。

今晚节目表的高潮是两名中量级拳手的较量，一个是个巴拿马来的过江龙，另一个是个南费城小子，出了名的拆台专家。这场较量肯定很精彩，可惜这并不是我来的原因。我说我也准备走了。

“不如和我们一起走吧，”他建议道，“我有辆车等在附近。”他走向中央通道，姑娘陪在他身旁。好些人与他打招呼，其中有几个说基德今晚表现不错。钱斯没怎么搭理他们。我跟着他走出场馆，呼吸到新鲜空气，我才意识到里面是多么憋闷和烟雾缭绕。

来到街上，他说：“桑妮亚，这位是马修·斯卡德。斯卡德先生，桑妮亚·亨德莱克斯。”

“很高兴认识你。”她说。但我不相信她，她的眼睛告诉我，除非钱斯这样或那样提示她，否则她就不会泄露她对我的判断。我怀疑她就是金提到的桑妮，也就是钱斯带去看比赛的运动迷。假如我在其他场合遇到她，恐怕不太可能猜到她是妓女。我在她身上找不到任何确凿无误的妓女特征，然而她挽着一个皮条客胳膊的样子看上去也并不会格格不入。

我们向南走了一个街区，又向东走了半个街区，来到一座停车场。钱斯取车，给服务员的小费相当丰厚，换来了超过通常热情水平的感谢。就像他的衣着和举止先前让我吃惊一样，这辆车同样让我吃惊。我以为会见到一辆皮条车，有定制的车漆和内饰，庸俗的奢华玩意儿应有尽有。但出现在我眼前的却是一辆赛威，凯迪拉克的小型车，银色车身，黑色皮革内饰。姑娘坐进后排座位，钱斯坐进驾驶座，我坐进前排的乘客座。

车开得平稳而安静，内饰散发着抛光木料和皮革的气味。钱斯说：“基德·巴斯康要开庆功派对，我先送桑妮亚过去，咱们谈完我再去找她。你觉得刚才的比赛怎么样？”

“我觉得很难说清楚。”

“嗯？”

“看上去像是预先安排好了结果，但击倒不像作假。”

他瞥了我一眼，我在他带金色斑点的眼睛里第一次见到了兴趣：“为什么这么说？”

“第四回合，卡内利两次打得基德空门大开，但两次都没有继续攻击。他打拳很聪明，不该放过这种机会。但第六回合他想撑过去的，却没能做到。至少从我的座位上看是这么一回事。”

“斯卡德，你打过拳？”

“十二三岁在青少年组打过两场。充气拳套，头部护具，一回合两分钟。我太慢，也太笨拙，不适合这项运动，一拳都没击中过对手。”

“看比赛却很有眼光。”

“是啊，大概是我见过的打斗太多了。”

他沉默片刻。一辆出租车突然插到我们前面，他不慌不忙地踩刹车，避免了撞车。他既没有怒骂，也不按喇叭。他说：“卡内利应该在第八回合出局。在此之前他应该全力以赴，但不能太早下场，否则击倒看上去就不真实了。所以他在第四回合才有所保留。”

“但基德不知道比赛做了手脚。”

“当然不知道。在今晚之前，他的绝大多数比赛都是实打实的，但卡内利这样的拳手有可能对他构成威胁，何必在这个阶段就冒险破坏他的不败纪录呢？他和卡内利打能获得经验，打败卡内利能得到信心。”我们开上中央公园西大道，朝上城区而去，

“击倒确实是真的。卡内利应该在第八回合被击败，但我们估计基德能让我们早点回家，事实上你看见他确实做到了。你觉得他怎么样？”

“前途光明。”

“我同意。”

“有时候他会暴露出右侧。第四回合——”

“对，”他说，“他们有针对过他这点，但他通常能全身而退。”

“嗯，今晚他本来做不到的。要是卡内利想争胜，他就没戏了。”

“对，还好他并不想。”

我和他讨论拳击直到进入一零四街，钱斯小心翼翼地掉头，在一个消火栓旁边停车。他熄灭引擎，但没拔钥匙。“我送桑妮亚上楼，”他说，“很快就下来。”

从那句很高兴认识我之后，她就一个字也没说过。钱斯绕到轿车的另一侧，为她打开车门；这个街区有两幢气派的公寓楼，他们走向其中一幢的正门。我把地址写在笔记本上。五分钟过后，他回到驾驶座上，我们重新驶向下城区。

车子经过了六个街区，我们谁也没说话。然后他说：“你想找我聊聊，但你想聊的事情和基德·巴斯康没关系，对吧？”

“对。”

“我猜也是。那和什么有关系？”

“金·达吉南。”

他眼睛看路，我没在他的表情中见到任何变化。他说：“是吗？她怎么了？”

“她想退出。”

“退出？退出什么？”

“这种生活，”我说，“她和你的这种关系。她希望你能同意……和平分手。”

我们在红灯前停下。他一言不发。红灯变绿灯，我们又走了一两个街区，他说：“她是你的什么人？”

“朋友。”

“什么样的朋友？你和她睡觉？你想娶她？朋友是个很笼统的词，有各种各样的意思。”

“这次它没什么别的意思。她是个朋友，她请我帮她这个忙。”

“也就是找我谈谈。”

“没错。”

“她为什么不自己和我谈？我经常见到她，你知道的。她不需要全城跑来跑去打听我。为什么呢？我昨晚才见过她。”

“我知道。”

“你知道？她见到我的时候为什么什么都没说？”

“她害怕。”

“害怕我？”

“害怕你也许不希望她退出。”

“然后呢？我会打她？毁她的容？在她胸脯上灭烟头？”

“诸如此类的。”

他再次陷入沉默。这辆车开得很平稳，让人昏昏欲睡。他说：“她可以走。”

"就这么简单？"

"否则呢？我又不是养白奴的，你明白吧。"说到"白奴"两个字，他的语气里加了一丝讥讽，"我那些女人留在我这儿，完全出自本人的意愿，她们可以拥有自己的意愿，她们没有受到任何胁迫。你知道尼采怎么说吗？'女人就像狗，你打得越多，她们就越爱你。'但是，斯卡德，我从不打她们。从来都不存在这个必要。金怎么会有你这么一个朋友的？"

"我们有一个共同的熟人。"

他瞥了我一眼："你当过警察，我猜是刑警。你在几年前离开了警队，因为你杀死了一个未成年人，所以出于负罪感辞职。"

他说得足够接近事实，于是我没多说什么。我的一颗流弹打死了名叫爱斯特丽塔·里维埃拉的小女孩，但我不确定促使我离开警队的到底是不是我对此事的负罪感。这场意外事实上改变了我看待世界的方式，因此当警察不再是我想做的一件事了。我同样不想继续扮演丈夫与父亲的角色，也不想居住在长岛了。在此过程中，我失去了工作和婚姻，来到五十七街住下，在阿姆斯特朗酒馆浪费时间。那颗子弹无疑推动了情况的发展，但我觉得我本来就在朝这个方向走，产生这个结果只是迟早的事。

"现在你是个半吊子侦探，"他继续道，"她雇了你？"

"差不多吧。"

"差不多是什么意思？"他没有等我解释清楚，"我倒不是对你有意见，但她在浪费自己的钱。或者更确切地说，是我的钱——取决于你怎么看了。假如她想结束我和她的关系，只需要直接告诉我就行。她不需要另外找人替她传话。她有什么打算？希望别是想回老家。"

我没吭声。

“我猜她会待在纽约，但她还会过这种生活吗？说来可惜，但她只会做这一个行当。她还能做什么？她打算去哪儿住？她们的公寓是我提供的，你要知道，我为她们付房租，替她们选衣服。唉，我看没人问过易卜生[1]，娜拉出走后打算去哪儿找公寓住。要是我没弄错，你应该就住在这儿。”

我望向窗外，车停在我住的旅馆门口。我一路上都没留神窗外。

“我猜你会联系金，”他说，“要是你愿意，不妨说你威胁我，吓得我抱头鼠窜。”

“我为什么要这么说？”

“这样她会觉得她没把钱白花在你身上。”

“她的钱本来就没白花，”我说，“我也不在乎她知不知道，我会把你的原话转告给她。”

“是吗？既然如此，那就顺便告诉她我会去找她。只是为了满足一下我的好奇心，确定这些事完全是她的主意。”

“我会转告的。”

“另外，告诉她没必要害怕我。”他叹息道，“她们总觉得自己无可替代。要是她知道她有多么容易被替代，恐怕会吊死自己的。斯卡德，长途大巴一车一车地把她们运来，每天二十四小时不断，她们洪水似的涌入港务局，准备出卖自己。每天还有无数姑娘下定决心，觉得世上肯定有比端盘子和操作收银机更好的

1 易卜生：挪威戏剧家，娜拉是其作品《玩偶之家》的女主人公。原本生活幸福的娜拉发现自己是丈夫的傀儡，于是决定离家出走。该剧在娜拉离家关门之后落幕，人们不知道娜拉此后的境遇如何。——编注

出路。我可以开一家事务所，斯卡德，接受申请，队伍能排得绕过半个街区。”

我打开车门。他说：“我挺喜欢和你聊天的，尤其是早些时候。你看拳击的眼光很准。替我告诉傻乎乎的金发妓女，没人想要她的命。”

“我会告诉她的。”

“要是有事找我，打我的应答服务号码就行。现在我认识你了，肯定会回你的电话。”

我下车，关上车门。他等到车流中出现一个空当，在马路上掉头，到第八大道路口转弯，驶向上城区。当街掉头不合规矩，左拐上第八大道时闯了红灯，但我不觉得他会往心里去。我记不得上次在纽约市见到任何人因为交通违章而吃罚单是什么时候了。有时候你会看见红灯都跳了还有五辆车闯过去，如今连公共汽车也会这么干。

他拐弯后我掏出笔记本，做了一条记录。马路对面，波莉笼子旁边，一男一女在大声争吵。“你好意思说自己是男人？”她怒喝。他扇她耳光。她骂他，他又扇她耳光。

也许他会打得她失去意识。也许一周七天里，有五天晚上他们都要玩这个游戏。你去劝这种架，他们多半会一起冲着你来。我刚当警察那会儿，我的第一个搭档会想方设法避免干涉家庭争端。有次他按倒一个喝醉酒的丈夫，妻子却从背后袭击他。丈夫打掉她四颗牙，她却为了保护他而挺身而出，操起酒瓶将其敲碎在救援者的脑袋上。我的搭档缝了十五针，确诊脑震荡，他用食指摸着伤疤，把这个故事讲给我听。你看不见伤疤，因为被他的头发遮住了，但他的手指就按在那个位置上。

“要我说，让他们自相残杀好了，”他这么对我说，“就算打电话报警的是她本人也一样，她还是会对你动手。就他妈让他们自相残杀好了。”

马路对面，女人说了句什么，我没听清，男人的巴掌变成拳头，给了她肚子狠狠一下。她喊出声来，听上去真的很疼。我合上笔记本，走进旅馆。

我在大堂打电话给金。接电话的是答录机，我刚开始留言，她却拿起听筒，打断了我。“有时候我就算在家也会开着机器，”她解释道，“这样我在接起来之前就能知道是谁了。自从上次和你通电话以来，钱斯一直没找过我。”

“几分钟前我刚和他分开。”

“你见过他了？”

“我坐他的车兜风来着。”

“你觉得怎么样？”

“我觉得他车技很好。”

“我是说——”

“我知道你什么意思。听说你想离开他，他似乎并不是特别生气。他向我保证说你没什么可害怕他的。按照他的说法，你根本不需要我给你打前锋，只需要跟他直说就行。”

“嗯，对，他肯定会这么说。”

“你不认为这是真的？”

“也许是。”

“他说他想听你亲口说，我猜他还想安排一下你搬出这套公寓的事宜。我不确定你怕不怕单独见他。”

“我也不确定。”

“你可以锁着门，隔着门和他谈。”

“他有钥匙。”

“门上没有门链吗？”

“有。”

“你可以插上。”

“有道理。”

“要我过来吗？”

“不，没这个必要。哦，你是要来拿剩下的钱，对吧？”

“等你先和他谈完，一切都有了眉目再说。假如你希望他出现时你身边有人陪着，我可以过去一趟。”

“他会今晚来找我吗？”

“我不知道他什么时候会去找你，也许他会打电话安排好所有事情。”

“他也许明天才会来。”

“嗯，要是你愿意，我可以睡沙发。”

“你认为有这个必要吗？”

“怎么说呢，金，你认为有就有。要是你觉得不妥当——”

“你认为我有什么要害怕的吗？”

我思考片刻，回放我和钱斯在一起的场景，琢磨事后我内心的反应。“没什么，”我说，“我不认为有。但另一方面，我不太了解这个人。”

“我也一样。”

“假如你紧张——”

“不，这样太傻了，再说现在也很晚了。我正在看电视，等这部电影放完，我就去睡觉。我会挂上门链的。这是个好主意。”

“你有我的号码。”

“对。”

“有事情发生就打给我，没事情也尽管打。可以吗？”

“当然。”

“你就安心吧，别胡思乱想，我觉得你花了本来没必要花的钱，不过钱本来就是你私藏下来的，所以也无所谓。”

“太对了。”

“重点在于，我认为你已经脱钩了。他不会伤害你的。”

“我猜你说得对，明天我再打给你吧。还有，马特？谢谢。”

“去睡会儿吧。”我说。

我回到楼上，尝试接受我自己的建议，然而我精神过度兴奋。最后，我放弃了努力，起来穿上衣服，拐过路口去阿姆斯特朗酒馆。我本来想吃点东西，但厨房已经打烊。翠娜说要是我想吃，她可以给我拿块派。我不想吃派。

我想要两盎司波本威士忌，纯的，然后在咖啡里再加两盎司，我想不到任何狗娘养的好理由不这么做。这点酒不会让我喝醉，也不会把我送回医院。上次进医院是不加控制地从早喝到晚的结果，而我已经得到了教训。我以后不可能再那么喝酒了，那么喝会危害我的生命，我没有这个意愿。睡前小酌和狂喝滥饮之间有一条相当明显的分界线，但区别究竟在哪儿呢？

医生命令我九十天内不得饮酒。你必须在九十天内参加九十次戒酒会活动，每天远离当天的第一杯酒。过了九十天后，你自己决定接下来该怎么做。

上一次喝酒是星期天晚上。从那天起我已经参加了四次活动，假如今天不喝酒就睡觉，那我就坚持到第五天了。

所以呢？

我喝了一杯咖啡，回旅馆的路上，我在希腊熟食店买了奶酪起酥面包和半品脱牛奶。回到房间里，我吃掉面包，喝了几口牛奶。

我关灯上床。现在我坚持五天了，所以呢？

5

我边吃早饭边看报纸。科罗纳的房管局警察依然情况危急，但医生说他应该能活下来。他们说他身上某些部位有可能瘫痪，或许是永久性的，然而现在下定论还为时过早。

中央车站里，有人抢劫把全副身家拎在购物袋里的流浪妇人，抢走了她三个购物袋中的两个。布鲁克林的格雷夫森德，一对父子在躲避追杀，他们有贩卖淫秽物品的案底，报纸称他们与有组织犯罪有关联，两人跳下一辆轿车，跑进他们见到的第一幢房屋里。追杀者用多把手枪和一把霰弹枪对他们开火。父亲负伤，儿子身亡；那幢屋子的住户刚搬进去，年轻的妻子及母亲正在门厅壁橱里挂衣服，霰弹枪射出的大量弹丸打穿门板，轰掉了她的半个脑袋。

戒酒会在六十三街的基督教青年会办午间活动，每周六次。讲话的人说：“我跟你们说说我是怎么来这儿的吧。一天早晨我醒来，我对自己说：‘哎，多好的一个日子啊，我这辈子感觉都没这么好过。我健康得没法说，婚姻无比美满，职业生涯蒸蒸日上，精神状况不可能比现在更好了。我觉得我该去参加戒酒会。’”

房间里哄堂大笑。他讲完后，他们没有轮流发言。谁举起手，讲话者就会把接力棒交给谁。一个小伙子羞答答地说他刚到九十天。他得到了许多掌声。我考虑要不要举手，思考我能说些什么。但我能想到的话题只有格雷夫森德的那个女人，还有卢·鲁丹科被捡回家的电视机炸死的母亲。然而这两条人命和我有什么关系呢？我还没想到该说什么呢，今天的时间就到了，我们全体起立念主祷文。这样也不错。我反正多半也鼓不起勇气举手发言。

活动结束后，我在中央公园走了一会儿。太阳总算露面了，这是一周以来的第一个好天气。我走了很长一段路，看着年轻的、慢跑的、骑车的和滑溜冰鞋的人们，尽量用这些健康而纯洁的能量冲淡每天早晨在报纸上显出真容的这座城市的黑暗面目。

两个世界也会重叠。有些骑车人的自行车会被抢走；有些漫步的情侣回到家里会发现公寓遭窃；有些大笑的年轻人会去抢劫、开枪或动刀子，有些会被抢劫、中枪或挨刀子。你想从中梳理出什么逻辑，得到的只会是一场头痛。

从哥伦布圆环走出公园的路上，一个穿棒球衫的流浪汉拦住我，他有一只眼睛呈乳白色，他问我要一毛钱买一品脱劣酒。我们左边几码开外，他的两个同伴在分享一瓶午夜快车[1]，饶有兴致地望着我们的交流。我本来想叫他滚开，却掏出一块钱给了他，

1 午夜快车：加州莫德斯托出产的廉价中度果酒，含18%酒精。

连我自己都为之吃惊。也许我是不愿当着他朋友的面羞辱他吧。他连声说谢谢，热情得超过了我的承受范围，然后我猜他在我脸上看见了些什么，吓得他闭上了嘴。他一步一步退开，我穿过马路，走向我住的旅馆。

没有我的信件，但有一条留言叫我打给金。前台应该把来电时间标在字条上，但这儿毕竟不是华道夫酒店。我问他记不记得来电时间，他说不记得。

我打给她，她说："天哪，我就在等你打过来。你过来一趟好吗？来取我欠你的钱。"

"有钱斯的消息了？"

"他一小时前来过，所有事情都谈好了。你能过来吗？"

我让她给我一个小时。我上楼，冲澡，刮脸。我换上体面衣服，然后觉得我不喜欢我穿的这一身，又换了一套。正在手忙脚乱打领带的时候，我忽然意识到我在干什么。我这是在为约会梳妆打扮。

我不得不大声嘲笑自己。

我戴上帽子，穿上外套，离开旅馆。她住在默里山三十八街上，第三大道和莱克星顿大道之间。我走到第五大道坐公共汽车，下车后向东走完剩下的路。她住在一幢战前的公寓楼里，红砖门脸，上下共十四层，大堂地面铺瓷砖，有盆栽棕榈树。我向门童报上姓名，他通过内线电话打给楼上，确定有人在等我，然后指点我去坐电梯。他的言谈举止里有着蓄意的不动声色，我猜他知道金是干什么的，以为我是嫖客，尽量不露出自鸣得意的讪笑。

我在十二楼下电梯，走向她的房间。我快走到的时候，门开了。她站在那儿，门框包围着她的身形，金色的发辫、湛蓝的眼睛和高高的颧骨，一瞬间我仿佛看见她被雕刻在维京海盗船的船头上。“天哪，马特。”她说，伸出手臂拥抱我。她和我身高差不多，她使劲搂住我，我感觉到她坚实的胸部和大腿压在我身上，认出了她馥郁芬芳的香水味。“马特，”她说，拉着我进房间，随手关上门，“上帝啊，我太感谢伊莱恩了，因为是她建议我联系你的。知道你是我的什么吗？你是我的英雄。”

“我从头到尾只是找他谈了谈。”

“不管你做了什么，总之成功了。我在乎的只有这个。请坐，放松一下。喝点什么吗？”

“不了，谢谢。”

“咖啡？”

“好，要是不太麻烦的话。”

“快坐下。是速溶的，没关系吧？我这人太懒，不会煮真正的咖啡。”

我说速溶的就很好。我坐在沙发上，等她去泡咖啡。这个房间很舒服，虽然没几件家具，但装饰得颇为迷人。音响在播放轻柔的爵士钢琴独奏。一只黑猫小心翼翼地从拐角伸头看我，随即从我的视线中消失。

咖啡桌上有几本最新的杂志——《人物》《电视指南》《时尚》《博物》。音响上方的墙上挂着一幅带框的海报，宣传的是几年前在惠特尼艺术馆举办的霍珀画展。另一面墙上挂着一对非洲面具。铺地板的橡木用石灰处理过，中央区域铺着一块斯堪的纳维亚地毯，地毯上是蓝色和绿色的旋涡状抽象图案。

她端着咖啡回来时，我正在欣赏这个房间。她说她真希望能留下这套公寓。“但另一方面，”她说，“留不下反而更好，不是吗？我是说，继续住在这儿，某些人会找上门来。你懂的，男人。”

“当然。”

“再说这些东西也都不是我的。我是说，整个房间里我自己选的东西只有那张海报。我去参观画展，想带点纪念品回家。那位画家描绘孤独的方式——人们待在一起，但心不在一起，各自看着不同的方向——它吸引住了我，真的。”

“你搬出去以后住在哪儿？”

“一个好地方。”她说得很有信心。她靠着我在沙发上坐下，一条长腿叠起来垫在底下，咖啡杯搁在另一条腿的膝头。她穿着去阿姆斯特朗酒馆时的那条酒红色牛仔裤，上身是柠檬黄的毛衣。毛衣底下似乎什么都没穿。她光着脚，脚指甲和手指甲一样涂成茶色波尔图酒的颜色。她本来穿着家居拖鞋，但坐下前先把它们踢到了一旁。

我欣赏着她双眼的湛蓝色，方形切割的戒指的碧绿色，视线不由自主地落在地毯上。有人似乎选取了那两种颜色，用打蛋器把它们搅在一起。

她吹了吹咖啡上的热气，喝一小口，俯身把杯子放在咖啡桌上。她的香烟摆在那儿，她拿起来点了一支。她说：“我不知道你对钱斯说了什么，但他似乎对你印象很深。”

“我不知道为什么。”

“今天上午他打电话来，说他要过来一趟，他敲门的时候，我挂着门链，但不知道为什么，我知道我没必要害怕他。有时候你就是会凭直觉知道事情，你明白吧？”

我明白，非常明白。波士顿勒杀魔[1]从来不需要破门而入，受害者全都是开门请他进去的。

她抿紧嘴唇，吐出一根烟柱："他非常和蔼。他说他没意识到我不开心，更不想违背我的意愿扣留我。他似乎很难过，因为我居然会觉得他是那种人。知道吗？他说得我都快产生负罪感了。他说得我觉得我在犯一个巨大的错误，我舍弃了什么好东西，等我发现无法挽回的时候会后悔的。他说，'你知道的，我从不接受姑娘吃回头草'，我心想，天哪，我这下可没退路了。你能想象吗？"

"应该能。"

"因为他就是这么会骗人。就好像我放弃了一份最好的工作，白白扔掉存下的企业退休金。明白吗？也太扯了！"

"你什么时候必须搬出这套公寓？"

"他说月底之前，我应该不到月底就会走。收拾行李没什么难的，这些家具没一件属于我。我只有衣服和唱片，还有霍帕的海报。说到这个，你知道吗？我觉得海报不如就留在这儿好了，我不觉得自己想留下这段回忆。"

我喝了两口咖啡。咖啡不像我喜欢的那么浓。唱片上一首曲子结束，接下来是首钢琴三重奏。她又说起我给钱斯留下了深刻的印象。"他想知道我怎么会联系上你的，"她说，"我混过去了，就说你是我一个朋友的朋友。他说我没必要雇你，直接和他谈就行。"

---

1 波士顿勒杀魔：美国二十世纪六十年代初的连续杀人狂，共杀害了13名女性。

“也有可能是真的。”

“或许吧，但我不这么认为。我认为就算我能鼓起勇气，开口和他谈，听完他的一席话，我会慢慢回心转意，这个想法会被撂到一边。然后我会任凭它扔在那儿，你明白的，因为假如不直截了当说出口，他会想方设法让我觉得离开他是不被允许的行为。他未必会说：‘听着，婊子，你给我乖乖待着，否则我就划了你的脸。’他未必会这么说，但听在我耳朵里就是这个意思。”

“你今天听到这个意思了吗？”

“没有。重点就在这儿。我没有。”她的手抓紧了我手腕上方的部位，“哦，免得我忘记了。”她说，她从沙发上起身，我的手臂承担了她的部分重量。她走到房间的另一头，打开手包翻了一会儿，然后回到沙发上，递给我五张百元大钞，很可能就是三天前我还给她的那五张。

她说：“似乎应该有点奖赏的。”

“你付我的已经够多了。”

“但你完成得太出色了。”

她一条胳膊搭在沙发靠背上，身体凑近我。我看着她盘在头上的金色发辫，想到我认识的一个女人，那是一位雕塑家，在翠贝卡区有一间工作室。她雕过一尊美杜莎头像，女妖的头发是无数条小蛇，金和简·基恩的那尊雕像一样，有着宽阔的眉头和高高的颧骨。

但表情不一样。简的美杜莎看上去失望得无以复加，金的面容更加难以看懂。

我说：“那是隐形眼镜吗？”

“什么？哦，你说我的眼睛？不，本来就是这个颜色。有点奇怪，对吧？”

“不寻常。”

现在我能看懂她的面容了。我从中见到的是期待。

“非常美丽。”我说。

稍微有点宽的嘴唇渐渐松弛，一个笑容开始成形。我靠近她，她立刻扑进我的怀里，鲜活、温暖、热情。我亲吻她的嘴唇、她的喉咙、她闭上的双眼。

她的卧室很宽敞，洒满阳光。地上铺着厚厚的地毯。特大号的平台床没收拾，黑猫在印花棉布套的沙发椅上打盹。金拉上窗帘，对我羞怯地笑笑，然后开始脱衣服。

我们的欢好很不寻常。她的身体无与伦比，你只会在性幻想中见到这样的胴体，她显然毫无保留地把自己交给了我。我的欲望强烈得让我自己吃惊，然而那几乎完全是生理性的。我的意识奇异地脱离了她和我的身体。我仿佛隔着一段距离在看两个人的表演。

释放带来了纾解、放松和宝贵的片刻愉悦。我退出她的身体，觉得自己站在漫无边际的荒原上，沙漠和干枯的灌木丛包围着我。令人惊愕的悲哀一时间占据了我。我的喉咙深处阵阵抽痛，我觉得自己快要流泪。

这种情绪转瞬即逝。我不知道它因何而起，也不知道它被什么带走。

她说：“哎，好了。”她微笑着侧过身面对我，抬起一只手放在我胳膊上。“马特，刚才真的很好。”她说。

我穿上衣服，拒绝了再喝一杯咖啡的邀请。她拉着我的手走到门口，再次感谢我，说她搬好家就会打电话给我，告诉我新地址。我说欢迎随时打电话给我，无论为什么都行。我们没有接吻。

我在电梯里想到了她说过的话："似乎应该有点奖赏的。"奖赏这个词用在这儿倒是很合适。

我一路走回旅馆。一路上我停下几次，一次喝咖啡吃三明治，一次在麦迪逊大道的一所教堂，我本来想把五十块放进捐款箱，却意识到我做不到。金给我的是五张百元大钞，而我的零钱不够数。

我不知道我为什么捐什一税，也不记得我最初是怎么养成这个习惯的。这是我离开安妮塔和孩子们搬到曼哈顿后开始做的事情之一。我不知道教堂如何处理捐款，也确定他们不太可能比我更需要钱，最近我在尝试戒掉这个习惯。然而每次有收入了，我都会发觉有某种不安随之而来，除非我随便找个教堂，捐出总数的百分之十，否则就无法抹除这种感觉。我猜这就叫迷信。我猜我的思路是这样的：既然已经开始这么做了，我就必须坚持下去，否则可怕的厄运就会降临。

上帝很清楚，这个想法毫无逻辑。无论我把所有收入交给教堂还是一点都不交，坏事都会发生，而且会持续不断地发生。

这份什一税只能等一等了。不过我还是坐了一会儿，享受空荡荡的教堂带来的平静。我放手让思绪乱转了一会儿。我进门后过了几分钟，一位老人在通道的另一侧坐下。他闭上眼睛，看样子非常专注。

我猜测着他是不是在祈祷，猜测着祈祷究竟是什么感觉，人们能从中得到什么。有时候在走进一座教堂时，我也会想要祈祷几句，但不知道该如何开口。

假如有蜡烛可点，我会点上一支，但这座教堂是圣公会的，不备蜡烛。

那天晚上，我去圣保罗教堂参加戒酒会活动，但无论如何也没法把注意力放在见证上。我总是走神。讨论环节中，午间活动见过的年轻人讲述他是怎么熬过九十天的，他再次得到了一轮掌声。讲话的人说："你们知道九十天过后是什么吗？你的第九十一天。"

我说："我叫马特。我无话可说。"

晚上，我早早关灯上床。我很容易就睡着了，但一次又一次从梦中醒来。每次我企图抓住梦境，它们就会从意识边缘溜走。

最后我起床了，下楼去吃早饭，我买了张报纸带回旅馆。步行范围内有一场星期日中午的戒酒会活动。我从没参加过，但我看见它被列在戒酒会的指南里。等我想到要去的时候，它已经开到一半了。于是我留在房间里，看完报纸。

以前喝酒能填补无所事事的时光。我曾经在阿姆斯特朗酒馆一坐就是几个小时，喝掺波本威士忌的咖啡。这么喝不会上头。我一杯一杯慢慢喝，时间一小时一小时过去。你可以尝试不加烈酒，然后做同样的事，你会发现行不通。没什么原因，但就是行不通。

下午三点左右，我想到了金。我伸手去拿电话想打给她，但及时拦住了自己。我们上过床，因为那是某种礼物，她知道如何赠予，我却不知道该怎么拒绝，然而那并没有让我们成为情人。它没有让我们中的一个人成为对方的什么人，我和她之间的交易无论怎么说都已经结束。

我想起她的头发和简·基恩的美杜莎雕像，我考虑要不要打给简。但打通了又能谈什么呢？

我可以告诉她，我的第七个清醒日子已经过完一半了。自从她也开始参加戒酒会活动后，我就和她断了联系。医生叫她远离与饮酒有关的人、地点和事物，在她看来，我无疑名列其中。今天我没喝酒，我可以这么告诉她，但那又怎样呢？这不等于她会愿意见到我。事实上，这也不等于我想见到她。

我们曾经一起开怀畅饮共度过几个晚上，也许我们可以用同样的方式享受清醒时光。然而，那和在阿姆斯特朗酒馆枯坐五个小时喝不加威士忌的咖啡有什么区别？

我都已经开始查她的号码了，但终究还是没打给她。

圣保罗教堂的发言者讲述了一个真正的坠入深渊的故事。他曾经有好几年海洛因成瘾，他好不容易戒毒，却又把自己喝得沦落包厘街[1]。他看上去像是去过地狱，而且记得地狱是个什么样子。

中间休息的时候，吉姆在咖啡壶那儿拦住我，问我情况如何。我说挺好。他问我滴酒不沾几天了。

“今天是我的第七天。”我说。

“天哪，太棒了，”他说，“马特，这真的很了不起。”

讨论期间，我考虑过要在轮到我的时候起来发言。我不知道我会不会说我曾经是个酒鬼，因为我不知道我到底是不是，但我会说些类似今天是我的第七天、我很高兴来到这里，或者其他什

1 包厘街：纽约曼哈顿区南部的一条街道和小型街区，二十世纪四十年代到八十年代是贫民窟，专门有个名词Bowery Bums指沦落至此的游民和酒鬼。

么话。然而等真的轮到我了，我说出来的还是那句老话。

聚会结束后，我拎着折叠椅走向堆放椅子的地方，吉姆走到我身旁。他说：“你知道吗？我们有几个人每次散会后都去科布角店里喝咖啡，就是吹吹牛消磨点时间。你要不要一起去？”

“哎，我太乐意了，”我说，“但今晚不行。”

“那就下次吧。”

“好的，”我说，“听上去很好，吉姆。”

我当然可以去。我没有其他事可做。但是我没去，而是回到阿姆斯特朗酒馆，吃了一个汉堡包和一块芝士蛋糕，喝了一杯咖啡。我可以在科布角店里吃完全相同的东西。

好吧，我就是喜欢星期天晚上的阿姆斯特朗酒馆。人不太多，只有那些常客。吃完东西，我端着咖啡走到吧台，同CBS电视台一个叫曼尼的技师和一个叫戈登的乐手聊天。我甚至没有想喝酒的念头。

我回家上床。第二天早晨起来时，我有点心惊肉跳，我没有理会，觉得那是一个无法记忆的噩梦留下的残渣。我冲澡，刮脸，但这种感觉还在。我穿衣服，下楼，把一包脏衣服扔在洗衣房，把一身正装和一条长裤送到干洗店。我吃早餐，读《每日新闻报》。一名专栏作家访问了格雷夫森德不幸被霰弹枪击中的那位女士的丈夫。他们刚搬进那幢屋子，那是他们梦寐以求的新家，是他们在体面社区过上体面生活的机会。结果两名歹徒在逃命时慌不择路，偏偏选中了这幢屋子。“就好像上帝随手一指，挑中了克莱尔·莱泽切克。”专栏作家写道。

在《地铁简讯》的版面里，我得知包厘街的两个流浪汉在阿斯托广场站的垃圾箱里发现一件衬衫，为此大打出手。其中一人用一把八英寸长的弹簧刀捅死了另一人。死者现年五十二，凶手三十三。要不是事情发生在地铁里，我猜这起案件都不会有机会上报纸。假如他们在包厘街的廉价旅馆里自相残杀，那就根本不是新闻。

我继续翻报纸，就好像我期待着会找到什么一样，隐约的不祥预感始终挥之不去。我略微有点宿醉的感觉，我不得不提醒自己，昨晚我一滴酒也没沾。这是我的第八个清醒日子。

我去银行把五百块收入的一部分存进户头，剩下的换成十块和二十块的零钱。我去圣保罗教堂想捐掉那五十块，但教堂里正在做弥撒。我没进去，而是去了六十三街的青年会，聆听我这辈子听过的最无聊的一场见证。我觉得讲话的人在列举他从十一岁开始的每一次饮酒。他嗡嗡嗡地唠叨了足足四十分钟。

散会后我到公园里坐着，从小贩手里买了个热狗来吃。下午三点左右，我回到旅馆，打了个瞌睡，四点半左右再次出门。我买了份《邮报》，拐弯走向阿姆斯特朗酒馆。买报的时候我肯定扫了一眼头条标题，但不知为何没看进去。我坐下，点咖啡，望向头版，那条消息就在那儿。

《应召女郎被砍成肉酱》，它这么说。

我知道概率的大小，但我也知道概率根本不重要。我闭着眼睛呆坐片刻，将报纸攥在拳头里，我想凭借纯粹的意志力改写故事。一抹颜色在我紧闭的眼皮底下掠过，那是北欧人眼睛的独特蓝色。我胸口发紧，喉咙底下再次感觉到阵阵抽痛。

我翻过该死的报纸页面，详细报道在第三版上，完全就是我预料到的情形。她死了。那个狗杂种杀了她。

6

金·达吉南死在银河都会酒店十七楼的一间客房里，银河都会是二十世纪五十年代在第六大道新建的几家摩天高楼饭店之一。房间租给了一位查尔斯·欧文·琼斯先生，他来自印第安纳州韦恩堡，付现金订了一晚的房间，于星期天晚间九点十五分入住，此前半小时曾打电话预约房间。初步筛查证明韦恩堡没有这么一位琼斯先生，他在登记卡上填写的住址似乎也不存在，因此可以推断他用的是假名。

琼斯先生没有从客房打过电话，也没有用客房号码消费过任何东西。入住数小时后他悄然离开，没把钥匙还给前台。他在房门上挂了请勿打扰的标牌，客房清洁人员严格遵守规定，直到过了星期一上午十一点的退房时间，一名清洁女工才打电话到客房。电话无人接听，她又去敲门；敲门依然无人回应，她就用万能钥匙开门。

她走进了《邮报》称之为“无法用语言形容的恐怖现场”。

一个裸体女人倒在床脚下的地毯上，床上没有收拾过，她的血液浸透了床垫和毯子。女人死于多重伤口，身上的刺伤和砍伤不计其数，助理验尸官认为凶器有可能是军用刺刀或墨西哥砍刀。凶手把她的脸砍成“无法辨认的肉泥”，但一位有魄力的记者从达吉南小姐的“默里山奢华公寓”拿到一张照片，这张照片呈现了她遭到毁坏前的原貌。金的金发在照片中完全是另一个模样，它披到肩头，一根长辫像冕饰似的盘在头顶。照片中的她眼神清澈、容光焕发，仿佛海蒂[1]长大后的样子。

死者身份的确认是通过在现场发现的女性手包完成的。手包里有相当数量的现金，警方调查人员因此排除了谋财的杀人动机。

开什么玩笑。

我放下报纸。我发现我的双手在颤抖，但这不足为奇。我的内心颤抖得更加厉害。我迎上伊芙琳的视线，她走过来，我请她给我一杯双份波本威士忌。

她说：“马特，你确定吗？”

“有什么不确定的？”

“呃，你最近不喝酒了。你确定你又要开始喝？”

我心想，年轻人，这和你有什么关系？我深吸一口气，慢慢吐出来，说：“你说得有道理。”

“再来一杯咖啡吧。”

“好的。”

1 海蒂：瑞士作家约翰娜·施皮里的儿童文学《海蒂》中的小女孩。1937年被改编成电影，由秀兰·邓波儿主演。——编注我继续读报道。初步尸检确定死亡时间为午夜前后。我努力回忆他杀死她时我在干什么。戒酒会活动后我来到阿姆斯特朗酒馆，但我是几点钟离开的呢？昨晚我休息得比较早，然而即便如此，我躺下时恐怕也快到午夜了。当然了，死亡时间只是个大约估计，因此当他开始一刀一刀夺去她的生命时，我有可能已经睡着了。

我坐在那儿，一杯接一杯地喝咖啡，一遍又一遍地读那篇报道。

离开阿姆斯特朗酒馆后，我来到圣保罗教堂。我在后排找了个长椅坐下，尽量静心思考。一幅幅画面没完没了地来回跳动，我和金的两次会面与我和钱斯的交谈混剪在一起。

我把无用的五十块钱塞进捐款箱。我点了支蜡烛，盯着它看，像是期待着在火苗中见到什么东西在舞动。

我回去重新坐下。我呆呆地坐在那儿，一位嗓音轻柔的年轻神父走过来，抱歉地告诉我晚上的关门时间到了。我点点头，站起身。

“你似乎有心事，”他主动说，“有什么我能帮忙的吗？”

“我看不太可能。”

“我时常看见你进来坐着。有时候找人聊聊会有帮助的。”

是吗？我说：“神父，我甚至不是天主教徒。”

“这不是必要条件。假如你有什么烦恼——”

“我只是收到了一些坏消息，神父，没想到一个朋友就这么死了。”

“这种事情总是让人很难接受。”

我害怕他要对我说教什么上帝旨意神秘莫测，但他似乎在等我继续说下去。我找了个借口脱身，在人行道上站了一会儿，琢磨接下来该去哪儿。

现在才六点半，戒酒会活动要两小时后才开始。你可以提前一个小时去，坐在那儿喝咖啡，和别人聊天，但我从不这么做。我有两个小时要打发，然而我不知道该干什么。

他们叫你别饿着自己。自从公园里的那个热狗，我还没吃过东西。然而想到食物，我胃里就开始翻腾。

我走回我住的旅馆。路上经过的地方似乎不是酒吧就是酒铺子。我上楼回到房间里，一直待在那儿。

我提前几分钟来到开会的地方。五六个人叫出我的名字，和我打招呼。我倒了杯咖啡，然后坐下。

演讲者先说了个简略版的酗酒故事，然后用大多数时间讲述四年前他戒酒后发生在身上的种种事情。他婚姻破裂，最小的儿子死于交通意外，肇事司机事后逃逸，他长期失业，数次被确诊为抑郁症。

“但我没有喝酒，”他说，“第一次来到这儿时，你们对我说，喝醉永远只能让世上所有糟糕事变得更差劲。你们说想要成功戒酒，办法就是哪怕天塌地陷你也不喝酒。我告诉你们，有时候我觉得我能保持清醒，纯粹就是因为他妈的固执。其实也没什么不好。要我说，只要有用，怎样都行。”

我打算趁着场间休息溜走。但我没有，而是又倒了一杯咖啡，拿了几块无花果牛顿饼。我几乎能听见金对我说她酷爱甜食：“但一盎司的肉都不会多长。你说幸运不幸运？”

我吃掉点心，感觉像在嚼草料，但我还是一口一口嚼着，用咖啡冲下肚。

讨论环节中，一个女人滔滔不绝地讲述她的人际关系。她是个烦人精，每天晚上重复同样的话。我充耳不闻。

我心想，我叫马特，我有酒瘾。我认识的一个女人昨夜被杀了。她雇我避免被杀，我信誓旦旦地说她安全了，而她也相信了我。杀死她的凶手欺骗我，而我相信了他，现在她死了，我对此束手无策。这件事从内心蚕食我，我不知道该怎么办。每个路口都有酒吧，每个街区都有酒铺子，喝酒不会让她起死回生，但我保持清醒也同样不会让她复活，你说我他妈为什么非得碰上这种事？为什么？

我心想，我叫马特，我有酒瘾，我们这些人在这种该死的活动室里坐成一圈，没完没了地说着些相同的屁话，与此同时那些禽兽在外面自相残杀。我们说别喝酒，去参加聚会，我们说重点在于你是清醒的，我们说做起来很简单，我们说一次戒一天别着急，我们像被洗脑的僵尸似的喃喃自语，而世界正在走向毁灭。

我心想，我叫马特，我有酒瘾，我需要帮助。

轮到我了，我说："我叫马特。谢谢你的见证，我非常喜欢，今晚我就听你们说吧。"

祈祷结束我就走了。我没去科布角，也没去阿姆斯特朗酒馆。我走向我住的旅馆，从它门前走过，没有进去。我绕着街区转了半圈，来到五十八街的乔伊法雷尔酒吧。

店里人不多。点唱机在放托尼·贝奈特。酒保不是我认识的人。

我望向吧台里的架子。我见到的第一种波本威士忌是早年时光。我要了一杯纯的，另要一杯水。酒保斟酒，把杯子放在我面前的吧台上。

我拿起酒杯，盯着它看。真不知道我期待自己会看见什么。

我一饮而尽。

7

没什么大不了的。刚开始我都没感觉到酒精的力量，随后我体验到的是微弱的头痛和反胃的预兆。

唉，我的生理系统已经不习惯喝酒，我远离酒精已经一个星期了。上次我整整一周不喝酒是哪年哪月来着？

我记不起来了。也许是十五年前吧，我心想。也许是二十年前，也许更久。

我站在那儿，一条胳膊搭在吧台上，一只脚踩着身旁高脚凳底下的横杆，我试图确定自己感觉到的究竟是什么。结论是某些地方不像几分钟以前那么疼了，但另一方面，我感觉到了某种奇异的失落感。然而我失去了什么呢？

“再来一杯？”

我正要点头，但及时阻止了自己，我摇摇头。“现在不了，”我说，“能给我换点硬币吗？我要打几个电话。”

他给我换了一块钱的硬币，告诉我投币电话在哪儿。我把自己关在电话亭里，取出笔记本和笔，开始打电话。我花了几毛钱，搞清楚是谁负责达吉南的案子，又花了几毛钱联系那个人，最后我的电话被转到北中城区的刑警办公室。我说我找德金警探，接电话的人说了句“稍等”，然后我听见一声“乔？找你的”，片刻过后，另一个声音说：“我是乔·德金。”

我说：“德金，我叫斯卡德，我想知道你在达吉南的案子里有没有逮捕任何人。”

“你说你是谁？”他说。

“我叫马修·斯卡德，我不是想从你那儿打听消息，而是想给你消息。要是你还没逮捕那个皮条客，我也许可以给你一条线索。”

他停顿片刻，说：“我们还没进行逮捕。”

“她有个皮条客。”

“我们知道。”

“你知道他叫什么吗？”

“我说，斯卡德先生——”

“她的皮条客叫钱斯。有可能是姓，有可能是名，也有可能是化名。他没有案底，至少这个名字没有。”

“你怎么知道他有没有案底？”

“我当过警察。听我说，德金，我有很多情报，我只是想全都告诉你。你先听我说一会儿，然后想问什么就问，可以吗？”

“行啊。”

我把我了解的钱斯的情况全告诉了他。我给了他完整的体貌特征描述，还有他那辆车的特征描述，外加车牌号码。我说他手上至少有四个姑娘，其中之一叫桑妮亚·亨德莱克斯，人们有可能叫她桑妮，我又描述了她的外貌。“星期五晚上，他在中央公园西大道444号放亨德莱克斯下车。她有可能住在那儿，但更有可能是去参加一个叫基德·巴斯康的职业拳手的庆功派对。钱斯和巴斯康有某种利害关系，很可能有人在那幢楼里为他开派对。”

他插嘴了几句，但我继续说下去。我说：“星期五晚上，钱斯得知叫达吉南的姑娘想结束他们之间的关系。星期六下午，他去东三十八街她的住处找她，说他并不反对。他叫她在月底之前搬出公寓。那是他的地方，是他花钱租的公寓，安排她住进去。”

“稍等一下，”德金说，我听见纸张翻动的沙沙声，“租用记录上的名字是达维·戈德曼先生，达吉南的电话号码也列在他名下。”

“你找到这个达维·戈德曼了吗？”

“还没有。”

“我猜你找不到，或者你会发现戈德曼是一名律师或会计，钱斯用他来打掩护。有一点我敢保证，钱斯绝对不像我见过的任何一个达维·戈德曼[1]。”

“你说过他是黑人。”

“没错。”

“你见过他。”

“一点不错。尽管他没有固定的去处，但经常会出现在几个地方。”我把名单列给他，“我没查清楚他住在哪儿，我猜他把住址当作秘密。”

1 达维·戈德曼：David和Goldman是常见的犹太名字和姓氏。

“问题不大，”德金说，“我们有反向黄页。你给了我们他的电话号码，记得吗？我们查号码就能知道地址。”

“那个号码好像是他用的应答服务。”

“对，但他们肯定有他的号码。”

“有可能。”

“你似乎不太确定。”

“我认为他倾向于让自己很难被找到。”我说。

“那你是怎么找到他的？斯卡德，你和这件事到底有什么关联？”

我想挂电话。我已经把我知道的情况全告诉警察了，我不喜欢被别人盘问。然而找我比找钱斯容易无数倍，假如我挂断德金的电话，他只要一眨眼的工夫就能把我抓进去。

我说：“星期五晚上我见过他。达吉南小姐请我为她调停。”

“怎么个调停法？”

“传话告诉他说她想脱钩。她很害怕，不敢自己去说。”

“所以你替她传了话。”

“没错。”

“斯卡德，你难道也是拉皮条的？她从他手下换到你那儿去了？”

我一下子攥紧了听筒。我说：“不，德金，我不是混那一行的。怎么？你老妈在找新路子吗？”

“你说——”

“没别的意思，就是你他妈说话当心点。我都把整个案子装在盘子里端给你了，我根本没必要打给你的。”

他没说什么。

我说："金·达吉南是我朋友的朋友。要是你想知道我是谁，有个姓古奇克的警察和我很熟。他还在北中城分局吗？"

"你是古奇克的朋友。"

"我们向来互相看不顺眼，但他会告诉你我是正派人。我告诉钱斯说她想退出，钱斯说他没意见。第二天钱斯去找她，对她说了相同的话，然后昨天夜里有人杀了她。你们推测的死亡时间还是午夜前后吧？"

"对，但仅仅是估计，尸体过了十二个小时才被发现。至于尸体的情况，怎么说呢，法医多半只想快点检查完，然后去忙别的。"

"情况很糟糕。"

"我非常同情那位可怜的小个子清洁女工。厄瓜多尔人，我觉得她是非法移民，几乎一个英语词都不会说，好死不死一开门看见这个。"他哼了一声，"你愿意看一眼尸体，帮我们确定身份吗？你看见的东西会永远刻在你脑子里。"

"身份还没确定吗？"

"哦，不，"他说，"我们有指纹。她几年前在长岛市被捕过。蓄意游荡，拘留十五天。后来就再也没有被抓过了。"

"后来她去妓院做了，"我说，"然后钱斯安排她住进三十八街的一套公寓。"

"真正的纽约奥德赛。斯卡德，你还有什么线索？对了，要是我想找你，该怎么联系你？"

我没有其他线索了。我给了他我的地址和电话号码。我们又寒暄了几句，我放下听筒，但电话立刻就响了。一毛钱只能打三分钟，我超时欠费四毛五。我去吧台又破开一块钱，把硬币塞进投币口，然后回到吧台前，又要了一杯酒。早年时光，纯的，另给我一杯水。

这次的味道就好多了。烈酒下肚，我感到体内的齿轮渐渐松开。

参加戒酒会活动时，他们总说让你喝醉的就是第一杯酒。你喝下第一杯后，它会引发某种难以抗拒的强迫性冲动，你身不由己地喝下第二杯、第三杯，最终喝得酩酊大醉。嗯，也许我确实没有酒精成瘾，因为事情并没有那么发生。我喝了两杯，感觉比喝酒前好了一万倍，而且我没有产生任何继续喝下去的欲望。

但我还是给了自己一个机会。我在吧台前站了几分钟，考虑要不要喝第三杯。

不，不，我真的不想再喝。我满足于我此刻的感受。

我把一块钱放在吧台上，收起剩下的零钱，打道回府。路上我经过了阿姆斯特朗酒馆，完全不想进去坐坐。我没有感觉到想坐下喝一杯的冲动。

明早的《新闻报》肯定已经出刊了，要不要走到路口去买一份呢？

不，去他妈的吧。

我在前厅停了一下，没有留言。当班的是雅克布，可待因[1]喝得他有点晕乎乎的，他在填填字游戏的方格。

我说："哎，雅克布，我想谢谢你那天晚上帮我的忙，就是你帮我打的那个电话。"

"哦，好的。"他说。

---

1 可待因：部分咳嗽糖浆的有效成分，有成瘾性。

“不，我说真的，”我说，“真的非常感谢你。”

我上楼，准备睡觉。我很累，觉得喘不上气。有那么一会儿，就在我坠入梦乡前，我再次感受到了那种古怪的失落感。但我到底失去了什么呢？

我心想，七天。你清醒了七天和第八天的一大半，现在你失去了它们。它们一去不回。

8

第二天早晨我去买了《新闻报》。一桩新的暴行把金·达吉南赶下了头版。华盛顿高地上有一位年轻的外科医师，他是哥伦比亚长老会医院的驻院医生，在河畔公路的一场抢劫中遭到射杀。他根本没有反抗，但凶手开枪打死了他，没有任何明显的理由。受害者的遗孀将在二月初生下他们的第一个孩子。

应召女郎砍杀案掉到了里面的版面上。报道的内容昨晚我都听德金说过。

我出去走了很久。中午时分，我来到基督教青年会，但坐立不安，在见证环节中起身溜走。我走进百老汇大街的一家熟食店，吃了个熏牛肉三明治，喝了瓶普赖尔黑啤。晚餐时间我又喝了瓶啤酒。八点半，我来到圣保罗教堂，但只是绕着街区走了一圈，然后径直返回旅馆，没去地下室参加活动。我强迫自己待在房间里。我想喝一杯，但我已经喝了两瓶啤酒，我决定把每天的配额定为两杯。我觉得只要不超过这个额度，自己就不可能惹上麻烦。无论我早晨一睁眼就喝还是晚上临睡前最后喝，无论我在旅馆房间里喝还是去酒吧喝，无论我一个人喝还是和别人一起喝，总之每天就喝两杯。

第二天是星期三，我睡了个懒觉，在阿姆斯特朗酒馆吃了顿迟到的早饭。我走到市图书馆，在那儿待了几个小时，然后在布莱恩特公园里坐下，直到毒贩子烦得我无法忍耐。他们已经彻底占领了公园，认定只有潜在的顾客才会费神走进公园，因此你坐在那儿看报纸就注定被一次又一次打断，他们推销兴奋剂、镇静剂、大麻、麦角酸以及天晓得其他什么东西。

晚上我去八十三街参加戒酒会活动。米德莱德，从不缺席活动的成员之一，她宣布那天是她的纪念日，她最后一次喝酒已经是十一年前了，全场掌声雷动。她说她没有任何秘诀，她只是每次坚持一天。

我心想，假如我不喝酒直接上床，那就坚持一天了。我下定决心，去他妈的，我能做到。然而等聚会结束后，我却走进了波莉笼子，喝下了我那天的两杯酒。我和一个男人聊了起来，他想请我喝第三杯，但我请酒保给我可乐。我对自己很满意，知道我有原则，而且能恪守原则。

星期四，我吃晚饭时喝了杯啤酒，再去参加活动，在场间休息时溜走。我去阿姆斯特朗酒馆坐了坐，但某些因素阻止我在那儿点酒喝，我没待多久就走了。我坐立不安，我在法雷尔酒吧和波莉笼子走进走出，但在两个地方都没点酒。与波莉笼子同一个街区上的酒铺子还开着。我买了一瓶五分之一加仑的丹特威士忌，带着酒回到我住的旅馆。

我先冲澡，准备上床睡觉。然后我启开瓶口的密封，在水杯里倒了两盎司波本威士忌，一饮而尽，躺下睡觉。

星期五，我起床后第一件事就是又喝了两盎司。我切实地感受到了烈酒的力量，这是一种美好的感受。我一整天都没喝第二口。上床前我又喝了一杯，然后倒头就睡。

星期六我醒来时头脑清醒，没有喝一杯的欲望。我恨不得要炫耀自己居然把喝酒控制得这么好。我几乎想去参加戒酒会的活动，和他们分享这个秘密，但我能够想象我会激起什么样的反应。了然于心的表情，了然于心的笑声，和戒酒者“我胜你一筹”的自得。另外，我能控制住自己的饮酒不等于我有资格向别人推荐我的经验。

上床前我喝了两杯。我几乎毫无感觉，但星期天早晨醒来时我有点摇晃，于是我给自己倒了一大杯还魂酒，以此开始这一天。这杯酒很管用。我读完报纸，然后查看戒酒会活动的列表，发现下午在格林尼治村有一场。我乘地铁来到村里。参加者几乎全是同性恋。场间休息时我溜了。

我回到旅馆，打了个瞌睡。吃过晚饭，我读完报纸，决定可以喝今天的第二杯了。我倒了两三盎司的波本威士忌，一饮而尽。我坐下继续读报，但难以集中注意力。我考虑要不要再喝一杯，但我提醒自己，今天的两杯配额已经用完了。

这时我意识到一个破绽。从早上那杯酒到现在已经超过了十二个小时，比它和昨晚的睡前酒之间的间隔还要久。那杯酒早就被我的身体代谢掉了，因此不该算在今天的配额里。

也就是说，我在睡觉前还有资格再喝一杯。

我很高兴我能想到这一点，决定用足够慷慨的一杯酒犒赏自己的洞察力。我往水杯里倒酒，满得离杯口只差半英寸，我不慌不忙地享用它，拿着酒杯坐在椅子里，样子就像“显要人物”广告[1]中画的一样。我的理性告诉我，重要的是喝酒的杯数，而不是杯子的容量，然后我忽然想到我其实欺骗了自己。今早的第一杯酒——假如那也能算一杯酒——其实只有杯底一点点。从这个意义上说，我还欠自己四盎司左右的波本威士忌。

我倒出我估算的四盎司烈酒，一口见底。

我很高兴地发现这几杯酒几乎没怎么影响我。我离喝醉还差得远。事实上，我的感觉很久没有这么好过了。说真的，我感觉太好了，没法乖乖地坐在房间里。我应该出去，找个惬意的地方，喝一杯可乐或咖啡。不，不喝酒，第一个原因是我不想再喝了，另一个同等重要的原因是我已经喝完了今天的两杯酒。

我在波莉笼子喝了杯可乐。我在第九大道一家叫羔皮手套的同性恋酒吧喝了杯姜汁汽水。有几个喝酒的客人看上去略微眼熟，说不定其中也有人参加了村里下午的那场活动。

我朝下城区又走了一个街区，忽然想通了一点。这几天我一直在控制自己的饮酒数量，在此之前我坚持了一个多星期滴酒不沾，这无疑证明了一些什么。妈的，既然我能限制自己一天只喝两杯酒，这岂不是无可辩驳地证明了我根本没必要把自己每天的饮酒量控制在两杯？我以前有过饮酒的问题，这个我没法抵赖，但现在我显然已经有所成长，过了人生中的那个坎。

因此，尽管我完全不需要再喝一杯，但假如我想喝，我当然可以再喝一杯。然而事实上我确实想喝，因此我凭什么不能喝呢？

---

1 “显要人物”广告：二十世纪卡尔费特威士忌的广告画，通常是一位西装革履的男士坐在椅子中，笑着举着酒杯。下面印广告语：“为一名显要人物干杯。”——编注

我走进酒馆，要了一杯双份波本威士忌，另要一杯水。我记得酒保有个亮闪闪的光头，也记得他给我斟酒，还记得我拿起了酒杯。

然后我就什么都不记得了。

9

我忽然醒来，意识突兀地恢复，而且一下子就是百分之百清醒。我躺在病床上。

这是第一波震惊。第二波转眼就到，因为我发现今天是星期三。星期天夜里拿起第三杯酒之后的事情我完全不记得了。

这几年我时常喝到断片儿。有时候我会失去一个晚上的最后半小时，有时候则是几个小时。

但这是我第一次失去整整两天时间。

医生不肯放我出院。我是前一天深夜被送进来的，他们想留我在医院里脱毒，需要整整五天。

一名实习医生说：“你体内的酒精都还没代谢完呢。你走出医院五分钟，拐个弯就会拿起酒杯。”

“不，我不会的。”

“两周前你刚在这儿做过脱毒治疗，病历上写着呢。我们把你收拾干净，你看你坚持了多久？”

我没话说了。

“你知道昨天夜里你是怎么进来的吗？你严重痉挛，全身抽搐个不停。你以前这么发作过吗？”

“没有。”

“唉，你以后还会犯的。要是你继续喝下去，就肯定还会发作。不是每次，但是迟早，而且你迟早会因此丧命，前提是没有死于其他并发症。”

“别说了。”

他抓住我的肩膀。“不，我要说，”他说，“我他妈为什么不能说？要是太礼貌，照顾你的感受，我的话就穿不透你的狗屁脸皮。你看着我，听我说。你酒精成瘾，再喝下去，你就没命了。”

我一言不发。

他全安排好了。我先做十天脱毒治疗，然后进史密瑟斯中心做二十八天的戒酒康复治疗。他得知我既没有医疗保险，也没有康复治疗所需的几千块美金，就放弃了后半个念头，但他依然坚持要我在脱毒病房待满五天。

“我没必要住下，”我说，“我肯定不会喝的。”

“大家都这么说。”

“在我这里这句话是真的。再说，我不愿意留下，你也没法把我扣在这儿。你必须放我出院。”

“你要出院就必须签一份AMA。违背医嘱声明书。”

“那我就签吧。”

他有几秒钟似乎非常愤怒，但最后他耸耸肩。“随便你，”他乐呵呵地说，“下次也许你就会乖乖听话了。”

“不会有下次了。”

“哦，肯定会有下次的，我保证，”他说，“除非你一头栽倒时离另外一家医院比较近，或者还没被送到医院就咽气了。”

他们还给我的衣服一团糟，我在街上打过滚，所以衣服很脏，衬衫和上衣沾着血。我被送进来的时候头上有个破口，医生给我缝了几针。我无疑在抽搐时碰破了脑袋，也可能在早些时候的其他奇遇中受了伤。

我身上现金足够，付得起医院账单。堪称一个微小的奇迹。

上午下过雨，马路依然湿漉漉的。我站在人行道上，感觉信心从脚底慢慢流空。街对面有一家酒吧，我口袋里还有喝一杯的钱，我知道这杯酒能让我的感觉好起来。

我没有去酒吧，而是返回我住的旅馆。我必须鼓起勇气，才能去前台取信件和留言，就好像我做了什么可耻的坏事，欠前台人员一个发自肺腑的道歉。最糟糕的地方在于我不知道我在失去记忆的那段时间里做过什么蠢事。

前台人员的脸上看不出任何反应。也许失忆那段时间我全待在房间里，与世隔绝地喝酒。也许自从星期天夜里走出旅馆，我就再也没有回来过。

我上楼回到房间里，排除了后一种可能性。我显然在星期一或星期二的某个时候回来过，因为我已经喝完了那瓶丹特，空酒瓶旁边现在摆着一瓶半满的占边波本威士忌。分销商的标价签说明它来自第八大道的一家酒铺子。

我心想：嗯，你的第一个试炼来了，你说你喝不喝吧。

我把酒倒进洗脸池，洗干净两个酒瓶，放进垃圾箱。

邮件全都是垃圾信，我随手扔掉，开始过目留言。星期一上午，安妮塔给我打过电话。星期二晚上，一个叫吉姆·法布尔的人打过电话，留下回电号码。钱斯昨晚和今天上午各打过一个电话。

我洗了个长时间的热水澡，仔细刮脸，换上干净的衣服。我扔掉从医院穿回家的衬衫、袜子和内衣，外衣和外裤放在一旁。干洗店也许有办法处理它们。我拿起留言，又看了一遍。

前妻安妮塔。钱斯，杀死金·达吉南的皮条客。还有一个叫法布尔的家伙。我不认识姓法布尔的人，也许某次我喝醉酒出去乱转，把某位酒鬼认作我失散多年的好友。

我扔掉写着他号码的字条，内心权衡着是下楼跑一趟还是费神请旅馆接线员帮我打外线。要是我没有倒掉那半瓶酒，这会儿我多半会喝一杯。最后我决定下楼，从大堂的电话亭打给安妮塔。

这是一场古怪的交谈。我和她都谨慎而客气，就像平时一样，我们像职业拳手打第一回合似的绕着彼此兜圈，然后她问我为什么打电话。“我是回你的电话啊，”我说，“不好意思，我没有立刻打给你。”

“回我的电话？”

“有个字条说你星期一打过电话。”

停顿片刻，然后她说：“马特，星期一晚上咱们说过话了。你回过我的电话，你不记得了？”

我感到背脊发凉，就好像听见什么人用指甲刮黑板。“我当然记得，”我说，“但字条怎么又回到我的信箱里了呢？我以为你后来又打过电话。”

“我没打过。”

“大概是我乱扔字条，某个好心的傻瓜捡起来塞回我的信箱里，这会儿我拿到手，以为是另一通电话。”

“肯定是这样的。”

“那好，”我说，“安妮塔，那天晚上我打给你的时候喝了几杯，记忆有点模糊了。能提醒我一下我们都谈过什么吗？免得我忘记了什么事情。”

我们谈了米基的牙齿矫正，我让她再去问问其他医生。我向她保证，我记得这部分对话。还有什么吗？我说过最近我有希望再寄一笔钱给她，比我上次寄的那一笔更多，支付孩子的箍牙费用应该不成问题。我说这部分我也记得，她说那就没什么了，哦，当然了，你和孩子们也聊了几句。就这些吗？那敢情好，看来我的记忆力还没那么差嘛。

挂电话时我在颤抖。我坐在那儿，努力从记忆中唤起她刚刚描述的那些对话，但毫无指望。从星期天晚上第三杯酒下肚前的那一刻开始，直到我在病床上醒来，中间只有一片空白。所有的记忆都消失了。

我撕掉字条，然后撕成四片，把碎纸塞进衣袋。我看着另一条留言。钱斯留下的是他的应答服务号码。我没有打，而是打给北中城分局。德金不在，但他们给了我他家里的号码。

他拿起听筒，声音有点迷糊。“稍等一下，让我点支烟。”他说。等他回到电话旁，声音就听起来一切正常了。“我在看电视，”他说，“看着看着就睡过去了。斯卡德，你有什么事？”

“那个拉皮条的想联系我。钱斯。”

“怎么联系你？”

“电话。他留了个号码叫我打过去。他的应答服务号码。所以他多半还在城里，假如你要我钓他出来——”

"我们没在找他。"

有一个可怕的瞬间，我以为我肯定在断片儿期间和德金谈过，我和他之中的一个给另一个打过电话，而我完全不记得了。但他继续说了下去，我意识到这种事并没有发生。

"我们把他弄到警察局来过，仔仔细细地盘问了他。"他解释道，"我们签发了逮捕令，但他自个儿找上门来。他带着一个滑头律师，他本人也相当滑头。"

"你们放他走了？"

"我们没有任何理由能扣押他。从估计的死亡时间之前几个小时到之后六个还是八个小时，整段时间他都有不在场证明。他的不在场证明看上去挺牢靠的，我们还没找到任何破绽。银河酒店给查尔斯·琼斯办入住手续的前台人员给不出外貌描述，我的意思是说他甚至没法确定那家伙是黑人还是白人，他觉得应该是白人。你说我能拿着这些去找地检官吗？"

"他有可能会找别人替他开房间。这些大饭店不会记录来去人员的姓名。"

"你说得对。他有可能找别人替他开房间，他也有可能找别人替他杀人。"

"你猜他就是这么干的？"

"没人花钱雇我瞎猜，我只知道我们没法给那个狗娘养的立案。"

我思考片刻："他为什么打电话给我？"

"我怎么知道？"

"他知道是我领你们去找他的吗？"

"我肯定没告诉他。"

“那他为什么要找我？”

“你为什么不自己问他？”

电话亭里很热，我打开一条门缝透气：“也许我会问他的。”

“很好。斯卡德？别和他在黑漆漆的小巷里见面，明白吗？因为要是他想对你来硬的，你就必须看着点背后。”

“说得好。”

“要是他真的对你下手，临死前记得留个遗言。电视上总是这么演的。”

“这我就只能尽力而为了。”

“写得机智一点，”他说，“但别太机智了，明白吗？要足够简单，好让我看懂你的意思。”

我投下一毛钱，拨打钱斯的应答服务号码。说话像老烟枪那样沙哑的女人接起电话：“8092。有什么事情？”

我说：“我叫斯卡德。钱斯找过我，我在回他的电话。”

她说她应该很快就会和他通话，然后问我的电话号码。我把号码报给他，然后上楼回房间，在床上躺平。

不到一个小时，电话响了。“是我，钱斯，”他说，“谢谢你回我的电话。”

“我一个小时前刚看到留言。两条。”

“我想和你谈谈，”他说，“面对面地谈谈。”

“行啊。”

“我在楼下，你住的旅馆的大堂里。咱们可以在附近喝杯酒或者咖啡。你能下来吗？”

“行啊。”

10

他说：“你依然认为是我杀了她，对不对？”

“我怎么认为有什么重要的？”

“对我很重要。”

我借用德金的台词：“没人花钱雇我思考。”

离第八大道几个门牌号的一家咖啡馆里，我们坐在最后面的卡座。我喝黑咖啡，他的咖啡只比他的肤色稍微浅一点。我点了个英式烤松饼，我觉得我该吃点东西，但我就是提不起胃口去碰它。

他说：“不是我干的。”

“好的。”

“按照你们的说法，我的不在场证明滴水不漏，那天晚上有整整一屋子人能为我的时间作保。我根本没靠近过那家酒店。”

“倒是很方便。”

“这话什么意思？”

“你觉得什么意思就什么意思。”

“你的意思是我可以买凶杀人。”

我耸耸肩。隔着桌子坐在他对面，我感到焦躁不安，但更强烈的感觉是疲惫。我不害怕他。

“也许我可以，但我并没有。”

“随你怎么说。”

“真该死，”他说，喝了几口咖啡，“她对你来说其实比起那天晚上你说的更重要，对吧？”

“不对。”

“只是朋友的朋友？”

“没错。”

他看着我，他的视线像一束过于明亮的灯光，照着我的眼睛。“你和她上床了，”他说，我没来得及回答，“是的，你就是和她上床了。否则她还能怎么表达谢意？这个女人只会说这一种语言。斯卡德，希望你得到的报答不只是睡了一觉，希望她没有用皮肉付清全部费用。”

“我的费用是我的事情，”我说，“无论我和她之间发生了什么，都是我自己的事情。”

他点点头：“我只是想搞清楚你的来路，没别的意思。”

“我没有任何来路，也没有任何去处。我接了一个活儿，我结清了全部费用。委托人死了，事情和我没有任何关系，对我来说也没有任何意义。你说你和她的死没关系，也许是真的，也许不是。我不知道，也不想知道，实际上我根本不在乎。那是你和警察之间的事情，我不是警察。”

“你曾经是。”

“但现在不是了。我不是警察，不是受害者的兄弟，也不是手持火焰利剑的复仇天使。你觉得谁杀死了金·达吉南对我来说很重要？你觉得我他妈在乎？”

“是的。”

我望着他。

他说：“对，我认为这对你来说很重要。我认为你在乎是谁杀了她，所以我才会来这儿。”他微微一笑。“你看，”他说，“马修·斯卡德先生，我想雇用你。我要你找到杀死她的凶手。”

我花了一点时间才相信他是认真的，然后我尽我所能地说服他放弃这个念头。我告诉他，假如存在任何线索能引向杀死金的凶手，那么最有可能发现线索并追查下去的就是警方。他们有权威、人力、人才、关系和必要的技能。以上这些我全都没有。

“你忘记了一点。”他说。

“什么？”

“他们不会去查。在他们看来，他们已经知道了凶手是谁。他们找不到证据，因此无能为力，但那只是他们不去认真调查的借口。他们会说：‘唉，我们知道是钱斯杀了她，但我们无法证明，所以咱们还是去查其他案子吧。’老天在上，他们有不计其数的其他案子需要查。就算他们认真查案，也只会想方设法把罪责栽在我的头上。他们甚至懒得思考还有没有其他人有理由想杀死她。”

“比方说谁？”

“那就是你要去查清楚的了。”

“为什么？”

“钱，”他说，再次微笑，“我不会要你免费做事的。我财源滚滚，全是现金。我可以付你一大笔钱。”

“我不是这个意思。你为什么要我查这个案子？假如我真有机会找到凶手，你有什么理由要揭穿他？肯定不是为了帮你脱罪，因为你根本没有罪责。警察现在没法拿你立案，以后恐怕也找不到理由。就算案子变成一起未结悬案，和你又有什么关系呢？”

他的视线平静而坚定。“也许我很在乎我的名声。”他提出。

“怎么可能？在我看来，你的名声得到了提升才对。你杀了她并且全身而退的消息传到街上，下一个想从你手下退出的姑娘就会好好斟酌一下了。就算你和她的死真的毫无关系，我也不觉得你会有什么理由拒绝这份荣誉。”

他用食指弹了几下咖啡杯。他说：“有人杀了我手下的女人。没人能做了这种事还全身而退。”

“她被杀时已经不是你的人了。”

“谁知道呢？你知道，她知道，我知道。我其他的姑娘知道吗？酒吧里和街头的人们知道吗？他们现在知道吗？在全世界看来，现在的情况就是我死了一个姑娘，而凶手居然全身而退。”

“你的名声因此受损了？”

“肯定对我的名声没好处。还有其他的原因。我那些姑娘很害怕，金被杀了，凶手逍遥法外，要是他再犯案怎么办？”

“杀死另一个妓女？”

“杀死我的另一个人，”他心平气和地说，“斯卡德，凶手是一把上膛的枪，我不知道他指着谁。也许杀死金是某些人在难为我，也许他下一个目标就是我的另一个姑娘。有一点我很确定，我的生意已经受到了影响。我叫我的姑娘们别去旅馆会嫖客，这是最起码的，也不要接感觉不对劲的新客，但这就等于叫她们别接电话。”

侍者拿着咖啡壶晃过来，倒满我们的杯子。我还没碰那个英式松饼，融化的奶油开始凝结。我叫侍者把松饼撤下去。钱斯往咖啡里加牛奶。我想起金坐在我对面的情形，她往咖啡里猛加稀奶油和糖。

我说：“钱斯，为什么找我？”

“我说过了，警察不会认真调查。想让一个人尽心尽力做事，他就必须能从这里面挣钱。”

“还有其他私家侦探，你可以雇一整个事务所，让他们二十四小时连轴转。”

“我一向不喜欢团体运动，更爱看一个人单打独斗。再说了，你有你的优势，你认识被杀的女人。”

“我看不出我的优势从何而来。”

“另外，我了解你。”

“因为你见过我一次？”

“另外，我喜欢你的风格。这是个加分项。”

“是吗？你对我的了解仅限于我知道该怎么看拳击比赛，这恐怕算不上什么了解。”

“多少算是了解。然而我知道的不止这些。我知道你如何自处。另外，你知道的，我打听过你。很多人认识你，大部分人为你说好话。”

我沉吟了一两分钟，然后开口道：“杀死她的有可能是个变态狂，他把现场弄成那样，也许这就是事实。”

“星期五我得知她想从我手下退出，星期六我告诉她没问题，星期天某个疯子从印第安纳州飞来，把她剁成肉酱，纯粹是出于巧合。你是这么看的？”

“巧合每时每刻都在发生，”我说，“但是，不，我不认为这是出于巧合。”天哪，我觉得累极了。我说：“我不怎么想接这个案子。”

“为什么？”

我心想，因为我什么都不想做。我想找个黑暗的角落坐下，把整个世界关在门外。妈的，我想喝一杯。

“钱你总是需要的吧。”他说。

这话倒是没说错。我上一笔挣到的钱撑不了多久，儿子米基需要钱戴牙箍，接下来还少不了其他开销。

我说：“让我考虑一下。”

“好的。”

“这会儿我没法集中精神，我需要一点时间梳理头绪。”

“多少时间？”

几个月，我心想：“给我几个小时。我今晚打给你。能给我一个直接联系你的号码吗，还是我必须打给你的应答服务？”

“你说个时间，”他说，“我来你的旅馆门口找你。”

“你用不着这么做。”

“电话上拒绝人太容易了，我觉得还是面对面谈比较好。另外，假如你答应下来，咱们还要接着谈呢。再说了，你会想要收点预付金的。”

我耸耸肩。

“说个时间吧。”

“十点？”

“你的旅馆门口。”

“行啊，”我说，“要是必须现在就回答，那我肯定会拒绝。”

“还好你要到十点才会做决定。”

他付了咖啡钱，我没和他争。

我回到旅馆，上楼进房间。我想静下来思考，但做不到。我似乎根本没法坐着不动。我一次又一次从床上换到椅子上，然后又回到床上，思考我为什么没有当场拒绝他。现在我必须痛苦地煎熬几个小时，到十点钟再下定决心拒绝他的所有请求。

我都没意识到自己在干什么，就穿戴好了大衣和帽子，下楼拐过路口走向阿姆斯特朗酒馆。我走进店门，不知道自己会点什么。我走到吧台前，比利看见我就开始摇头。他说：“马特，我不能卖酒给你。我抱歉极了。”

我感觉到脸开始涨红。我很尴尬，我很愤怒。我说：“你什么意思？我看上去像是喝醉了吗？”

“不像。”

“那你凭什么不肯招待我？”

他避开我的视线。“规矩不是我定的，”他说，“我没说店里不欢迎你。咖啡、可乐、吃饭都行，妈的，你是我们重视的老顾客，但他不允许我卖酒给你。”

“谁不允许？”

“老板。那天晚上你在这儿——”

唉，天哪。我说：“比利，非常抱歉。实话实说，我有两个晚上过得很糟糕。我都不知道我来过这儿。”

“没关系，别往心里去。”

老天在上，我想找个地洞躲起来：“场面很难看吗，比利？我惹麻烦了吗？”

“唉，妈的，”他说，“你喝醉了，明白吧？没什么稀奇的。我有过一个爱尔兰女房东，有时候晚上我喝醉了回去，第二天我找她道歉，她会说：‘老天啊，孩子，连主教也会有这种时候。’马特，你没惹任何麻烦。”

“那么——”

“听我说，”他凑近我说，“我只是在传话。老板告诉我的，那家伙想喝死自己，我拦不住他，他想来店里坐坐，我欢迎他，但我绝对不会卖酒给他。马特，这话不是我说的。我只是个传话的。”

“我明白了。”

“要是我说了算——”

“再说我本来也不想喝酒，”我说，“我是来喝咖啡的。”

“这样的话——”

“这样的话就去他妈的吧，”我说，“这样的话我觉得我其实就是想喝一杯，找个愿意卖酒给我的人好像也没那么难。”

“马特，话不是这么说的。”

“你别教我怎么说话，”我说，“少他妈跟我来这套。”

我感觉到的愤怒有某种净化和满足的作用。我跺着脚走出餐馆，怒火烧得足有三丈高，我站在人行道上，思考该去哪儿喝一杯。

然后我听见有人叫我的名字。

我转过身，一个穿陆军夹克衫的男人朝我微笑。刚开始我没认出他来。他说很高兴见到我，问我情况如何，这时我当然知道了他是谁。

我说："哦，嗨，吉姆。还行吧，也许还行。"

"去参加活动吗？我陪你去。"

"哦，"我说，"天哪，今晚我恐怕去不了了，我要去见一个人。"

他只是微笑。我脑袋里咔嗒一声，问他是不是姓法布尔。

"没错。"他说。

"你打电话到旅馆找我。"

"只是想问候一声，没什么要紧事。"

"我没把名字和人联系在一起，否则早就打给你了。"

"嗯。马特，你确定你不想一起去参加活动吗？"

"我也想去。唉，妈的。"

他默默等待。

"吉姆，我惹了点小麻烦。"

"并不稀奇，你知道的。"

我没法抬起眼睛看他。我说："我又开始喝酒了。我坚持了——我说不清——七八天吧。然后又开始了，刚开始还挺好，你明白的，能控制住，然后一天晚上，我喝出事了。"

"你拿起第一杯的时候就已经出事了。"

"我说不清，也许吧。"

"所以我才打电话给你，"他温和地说，"我觉得你也许需要一点帮助。"

"你知道？"

"嗯，星期一晚上你来参加活动时看上去晕乎乎的。"

"我去参加活动了？"

"你不记得了，对吧？我就感觉你喝断片儿了。"

"唉，天哪。"

"发生什么了？"

"我喝醉了去参加活动？我醉醺醺地去参加戒酒会的活动？"

他大笑："你说得好像犯了死罪似的。你觉得全世界只有你做过这种事？"

我想死。"但太可怕了。"我说。

"有什么可怕的？"

"我再也不能去了，我不能再走进那个房间了。"

"你为自己感到羞耻，对吧？"

"当然了。"

他点点头："我总为自己喝断片儿而感到羞耻。我不想了解具体情况，害怕自己会做出可怕的事情。说到这个，你的表现没那么差劲。你没有惹麻烦，你没有乱插嘴，你弄洒了一杯咖啡——"

"唉，天哪。"

"但没洒在别人身上。你只是喝醉了，仅此而已。为了避免你胡思乱想，我可以告诉你，你看上去并不像喝得很开心。事实上，你看上去惨兮兮的。"

我鼓起勇气说："最后我进了医院。"

"这么快就出来了？"

"今天下午我主动要求出院的。我倒地抽搐，被别人送进医院。"

“倒地抽搐当然会进医院。”

我们默默地走了一小会儿。我说：“我没法待到活动结束，我约了个人十点钟见面。”

“那也可以参加大半场了。”

“应该是的。”

我觉得所有人都在盯着我。有些人和我打招呼，我好像在他们的问候中读到了言外之意。其他人没有理会我，我认为他们存心躲着我，因为我喝醉酒冒犯了他们。我羞愧得无地自容，恨不得能跳出自己的皮囊。

别人见证的时候，我没法待在座位上。我一次又一次地走向咖啡壶。我敢肯定我频繁倒咖啡引来了别人的不满，但我无法抵抗它对我的吸引力。

我的意识总是自己溜号。讲话的人是布鲁克林的一名消防员，他在说一个非常生动的故事，但我无法集中精神听他说。他说他那个消防队里的每一个人都曾严重酗酒，不那样喝酒的人都被调走了。“队长酒精成瘾，因此他希望身边全都是酒鬼，”他解释道，“他经常说：‘给我足够多的酒鬼消防员，我能扑灭任何一起火灾。’他说得对。哥们儿，我们什么都能做到，哪儿都敢冲进去，什么危险都他妈敢冒。因为我们喝得烂醉，根本没法判断。”

真是一个该死的谜。我控制自己的饮酒，明明控制得很好，怎么就忽然失灵了呢?

中间休息时，我放了一块钱在篮子里，走向咖啡壶去再倒一杯咖啡。这次我总算强迫自己吃了一块燕麦曲奇。我回到座位上，讨论环节开始。

我一次又一次地走神，但似乎并不重要。我尽量听他们说，尽可能坐着不动。十点差一刻，我起身悄悄离开，尽可能不引人注意。我觉得房间里的每双眼睛都盯着我，我想向他们保证，我不是去喝酒，而是要去见人，有正经事要谈。

后来我忽然想到，我大可以待到结束再走的。从圣保罗教堂走到我住的旅馆只要五分钟，钱斯肯定会等我。

也许我只是想找个借口，在轮到我发言之前溜掉。

十点整，我站在旅馆大堂里。我看见他的车靠边停着，我出门穿过人行道，来到路边。我打开车门，坐进去，关上车门。

他望着我。

“那个活儿还在吗？”

他点点头：“只要你肯接。”

“我接了。”

他又点点头，启动换挡，驶离路边。

11

绕一圈中央公园的环形车道差不多刚好六英里。我们已经逆时针转了四圈，凯迪拉克毫不费力地巡行。说话的主要是钱斯。我拿着笔记本，时不时地写下几笔。

他先讲述金的情况。她父母是芬兰移民，在威斯康星州西部买了个农场住下来。家附近唯一上规模的城市是奥克莱尔。金原名凯拉，从小挤牛奶，在菜园里除杂草。她九岁时，她哥哥开始性骚扰她，每晚溜进她的房间，对她做各种事情，强迫她给他做各种事情。

“但有一次她说到这儿时，哥哥变成了舅舅，还有一次是她父亲，因此有可能事情仅仅发生在她的想象中，也有可能真的发生过，细节变来变去是希望它别那么真实。”

高中三年级时，她和一名中年房地产经纪人有了私情。经纪人说他会为了她而离开妻子。她收拾行李，和他一起开车到芝加哥，两个人在帕尔默大饭店住了三天，吃饭全都叫客房服务。

住到第二天，经纪人喝醉后动了真感情，一遍遍说他毁了她的生活。第三天他的心情好了些，但第四天早晨她醒来，发现他不见了。他留下字条说他回去找妻子了，他多付了四天房费，还有他永远也不会忘记金。除了字条，他还用旅馆的信封装了六百块留给金。

她在饭店住满一周，欣赏芝加哥的风光，睡了几个男人。其中两个都不需要她开口，就给了她钱。她想问另外几个人要钱，但没法开这个口。她考虑回农场去。然而她在帕尔默大饭店住到最后一夜时，搭上了饭店里的另一位客人，那是个尼日利亚人，来芝加哥参加什么贸易会谈。

“这就断了她的后路，”钱斯说，“和黑人睡觉意味着她不能回农场了。第二天一大早，她坐上了去纽约的长途汽车。”

她的人生全都是错误的选择，直到钱斯把她从达菲那儿带走，安排她住进自己的公寓。她的相貌和脾性都适合做应召女郎，这是个好出路，因为她缺乏沿街拉客的那种劲头。

“她太懒，”他说，思考片刻又说，“妓女都很懒。”

钱斯手下有六个女人，金死后就只剩下五个了。他先宽泛地说了几句她们的概况，然后一个一个介绍，给出姓名、住址、电话号码和个人情况。我记了大量笔记。我们在公园里绕完第四圈，他向右拐弯，从西七十二街离开公园，他又开了两个街区，然后靠路边停车。

“去去就来。”他说。

我待在座位上，他去路口的电话亭打电话。车的马达在空转。我看着笔记，试图在形形色色的蛛丝马迹之中寻找模式。

钱斯回到车上，看着后视镜，飞快但未必合法地掉头。“我去查了一下我的应答服务，”他说，“得和大家保持联络。”

“你该在车上装电话。”

“太麻烦。”

他驶向下城区，然后拐弯向东，来到十七街上第二和第三大道之间的一幢白色砖土结构公寓楼前，靠着消火栓停车。“该去收账了。”他对我说。他下了车，还是留着马达空转，但这次他过了十五分钟才回来，他趾高气扬地走过穿制服的门童，敏捷地坐进驾驶座。

“那是唐娜家，”他说，“我跟你说过唐娜。”

“诗人。”

“她兴奋极了。旧金山有一家杂志收了她的两首诗，她会免费得到六本刊登她作品的那期杂志。这就是稿酬，几本杂志而已。”

前方的绿灯变红灯。他踩刹车，左右看看，然后慢悠悠地闯过去。

“肯付钱的杂志也登过几次她的诗，”他说，“有一次她收到了二十五块。这是她的最高成就。”

“听上去很难靠这个谋生。”

“诗人挣不到钱，妓女都很懒，但这个妓女在写诗方面可一点也不懒。她会一坐就是六个八个小时，仔细琢磨词句，她总有十几批诗寄给外面。一个地方退稿，她就寄到另一个地方去。她在邮票上花的钱早就超过了他们有可能付的稿酬。”他沉吟片刻，然后轻声一笑，“你知道我刚从唐娜那儿收了多少钱吗？八百块，仅仅是过去两天的营业额。当然了，有时候她的电话也会一连几天响也不响。”

“但平均下来还是很可观。”

“收入比写诗好得多，”他望向我，“想兜兜风吗？”

“我们不是一直在兜风吗？”

“我们一直在兜圈子，”他说，“现在我想带你去看看另一个世界。”

我们沿着第二大道向南开，穿过下东区，从威廉斯堡大桥进入布鲁克林。下桥时我们拐了无数个弯，彻底破坏了我的方向感。看路标也没什么用处，我不认识这些名称。不过看着周围从犹太社区变成意大利社区又变成波兰社区，我大致知道我们在什么地方。

我们来到一条暗沉沉的寂静街道上，路边都是两户一幢的框架式住宅，钱斯在一幢三层楼的砖土结构房屋前放慢车速，车库门开在这幢楼的正中央。他用遥控器打开车库门，开进去后又用遥控器关门。我跟着他爬上一段楼梯，走进一个天花板很高的宽敞房间。

他问我知不知道我们在哪儿，我说应该是绿点区。“非常好，”他说，“看来你很熟悉布鲁克林。”

“不怎么熟悉这块区域，但肉食店广告牌上有波兰熏肠。”

“有道理。知道这幢屋子是谁的吗？听说过一位卡西米尔·莱万多夫斯基博士吗？”

“没听说过。”

“你也没理由听说过。他是一位老先生，退休了，困在轮椅上。他性情古怪，不喜欢和别人来往。这地方曾经是消防站。”

“我就觉得这儿肯定是那种场所。”

“几年前两名建筑师买下屋子，改造翻建。他们几乎掏空了内部，然后从零开始。他们肯定有几个钱可以浪费，因为他们从不考虑费用。你看看地板，看看窗户的装饰线条。”他把细节指给我看，加上他的评论，“后来他们厌倦了这个地方——也可能是厌倦了彼此，我说不准，把屋子卖给了莱万多夫斯基老先生。”

“他住在这儿？”

“他根本不存在，”他说，他的语言风格不停切换，时而贫民窟模式，时而学究模式，然后再变回去，“邻居从没见过这位老先生。他们只见过他忠诚的黑人男仆，而且见到的也仅限于他开车进进出出。这是我家，马修。要我领你参观一下吗？只收你一毛钱。”

这地方相当惊人。最顶层是健身房，有全套力量器械和健身机器，还有桑拿和按摩浴缸。他的卧室在同一层，床上铺着一整块毛皮，正对着顶上的天窗。二楼的图书室里有一整面墙的书架和八英尺长的台球桌。

屋子里到处都装饰着非洲面具，还有一组组独立的非洲雕塑。钱斯时不时地指着其中之一给我看，说出它来自哪个部族。我说我在金的公寓见过几个非洲面具。

“波洛社团的面具，”他说，“来自丹族部落。我在手下每个姑娘的公寓都放了一两件非洲艺术品，当然不是最值钱的那些，但也不是垃圾。我不收藏垃圾。”

他从墙上取下一个式样古拙的面具，交给我仔细查看。眼睛的开口是方形的，五官都是精确的几何线条，原始气息使得整体效果强而有力。“这是多贡，”他说，“拿着感觉一下。你不能只用眼睛来欣赏雕像，双手必须参与。来，拿着。”

我接过面具。它比我预料中重得多，制作面具的木料肯定非常致密。

他从一张柚木矮桌上拿起电话，拨出一个号码。他说："嘿，亲爱的，有留言吗？"他听了一会儿，放下电话。"风平浪静，"他说，"喝咖啡吗？"

"要是不麻烦的话。"

他向我保证不麻烦。趁着煮咖啡的时候，他向我讲述他的非洲雕塑收藏，制作它们的工匠并不认为他们在制作艺术品。"他们制作的每一件东西都有特定的功能，"他解释道，"保护房屋，或者驱赶恶灵，或者用于特定的部落仪式。假如一个面具失去了力量，他们就会扔掉它，然后重新雕一个新的。旧的变成垃圾，没有任何用处，烧掉扔掉都可以。"

他哈哈一笑："然后欧洲人来了，发现了非洲艺术。几个法国画家从部落面具中得到灵感。现在的情况是一些非洲工匠把所有时间都花在制作出口到欧美的面具和雕像上。它们遵循古老的形式，因为客户就是这么要求的，但其实非常可笑。他们的作品不值一提，因为里面没有任何感情，不真实。你看着它，拿在手里把玩，然后再感受一下真东西，你立刻就能看出区别来——只要你对这类东西有一丁点感觉就行。很好玩，对吧？"

"很有意思。"

"要是我手头有那些垃圾货，我可以展示给你看，但是我没有。刚开始收藏的时候我买过几个。你必须犯错误才能培养出鉴赏力。我把那些东西全烧掉了，就在那个壁炉里。"他微笑，"不过我买的第一件东西我还留着，挂在卧室里。是丹族面具，来自波洛社团。我当时对非洲艺术还一无所知，但我在一家古董店里看见它，立刻对面具的艺术忠实性做出了反应。”他停下来，摇摇头，“妈的，我在胡说什么呢。实际上，看着那块光滑的黑色木头，我觉得我在照镜子。我看见了自己，看见了我父亲，视线穿透了过去那些该诅咒的岁月。你明白我在说什么吗？”

“不太确定。”

“妈的，也许我自己也不明白。”他摇摇头，“你觉得制作这东西的老工匠会怎么说？他会说：‘妈的，这个发疯的黑鬼要这些旧面具干什么？他为什么要把它们挂得满墙都是？’咖啡好了。你的咖啡要黑的，对吧？”

他问：“说起来，侦探到底是怎么办案的？你从哪儿开始查呢？”

“跑来跑去，打听情况。除非是个精神病凑巧杀死了金，那么她的死亡肯定与她的生活有关系。”我拍了拍笔记本，“关于她的生活，你还有很多不知道的。”

“应该是吧。”

“我会到处打听，看别人都能告诉我什么。也许线索拼在一起能指出个什么方向，也许不能。”

“我的姑娘们知道她们可以和你谈。”

“会有帮助的。”

“倒不是说她们肯定知道什么，但也许真的知道。”

“有时候人们知道事情，但不知道自己知道。”

“有时候人们泄露秘密，但不知道自己说了。”

“也有这种时候。”

他站起来，双手叉腰。“知道吗？”他说，“我没打算带你来这儿的，我不认为你有必要知道这幢屋子。然而你都没开口，我就带你来了。”

“屋子很了不起。”

“谢谢。”

“给金留下了深刻的印象吧？”

“她从来没见过这个屋子。我那些姑娘都没见过。有个德国老太太每周来一次打扫卫生，把这儿擦得闪闪发亮。进过这幢屋子的女人就她一个。至少我买下来之后是这样，曾经住在这儿的那两位建筑师也对女人不感兴趣。来，剩下的咖啡全归你了。”

他的咖啡好得不像话。我已经喝过量了，但它太好喝了，我没法拒绝。先前我称赞的时候，他说这是牙买加蓝山和一种哥伦比亚深度烘焙豆子的混拼。他说可以送我一磅，我说我住在旅馆里，给我也没用。

我慢慢品尝咖啡，他又打了个电话给应答服务。他放下话筒，我说：“这儿的号码能给我吗？还是说你想保守秘密？”

他大笑：“我不怎么来这儿，打给应答服务比较容易找到我。”

“好吧。”

“再说，知道这个号码也没用。我自己都记不清楚，我必须翻电话账单才能保证我不写错。另外，就算你拨进来，这儿也会静悄悄的。”

“为什么？”

“因为电话铃不会响。这些电话只能往外打。装修这地方的时候我接了电话，也排了分机的线，这样我身边总有电话可用，但我从不把号码告诉任何人。包括我的应答服务，任何人都不知道。”

“然后？”

“然后有一天晚上，我记得我在打台球，该死的电话忽然响了，吓了我一大跳。打电话的人问我想不想订一份《纽约时报》。两天后我又接到一个电话，结果是拨错了号码，然后我想通了，打进来的电话反正不是拨错号码就是推销东西，于是我找了把螺丝刀，走来走去拆开每一台电话机，电话里有个小铃锤，要是电流通过一段线路，它就会敲响电铃，我拆掉了所有电话机里的铃锤。有一次我从另一台电话打这个号码，你会觉得铃声在响，因为你不知道铃锤有没有被拆掉，但这幢屋子里没有任何铃声。”

“厉害。”

“门铃也一样。外面门口有个按钮，但没有接任何东西。自从我搬进来，大门从来没敞开过，你从窗口往里看也什么都看不见，到处都安装了防盗警报器。倒不是说绿点区盗贼横行，这毕竟是个环境舒适、历史悠久的波兰人社区，但莱万多夫斯基老先生对安全和隐私情有独钟。”

“我看也是。”

“我不太来这儿，马修，但只要车库门在我背后关上，它就把整个世界都挡在了外面。外界的东西没法进来干扰我，无论是什么。”

“你居然带我来了这儿，我很吃惊。”

“我也一样。”

我们到最后才谈钱。他问我要多少，我说我要两千五。

他说这个数目能买什么服务。

“我不知道，”我说，“我不按小时收费，也不记录开销。要是后来我花钱太多，或者事情拖得太久，我也许会再找你要钱。但我不会寄账单给你，你不给钱我也不会去告你。”

“你做事很不正规。”

“没错。”

“我喜欢这样。付现金，不开收据。我不在乎花钱，我的女人们很能挣钱，但花销同样很大。房租、运营费用、贿赂。你安排一个妓女住在一幢楼里，就要贿赂这幢楼的各种人员。你不能像其他房客那样只在圣诞节给门童二十块意思意思，而是每个月二十，圣诞节另加一百，楼里的其他管理人员也一样。加起来很可观。”

“肯定是的。”

“但还能剩下很多。我不会把钱浪费在可卡因或者赌博上。你说多少？两千五？刚才让你拿着的多贡面具，我花在上面的钱有这个数字的两倍还多。我花了六千二，外加拍卖场向买家收取的一成手续费。加起来有多少？六千八百二。还没算消费税呢。”

我一言不发。他说：“妈的，我不知道我想证明什么，我猜大概是我这个黑鬼很有钱吧。你等下。”他回来时拿着一沓百元大钞，从中数出二十五张，都是不连号的旧钞。我琢磨着他在这幢屋子的各个角落里藏了多少钱、他习惯性地随身携带多少钱。几年前我认识一个放高利贷的，他给自己立了条规矩，他出门时口袋里永远装着至少一万块。他没有把这事当成秘密，认识他的人都知道他身上的那卷钞票。

也从来没有人企图抢过他的钱。

他开车送我回家。我们走了另一条路线，我们从普瓦斯基大桥到皇后区，然后穿隧道到曼哈顿。我和他都没怎么说话，路上我大概睡着了，因为他抓着我的肩膀摇醒了我。

我使劲眨眼，在座位上直起腰。车停在我住的旅馆门口。

“门到门护送服务。”他说。

我下了车，站在人行道上。他等几辆出租车开过去，然后当街掉头。我目送凯迪拉克驶出视野。

各种念头在我脑袋里挣扎，就像筋疲力尽的游泳者。我太累了，无法思考。我上楼睡觉。

12

“我和她并不熟。我一年多前在美容院认识她，一起喝了杯咖啡，听她说话的感觉，我猜她不是推销雅芳的。我们交换了电话号码，偶尔打电话聊几句，但一直没有走得很近。后来什么时候，两个星期之前吧，她打电话给我，说想聚一聚。我吃了一惊。我和她已经几个月没联系了。”

我在伊莱恩·马德尔的公寓里，她住在五十一街上第一和第二大道之间。地上铺着白色厚粗绒地毯，墙上挂着显眼的抽象派油画，音响在播放温吞如水般的音乐。我喝咖啡，伊莱恩喝减肥可乐。

“她找你干什么？”

“她说她想离开她的皮条客，她想断绝关系，同时不受到伤害。然后她就去找你了，还记得吧？”

我点点头：“她为什么会找你？”

“不知道。我感觉她没几个朋友。她不可能找钱斯的其他姑娘谈这种事，恐怕也不愿意和她正常生活中的亲友讨论。另外她还年轻，你明白的，比我年轻。她也许把我当作了什么有智慧的姑妈。”

“没错，这就是你。”

“一点不错，对吧？她多少岁，二十五左右？”

“她说二十三，报纸好像说二十四。”

“天哪，真年轻。”

“我知道。”

“马特，再来一杯咖啡？”

“我不用了。”

“你知道我觉得她为什么选我谈这件事吗？我觉得是因为我上头没有皮条客。”她在座位上换个姿势，先打开双腿，然后重新盘起来。我记得另外几次我来这套公寓的情形，我们一个坐在沙发上，另一个坐在埃姆斯椅子上，同样有温吞如水般的音乐让房间里坚硬的棱角变得柔和。

我说：“你从来没有过，对吧？”

“是的。”

“大多数姑娘呢？”

“她认识的那些都有。我猜站街的非有不可。得有人捍卫你在某个路口拉客的权利，你被捕了要保释你出来。你在这么一套公寓里开业，那就是另一码事了。然而即便如此，我认识的大多数妓女也都有男朋友。”

“和皮条客是一码事吗？”

“哦，不。男朋友不会管理一批妓女，他只是凑巧当了你的男朋友。你也不需要把挣到的钱交给他，但你要给他买很多东西，仅仅因为你愿意，要是他在生活中遇到难关，你就用现金帮他脱身，或者他发现了可以利用的什么商业机会，或者他需要借点钱花花，当然了，这和你把钱交给他是两码事。男朋友就是这样的人。”

“有点像只管一个女人的皮条客。”

“有点像，只是每个姑娘都信誓旦旦地说她的男朋友不一样，他们的关系不一样，然而有一点永远不会改变，那就是谁挣钱和谁花钱。”

“而你从来没有皮条客，对吧？也没有男朋友？”

“从来没有。有一次我去看手相，看我手相的女人惊叹不已。‘亲爱的，你有两条智慧线，’她说，‘你的头脑控制心灵。’”她走过来，给我看她的手掌，“就是这条线，看见了？”

“看着不错。”

“真他妈直。”她回去拿起汽水，然后过来坐在我身旁的沙发上。她说：“我知道金的事情之后，立刻就打电话给你，但你不在家。”

“我没收到留言。”

“因为我没留。我挂断电话，打给我认识的旅行社。两小时后，我就上飞机去巴巴多斯了。”

“你害怕你上了什么人的黑名单？”

“倒不是。我猜肯定是钱斯杀了她，我不认为他会对她的所有亲友赶尽杀绝。不，我只是觉得我该休息一下了。找个海滩酒店住一星期，下午晒晒太阳，晚上玩玩轮盘赌，钢鼓音乐很好听，林波舞很好看，我待上很久也不会腻。”

“听上去很不错。”

“第二天晚上，我在泳池鸡尾酒派对上认识了一个男人。他住在隔壁那家饭店。相当不错的好男人，税务律师，一年半以前离婚，和一个对他来说太年轻的姑娘谈了一场痛苦的恋爱，那段关系已经结束，然后一抬眼就认识了我。”

“然后？”

“然后那一周剩下的时间里，我们好好地浪漫了一把。在海滩上长时间散步、潜水、打网球、浪漫晚餐，在我房间的露台上喝酒。我有个俯瞰大海的露台。”

“在这儿你能俯瞰东河。”

“完全是天差地别。马特，我们过得很开心，性爱也很美满。我以为我必须使出我的职业技能，你明白的，假装羞涩。但是我并不需要假装。我真的很羞涩，然后我克服了我的羞涩。”

“你没有告诉他——”

“开什么玩笑。当然没有。我说我为画廊做事，修复油画，是个自由职业的艺术品修复专家。他觉得这个行当非常迷人，问了我一箩筐的问题。要是我更明智一点，肯定会选个比较乏味的职业，那样圆谎就简单了，但你要知道，我就是想表现得迷人。”

“我明白。”

她的双手放在大腿上，她在看它们。她脸上没有皱纹，但岁月已经开始在手背上显露痕迹。我琢磨着她的年龄。三十六？三十八？

“马特，他想在城里和我见面。我们没有对彼此说过这是爱情，不，没提过这种事，但你能感觉到我们之间也许有点什么能通向某种结局，他想朝那个方向走走看。他住在梅里克。你知道那在哪儿吗？”

“当然，在长岛，离我以前住的地方不远。”

“环境很好？”

“有几块区域非常好。”

“我给了他一个假号码。他知道我的名字，但这儿的号码没上黄页。他没联系过我，我也不指望他能联系到我。我想晒一个星期的太阳，享受一点小小的浪漫，我的心愿已经得到了满足，但偶尔我也会想我可以打电话给他，编个故事解释为什么号码不对。这种事撒个谎很容易就能搪塞过去。”

“应该吧。”

“但为什么呢？我甚至可以靠撒谎变成他的妻子或女朋友或其他什么身份。我可以放弃这套公寓，把我的嫖客号码本扔进焚化炉。但为什么呢？”她望着我，“我过得很好，我有储蓄，我一直在存钱。”

“然后去投资，”我回忆道，“房地产，对吧？皇后区的公寓楼？”

“不止皇后区。要是我愿意，我现在就可以退休，而且过得很好。但我为什么要退休，又为什么要找个男朋友呢？”

“金·达吉南为什么想退休呢？”

“她想要的是退休吗？”

“我不知道。她为什么想离开钱斯？”

她沉思片刻，最后摇摇头：“我没问她。”

“我也没问。”

“我一直没法理解为什么一个姑娘非得找个皮条客罩着，因此一个人说她要离开她的皮条客，我也没想过要听听她的理由。”

“她和什么人在谈恋爱吗？”

“金？有可能。但就算在谈，她也没告诉过我。”

“她打算离开纽约吗？”

“我没得到这种印象。但就算要走，她也不会告诉我，对吧？”

“妈的，”我说，我把空杯子放在咖啡桌上，“她肯定和什么人有了某种关系，真希望我知道那是谁。”

“为什么？”

“因为只有这样，我才能找到杀死她的凶手。”

“你认为案子是这么查的？”

“通常来说就是这么查的。”

“假如我明天被杀了，你会怎么做？”

“大概会送花吧。”

“说正经的。”

“说正经的？我会去查家住梅里克的税务律师。”

“很可能为数不少，你觉得呢？”

“有可能，但我不认为这个月在巴巴多斯待了一个星期的有许多个。你说他住在你隔壁的海滩旅馆里？我不认为他会很难找，也不认为把他和你的案子联系在一起有多困难。”

“你真的会做这些事吗？”

“为什么不会？”

“不会有人付你钱。”

我哈哈一笑：“哎，你和我，伊莱恩，咱们是老交情了。”

我们确实交情匪浅。我还在警队的时候，我和她有个约定，假如她需要警察能够提供的那种帮助，无论是法律方面的麻烦还是碰到了棘手的嫖客，我都会帮她脱身。反过来，假如我需要她，她总会为我腾出时间。我忽然想到，这样一来我成了什么呢？既不是皮条客也不是男朋友，到底是什么呢？

“马特？钱斯为什么雇你？”

“找到杀死她的凶手。”

“为什么？”

我想到他告诉我的那些理由。“不知道。”我说。

“你为什么接这个活儿？”

“伊莱恩，我需要钱。”

“你没那么在乎钱。”

“我当然在乎。我现在必须开始为我的老年生活做打算了，我看上了皇后区的公寓楼。”

“非常好笑。”

“我打赌你这个女房东肯定很受欢迎。我打赌他们会兴高采烈地等你去收房租。”

“这些事情全都交给管理公司，我根本不需要见我的房客。”

“真希望我没听见这个，你毁了我美好的幻想。”

“做梦去吧。”

我说：“我为金办完事后，她拉我上床。我去她家，她付我报酬，然后我们上床了。”

“然后？”

“就好像给我小费，友好地表示感谢。”

“比圣诞节塞给你十块钱强。”

“但她会这么做吗？我是说，假如她和什么人有了某种关系，她会仅仅为了开心就和我上床吗？”

“马特，你忘记了一件事。”

她有一瞬间看上去确实像个睿智的老姑妈。我问我忘记了什么。

“马特，她是个妓女。”

“你在巴巴多斯的时候也是妓女吗？”

“我不确定。”她说，“也许是，也许不是。但有一点我可以向你保证，求偶舞步跳完，我们终于上了床，我他妈由衷地高兴，因为这次我总算知道自己在干什么了。你要明白，和男人上床就是我的职业。”

我思考片刻，然后说：“早些时候，我打电话给你，你叫我等一个小时，别立刻就过来。”

“所以？”

“所以你约了一个嫖客？”

“嗯，反正不是因为抄表员。”

“你需要钱吗？”

“我需要钱吗？这算什么鬼问题？我收钱的。”

“但不挣这个钱，你也有租金可以收。”

“而且三餐不会饿肚子，也不需要穿脱丝的长筒袜。你问这个到底什么意思？”

“所以今天你见那个男人是因为你就是做这个的。”

“应该吧。”

“嗯，是你先问我为什么要接这个活儿的。”

“因为你就是做这个的。”她说。

“差不多吧。”

她想到了什么，哈哈一笑。她说：“海因里希·海涅临死时——就是那位德国诗人，知道吧？”

“怎么了？”

“他临死时说：‘上帝会宽恕我的。这是祂的职业。’”

“这话不赖。”

“用德语说可能还更好。我卖身，你探案，上帝宽恕。”她垂下视线，“我希望上帝真能宽恕。轮到我进棺材的那天，希望祂没去巴巴多斯度周末。”

13

我离开伊莱恩家时，天色正在变暗，街道上挤满了下班高峰的车辆。又开始下雨了，恼人的细雨弄得通勤车辆慢如龟爬。我望着膨胀的车流，心想说不定伊莱恩那位税务律师就在其中。我琢磨他这个人，猜测等他发现伊莱恩留下了一个错误的号码会如何反应。

要是他愿意，他就能找到她。他知道她叫什么。电话公司不会透露她的私密号码，但他只要稍微有点门路，就能找到有关系的人帮他从电话公司那儿搞到号码。假如这条路走不通，他还可以通过她住的旅馆追查她，费不了多大力气。旅馆可以告诉他她用的是哪个旅行社，一路问下去，他就能知道她的住址。我当过警察，我会不由自主地思考这种事，但任何人都能想到这些办法，不是吗？在我看来，它们算不上特别复杂。

他发现她留了个假号码，也许很受伤害。得知她不想见他，他或许就也不想见她了。但他的第一反应难道不该是她不小心写错了吗？他会打给查号台，会猜测那个查不到的号码和她留给他的号码会不会只有颠倒了两个数字的差别。所以他为什么不会追根究底呢？

也许他本来就没打给过她，因此也就一直不知道那是个假号码。也许他在飞机卫生间里扔掉她的号码，然后回家去和妻儿团聚。

也许他偶尔会感到愧疚，想着有一位艺术品修复师守在电话旁等他打来。也许他会为自己的草率而备感后悔，其实根本没必要扔掉她的号码嘛。他本来可以时不时地抽空找她约会，她没理由非得知道他有妻子和孩子嘛。妈的，有人偶尔能带她离开颜料和松节油，她该感激涕零才对。

离家还有半程的时候，我拐进一家熟食店，要了浓汤、三明治和咖啡。《邮报》上有一篇离奇的报道。皇后区的两个邻居争吵了几个月，因为其中一个人养的狗在他出门后就叫个不停。前一天晚上，狗主人出来遛狗，狗在邻居家门口的树底下拉屎。邻居碰巧看见了，从楼上窗口用弓箭射那条狗。狗主人跑回家，拿着一把瓦尔特P38手枪出来，那是他参加二战的纪念品。邻居也拿着弓箭跑出来，狗主人开枪打死了他。邻居八十二岁，狗主人六十二岁，两个人在小颈区已经当了二十多年的邻居。文章里没说狗几岁，但报纸上有它的照片，一位制服警官牵着狗绳，它使劲挣扎。

北中城分局离我住的旅馆有几个街区。晚上九点刚过，我来到那里，雨还在半心半意地下着。我到前台问路，值班的年轻人留着小胡子，头发用吹风机吹过，他指点我走楼梯。我爬上一段楼梯，找到刑警队的大开间。办公桌前坐着四个穿便衣的警察，房间另一头还有两个在看电视。拘留室里有三个黑种年轻男人，他们扫了我一眼，发现我不是他们的律师，顿时失去了兴趣。

我走向离我最近的办公桌。一个秃顶的警察正在打报告，他抬起头看我。我说我约了德金警探。

另一张办公桌前的警察抬起头，和我对视。“你肯定是斯卡德了，”他说，“我是乔·德金。”

他和我握手，用力过头，像是要比试谁更有男子气概。他挥手请我坐下，然后坐进他的椅子，在满溢的烟灰缸里揿熄烟头，又点了一支烟，靠在椅背上打量我。他的眼睛是那种不会显露任何情绪的灰色。

他说：“外面还在下雨？”

“断断续续。”

“烂天气。喝咖啡吗？”

“不了，谢谢。”

“有什么事情？”

我说我想看看金·达吉南凶杀案的材料，他能给我看什么我就看什么。

“为什么？”

“我答应别人要查一查。”

“你答应别人要查一查？你是说有人雇你查？”

“可以这么说。”

“谁？”

“我不能告诉你。”

他的下巴侧面有条肌肉绷紧了。他三十五岁左右，超重了几磅，足以让他看上去比实际年龄老。他还没有脱发，他的头发全是近乎黑色的深棕色。他把头发梳得紧贴头皮。他应该找楼下的小伙子借个吹风机用用。

他说："你不能隐瞒这个情况，你没执照，而且就算你有，这也不属于你有权保密的信息。"

"咱们好像不是在法庭上。"

"当然不是，但你来这儿找我帮忙——"

我耸耸肩："我不能告诉你我的客户是谁。他乐于见到杀死她的凶手落网，就这么简单。"

"而他认为雇你调查能加快进度。"

"似乎是的。"

"你也这么认为？"

"我只知道我需要挣钱过日子。"

"我的天，"他说，"谁不是呢？"

我说的话一点不假。我现在还构不成威胁，我只是个小角色，装腔作势想挣点零花钱。他叹了口气，一巴掌拍在桌面，起身穿过房间，走向一排档案柜。他体格粗壮，罗圈腿，挽起袖子，敞着领口，走路像水手似的左右摇摆。他拿着一个牛皮纸折叠档案夹回来，一屁股坐下，翻出一张照片扔在桌上。

"来，"他说，"开开眼界吧。"

这是一张五乘七英寸的黑白光面照片，假如我不知道拍的是金，就肯定不可能认出她来。我看着照片，按捺住阵阵反胃的感觉，强迫自己盯着照片看。

"还真是对她下了狠手。"我说。

“法医认为凶器是墨西哥大砍刀之类的东西，他给她来了三十六刀。你觉得数得怎么样？真不知道他们怎么数得动。这个活儿真他妈比我的工作还可怕。”

“到处都是血。”

“还好你看的是黑白照片，彩色的更惨。”

“我能想象。”

“他砍断了动脉。这么一来，血就会喷出来，弄得房间里到处都是。我从没见过这么多血。”

“他肯定弄得自己全身都是血。”

“不可能避免。”

“那他走出去时怎么会没人注意到？”

“那天夜里很冷。有可能他有大衣，罩在他穿的其他衣物外面。”他抽了一口烟，“也可能他行凶的时候没穿衣服。妈的，她赤身裸体，也许他也不想穿得太多。事后他只需要冲个澡就行。客房有个漂亮又舒服的浴室，他又有大把时间，为什么不好好洗一下？”

“毛巾用过吗？”

他盯着我，灰眼睛依然不动声色，但我从他的举止中觉察到了一丝敬意。“我不记得见到了脏毛巾。”他说。

“房间里有这么一个犯罪现场，你未必会注意到这种东西。”

“但应该清点归档的。”他翻看档案，“你知道他们怎么勘查现场，他们给所有东西拍照，有可能成为证据的东西都要装袋、贴标和归档，然后一股脑儿塞进仓库。可是等你要立案了，却谁也找不到东西。”他合上案卷，思考片刻，俯身凑近我，

“想听个故事吗？两三个星期前，我姐姐打电话给我。她和丈夫住在布鲁克林，米德伍德区。熟悉那地方吗？”

“以前挺熟。”

“嗯，现在大概比你那会儿好些了。算不上太差劲。我是说，整个城市就是个化粪池，相比之下它不算特别差劲。她打电话说什么呢？他们回到家，发现遭窃了。有人闯空门，偷走了便携式电视机、打字机和几件珠宝。她打给我，想知道该怎么报案，该打电话给谁，等等。我首先问她有没有上保险。没有，她说，他们不认为家里的东西值得上保险。我说那就算了吧。别去报案了，我说，报案只是浪费时间。

“于是她问要是她不报案，警察该怎么抓坏蛋呢？于是我向她解释，如今已经没人有时间去调查盗窃案了。你填个表格，报告归档，但没人会跑来跑去查是谁干的。抓住正在行窃的盗贼是一码事，但调查盗窃案的优先级非常低，没人有时间查这种案子。她说行吧，她能理解，但万一警察找到了贼赃呢？要是她没报告过盗窃案，那些东西该怎么还给她？于是我就不得不向她解释这个司法体系到底有多操蛋了。我们有满满几仓库缴获的贼赃，我们有塞满了受害者报告的无数案卷，都是什么人有什么东西被窃贼偷走了，但我们就是没法把东西还给失主。我没完没了地解释，我就不重复一遍让你心烦了，但我觉得她到最后也并不相信我。因为你实在不愿意相信情况有这么糟糕。”

他在案卷里找到一张纸，皱着眉头看它。他读给我听：“一块浴巾，白色。一块擦手巾，白色。两件浴袍，白色。没说用没用过。”他抽出一沓光面照片，飞快地翻看。我从他背后偷看，见到了金·达吉南遇害之处的室内照片。她出现在几张照片里，但不是每一张都有她。为了记录凶杀现场，摄影师没有放过旅馆房间的任何一个角落。

一张浴室照片里出现了毛巾架，上面挂着没用过的毛巾。

“没有脏毛巾。”他说。

“他带走了。”

“嗯？”

“他必须清洗血迹。就算他在血衣外面套上一件大衣，也还是要清理身体的。这儿的毛巾不够数，每样东西至少应该有两件。这是高级酒店的双人间，不会只给你一块浴巾和一块擦手巾。”

“他为什么要带走脏毛巾？”

“也许是为了裹大砍刀。”

“他肯定本来就有装刀的东西，手提包之类的，否则不可能带进酒店。他为什么不用相同的方式带出去？”

我同意，他确实可以。

“为什么用脏毛巾裹起来呢？假如你冲了个澡，擦干身子，想找个东西裹凶器，然后再放进包里，这儿明明有干净的毛巾。你为什么不用干净毛巾裹砍刀，而是要把湿毛巾塞进提包呢？”

“你说得对。”

“琢磨这个纯属浪费时间，”他说，用手指点了点放在桌上的照片，“但我应该注意到缺少毛巾的，我应该想到这种细节。”

我们一起浏览案卷。尸检报告没什么惊人之处，死因被归结为多处创伤造成的大量失血。我觉得这是明摆着的。

我阅读证人询问笔录，在各种其他表格和零散文件的海洋中徜徉，构成凶杀案受害者案卷的就是这些东西。我的脑袋开始隐约作痛，我的意识像纺车似的转个不停。读到一半，德金让我一个人看完剩下的案卷。他又点了支烟，回去继续打他原先在打的报告。

我尽可能仔细地读完那些材料，然后合上案卷还给他。他把案卷放回档案柜里，回来时先去倒了两杯咖啡。

“我都加了奶和糖，”他说，把一杯放在我面前，“虽说你未必爱喝。”

“没问题。”我说。

“现在你知道得和我们一样多了。”他说。我说非常感谢。他说：“你告诉我们那个皮条客的事情，节省了我们不少时间和麻烦，我们欠你个人情。既然你能给自己挣点钱花花，也没什么不好的。”

“接下来你们打算怎么查？”

他耸耸肩：“我们按常规方式组织调查。我们追查线索，搜集证据，直到有足够的东西能提交到地检署。”

“听着像在放录音。”

“是吗？”

“乔，接下来会怎么办？”

“唉，天哪，”他说，“咖啡真难喝，对吧？”

“还行。”

“我以前认为是杯子不对，后来有一天我自己带了个杯子来，你明白的，我用陶瓷杯喝，而不是一次性塑料杯。当然了，也不是什么好陶瓷，就是咖啡馆里用的一般陶瓷杯。你明白我的意思吧。”

“当然。”

“用真正的杯子喝，也还是一样差劲。带杯子来的第二天，我在填一个人渣的逮捕报告，他妈的不小心把杯子从桌上碰到地上摔碎了。你有地方要去吗？”

“没有。”

“那咱们下楼，”他说，“拐个弯，找个地方坐坐。”

14

他领着我拐过路口，沿着第十大道向南走了一个半街区，来到一家小酒馆，这地方只该出现在酒鬼见证词的最后一段里。我没记住它叫什么，也不确定它有没有名字，叫它“脱毒治疗前的最后一站”倒是挺合适。吧台前有两个老人肩并肩坐着，他们身穿旧货店买来的正装，默不作声地喝闷酒。一个四十来岁的西班牙裔男人站在吧台尽头，边喝一杯八盎司的红葡萄酒边看报纸。酒保骨瘦如柴，身穿T恤和牛仔裤，在看一台黑白小电视上放的某个节目。他把音量调得很低。

德金和我找了张桌子坐下，我去吧台买喝的，双份伏特加给他，姜汁汽水给我。我拿着饮料回到桌前时，他的视线落在我的姜汁汽水上，但没说什么。

也可能是中等浓度的苏格兰威士忌兑苏打水。颜色差不多。

他喝了一口伏特加，说：“哎，天哪，真管用。真他妈管用。”

我没说什么。

“刚才你问我什么来着？我们接下来怎么查。你自己就能回答吧？”

“应该能。”

“我叫我的亲姐姐去买新电视和新打字机，在门上多装几把锁，但别浪费时间打电话给警察。达吉南的案子往哪个方向走？我们哪儿都不去了。”

“我猜也是。”

“我们知道是谁杀了她。”

“钱斯？”

他点点头。

“我以为他的不在场证明相当靠得住。”

“哦，简直是镶金边的，完全滴水不漏。所以呢？但依然有可能是他。他说他和什么人在一起，但那些人都愿意为他撒谎。”

“你认为他们在撒谎？”

“不，但我也不会发誓说他们没撒谎，再说他也可能雇凶杀人。我们已经谈过这个了。”

“对。”

“就算是他干的，他也干得非常干净。我们在他的不在场证明上连一个瑕疵都找不到。假如他雇凶杀人，我们也不可能找到他雇了谁，除非撞到狗屎运。当然了，这种事偶尔也会发生，你知道的。馅饼就掉在你手里。一个人在哪个下三滥酒吧说了些什么，对他怀恨在心的人把话传出去，忽然之间我们知道了我们以前不知道的某些事情。然而即便如此，我们离能立案也还差得远呢。另一方面，我们也没兴趣在这个案子上累死累活。”

听他这么说，我并不吃惊，但这几句话里有些东西让人心如死灰。我拿起姜汁汽水看。

他说："警察当得好不好，有一半在于会不会估算成功概率。只查有机会破案的案子，剩下的就随便在风里飘吧。你知道这座城市的凶杀案发生率吗？"

"我知道越来越高了。"

"那还用你说？一年比一年高。各种案件的发生率都一年比一年高，不太严重的案件的统计数字却开始下降，因为人们懒得报案。就像我姐姐家的盗窃案。你回家路上被堵了，但罪犯只抢走你身上的钱？好，妈的，何苦非要立出一个联邦重案呢？对吧。你还活着就该谢天谢地了。快回家祈祷，感谢上帝的恩典。"

"但金·达吉南——"

"去他妈的金·达吉南，"他说，"一个没脑子的小婊子从一千五百英里外赶来卖身，把钱交给一个黑鬼皮条客，她被开膛破肚又有谁在乎呢？我是说，她为什么不能在该死的明尼苏达好好待着？"

"威斯康星。"

"我想说威斯康星来着，但他们大多数来自明尼苏达。"

"我知道。"

"凶杀案以前一年一千起左右。全城五大区，一天三起。这数字看上去很高对吧？"

"够高了。"

"现在差不多翻了个倍。"他凑近我，"但是，马特，这都算不上什么。大部分凶杀案是夫妻不和，或者两个朋友一起喝酒，其中一个打死另一个，第二天自己都不记得有这回事。这种案子的发生率从不改变，现在和以前一样多。改变了的是陌生人凶杀案，凶手和受害者彼此互不相识。这种案子的发生率能告诉你住在一个地方安不安全。要是只看陌生人凶杀案，把其他案件都扔掉，用陌生人凶杀案的数字画图，你会发现那条线像火箭似的往上蹿。”

“皇后区昨天有个家伙拿出弓箭，”我说，“然后他隔壁的邻居用点三八打死了他。”

“我看见报道了，这件事和一条狗找错了草坪拉屎有关系？”

“差不多吧。”

“嗯，这个案子没法上统计图。那两个人互相认识。”

“对。”

“但道理是一样的。人们互相残杀，他们甚至不会停下来思考一下，而是冲出去抬手就干。你离开警队多久了？几年吧？我可以向你保证，如今的情况比你那会儿糟糕多了。”

“我相信。”

“我说真的。门外就是原始丛林，动物都带着武器。是个人就有枪。你知道街上有多少人随身带枪走来走去吗？普普通通的好市民，忽然觉得他有必要搞把枪保护自己，于是他去搞了一把，然后天晓得哪天他就会打死自己，或者他老婆，或者隔壁邻居。”

“拿弓箭的邻居。”

“随便什么人。但谁会叫他别去买枪呢？”他拍拍肚子，警用左轮别在他的裤腰上，“我必须随身带枪，这是规定。但我告诉你，不带枪我就根本不会上街，我会觉得自己没穿衣服。”

“我以前也这么想，你这是习惯成自然了。”

“你不带家伙？”

“不带。”

“不觉得少点什么？”

我去吧台又要了两杯饮料，他还是伏特加，我还是姜汁汽水。我拿着饮料回到桌边坐下，德金一口气喝完他那杯，轮胎跑气似的喟然长叹。他拢起双手点烟，深吸一口，使劲吐出来，像是急于摆脱那口毒气。

“这个狗娘养的城市。”他说。

没希望了，他说，他继续讲述它到底有多么没希望。他列举整个刑事犯罪司法体系的变化，从警察到法院到监狱，解释为什么没一个正常运转，而每一个都每况愈下。首先你没法逮捕罪犯，然后你没法给他定罪，最后你没法把这个浑球关进牢里。

“监狱里塞满了人，”他说，“因此法官不肯判处长期监禁，假释委员会每天都放人出去。地检署用减刑让犯人认罪，好好的案子被轻判得不痛不痒，因为开庭的日程表排得满满当当，而法院小心翼翼地保护被告的人身权利，你必须拿出那家伙犯罪时的照片才能判他有罪，然后判决又被撤销，因为你未经许可拍摄他的照片，侵犯了他的公民权利。另一方面，警察越来越少。警队现在比十二年前少了一万人。街上少了一万个警察！”

“我知道。”

“人渣多了一倍，警察少了三分之一，走在街上越来越不安全有什么好奇怪的。你知道为什么吗？市政府破产了，没钱雇警察，没钱保障地铁畅通，干什么都没钱。整个国家像漏水似的漏钱，钱都流向了他妈的沙特阿拉伯。那些狗娘养的把骆驼换成了凯迪拉克，我们整个国家掉进他妈的屎坑。”他站起身，“轮到我了。”

“不，我请你。有人报销费用。”

“对，你有雇主。”他重新坐下，我拿着第三轮饮料回来，“你喝的是什么？”

“姜汁汽水。”

“哈，我就觉得看着像。为什么不喝点带劲的？”

“我最近算是在戒酒。”

“真的？”他的灰眼睛盯着我，大脑忙着处理这条情报。他拿起酒杯，喝掉一半，将杯子砰的一声放在磨损的木板桌面上。“你的想法不错，”他说，我以为他指的是姜汁汽水，但他已经换了个话题，“辞职，走人。知道我想要什么吗？我只想再熬六年。”

“然后你就满二十年了？”

“然后我就满二十年了，”他说，“然后我就有养老金了，然后我他妈就走人了。辞职，离开这个见鬼的城市。佛罗里达、得克萨斯、新墨西哥，找个温暖、干燥、干净的好地方。佛罗里达就算了，佛罗里达的各种故事我听得多了，满街该死的古巴佬，他们的犯罪率和这儿差不多。另外，毒品都是从他们那儿运进来的。疯狂的哥伦比亚人。你知道哥伦比亚人的情况吗？”

我想到罗亚尔·沃尔德隆。“我认识的一个人说他们还不错，”我说，“他说你反正别动蒙他们的念头就行。”

“太他妈对了，你绝对不会想蒙他们的。你看到长岛市那两个姑娘的报道了吧？六个月还是八个月前，姐妹俩，一个十二，一个十四，人们在一个歇业的加油站的里屋找到她们，手被捆在背后，脑袋上各挨了两枪，小口径武器，好像是点二二，但谁他妈在乎呢？”他喝完剩下的酒，“完全解释不通。没有性侵迹象，什么都没有。看着像黑帮处决，但谁会处决两个少女呢？”

“唉，后来事情自己水落石出了，因为一个星期过后，有人闯进她们家，打死了她们的母亲。我们在厨房里找到她的尸体，炉子上还在烧晚饭。你看，这家人是哥伦比亚人，父亲贩卖可卡因，在当地除了走私祖母绿，这是最主要的产业——”

“他们好像种了很多咖啡豆。”

“多半是幌子。我说到哪儿了？重点在于，一个月后，父亲被发现死在哥伦比亚的首都。他触怒了什么人，企图逃跑，他们最后在哥伦比亚抓住他，但先杀了他的孩子和妻子。你看，哥伦比亚人，他们做事的规矩完全不同。你招惹他们，他们不只杀你一个，他们会灭你满门。孩子必须死，年龄无所谓。你养的猫狗，甚至热带鱼，也是死路一条。”

“我的天。”

“黑手党对家庭向来网开一面。他们甚至会精心策划，确保刺杀时你家里人不会亲眼看见你受死。现在你猜怎么着，犯罪分子要杀得你全家鸡犬不留了，厉害吧？”

“我的天。”

他用手掌撑住桌子站起身。“这一轮我请，”他大声说，“我才不要喝用皮条客的钱买的酒呢。”

回到桌边，他说：“你的雇主就是他，对吧？钱斯？”我没法回答他，他又说：“唉，妈的，你昨晚见过他。他约你见面，现在你有了雇主，但不肯告诉我他是谁。二加二必然等于四，你说呢？”

“我没法告诉你怎么加。”

“就当我说得对，他是你的雇主吧，省得说话太麻烦，这样你也就不算泄露秘密了。”

“行。”

他凑近我。“他杀了她，”他说，“为什么要雇你调查呢？”

“也许不是他杀的。”

“哈，当然是他。”他挥挥手，消除了钱斯没有杀人的可能性，“她说她要离开他，他说没问题，第二天她就死了。省省吧，马特。要是这都不算确凿无疑，什么算呢？”

“那就回到你的问题了，他为什么要雇我？”

“也许是为了转移视线。”

“怎么转移？”

“也许他认为，当我们知道他雇了你，就会以为他肯定没杀人。”

“但你并不这么认为。”

“对。”

“你认为他真会这么想？”

“我怎么可能知道一个嗑药的黑鬼皮条客怎么想？”

“你认为他嗑药了？”

“他的钱总得有个去处吧，你说呢？不太可能是用来买乡村俱乐部的会员或者慈善舞会的包厢。来，我有个问题想问你。”

“你说。”

“你认为存在他没有杀她的可能性吗？雇凶杀人也算在内。”

“我认为有一定的可能性。”

“为什么？”

“很简单，因为他雇了我。雇我不是为了转移视线，因为他身上本来就没视线。你自己说过你们不会继续盯着他，你打算撂下这个案子，去查别的事情。”

“但他未必知道。”

我没接这个话茬。“换个角度看，”我循循善诱，“假设我从没打过电话给你。”

“哪个电话？”

“刚开始的第一个电话。假设你不知道她打算脱离她的皮条客。”

“就算不从你这儿听说，我们也会从其他渠道知道。”

“哪儿？金已经死了，而钱斯不会主动来报告。我不确定世上还有没有其他人知道。”除了伊莱恩，但我不打算把她牵扯进来，“我不认为你有可能知道，至少不会立刻知道。”

“所以？”

“所以，现在你会如何看待这个案件？”

他没有立刻回答。他低头看着几乎喝空的酒杯，额头中央皱出了两道纵纹。他说：“我明白你的意思了。”

“你会觉得这是起什么案件？”

“就是你打电话前我们的看法。变态狂。说起来，你知道我们现在不能这么叫他们了吗？一年前局里出来一个强制规定，从今往后我们不能叫他们变态狂了，而是要叫EDP。”

“EDP是什么？”

“情绪失常人员[1]。中央街[2]某个浑球吃饱了没事干想出来的。城里的精神病多得连疯人院都关不下了，我们最关心的却是该怎么称呼他们。我们不想伤害他们的感情。不，我认为就是个变态狂，现代版本的开膛手杰克。他打电话召妓，请她进门，大卸八块。”

“假如真是个变态狂呢？”

“那你就知道接下来会发生什么了。你指望采集的某件物证能撞上大运。在这个案子里，指纹毫无用处，那是间人来人往的酒店客房，能采到一百万个潜指纹，根本无从查起。要是有个血手印就好了，你知道它肯定属于凶手，但我们的运气没那么好。”

“就算有——”

“就算有，单独一个指纹也无法说明任何问题，除非我们本来就有嫌犯。光靠一个指纹，你没法从华盛顿判定凶手的身份。他们总说迟早能做到，但——”

“这话已经说了好些年。”

“但美梦还没成真。以后也许会，但我再过六年就熬到头了，我要去亚利桑那。没有可供追查的物证，我猜我们只能等疯子再次犯案了。你会再碰到几起手法相同的案件，他迟早会搞出纰漏，被你抓住，然后你发现他和银河酒店的某几个潜指纹对得上，你就总算能立案了。”他喝光杯里的酒，“然后他认过失杀人罪，求轻判，顶多三年就能出来，到时候继续杀人，但我没兴趣再从头做一遍了。我向上帝发誓，我没兴趣再从头做一遍了。”

---

1 情绪失常人员：英文为Emotionally Disturbed Person，缩写即是EDP。——编注

2 中央街：曼哈顿的一条街道，汇聚了纽约的多个法院和政府部门。

下一轮我请。先前是酒精激起他的义愤，让他觉得用皮条客的钱买酒喝很丢人，这会儿依然是酒精消解了他的情绪。他显然已经醉了，但你必须有经验才能发现。他眼神发直，整个神态都带着与之相配的呆滞。这是一场典型的酒鬼交谈，两个醉汉彬彬有礼地大声自言自语，而他尽责地扮演着他在其中的角色。

假如他喝一杯我也喝一杯，我就不可能注意到这些。然而我是清醒的，随着酒精逐渐控制住他，我感觉我和他之间的鸿沟越拉越远。

我竭力把交谈留在金·达吉南的话题上，但我做不到。他想谈纽约所有出了毛病的东西。

“你知道是怎么一回事，”他凑近我说，压低声音，就好像这会儿酒吧里除了我们和酒保还有其他人，“我告诉你到底为什么。是黑鬼。”

我没说话。

“还有西崽。黑人和西班牙裔。”

我说警察也有黑人和波多黎各人，他理也不理。“你听着，别说话。”他说，“我认识一个人，我和他经常搭档办案，拉里·海恩斯是他的名字，也许你认识——”不，我不认识，“——他能有多好就有多好。我肯定把我的命托付给他。妈的，我已经把我的命托付给他了。他黑得像煤球，但无论局里还是局外，我都没见过比他更好的人。然而这和我说的事情没关系。”他用手背擦擦嘴。“你看，”他说，“你坐过地铁吗？”

“非坐不可的时候就坐。”

“唉，妈的，有的选的时候谁会去坐？那东西就是这座城市的缩影，设备成天出故障，车厢被喷漆涂得一塌糊涂，尿骚味直冲鼻子，车务警拿底下的罪犯一点办法都没有，但你知道我想说什么吗？妈的，我坐上地铁，左右看看，知道我在哪儿吗？我他妈在外国。”

“什么意思？”

“我是说周围不是黑人就是西班牙裔，或是东方人，中国移民如今那叫一个蜂拥而至，还有韩国人。韩国人现在都算完美市民了，他们把像样的蔬果超市开遍全城，他们一天工作二十个小时，送孩子上大学，但他们全都是阴谋的一部分。”

“什么阴谋？”

“唉，妈的，这话听上去既无知又偏执，但我就是忍不住。这儿曾经是座白人的城市，现在有时候我觉得我是全城仅剩下的唯一一个白人。”

寂静越拖越长，然后他说：“如今他们在地铁里抽烟，你发现了吗？”

“我发现了。”

“以前可没有。一个人也许会用消防斧砍死他爹妈，但绝对不敢在地铁车厢里点烟。如今你会看见中产阶级的人点起香烟，喷云吐雾。就在最近这几个月。你知道是怎么开始的吗？”

“怎么开始的？”

“记得一年前吗？一个人在PATH地铁上抽烟，一名PATH乘警请他灭掉，那家伙掏出手枪，当场打死警察。记得吗？”

“记得。”

“然后就开始了。你读到这篇报道，无论你是谁，是警察还是普通市民，都不会急着叫过道对面的那家伙别他妈抽烟了。于是几个人点烟抽，没人阻止，跟着学的人越来越多，入室盗窃这种大案报警都是浪费时间了，谁他妈还在乎在地铁车厢里抽烟的人呢？你不执行法律，人们就不会再尊重它。”他皱眉道，“但你想想那位PATH乘警。你喜欢他那种死法吗？你叫一个人别抽烟，结果砰的一声，你死了。”

我不由自主地说起鲁丹科的母亲，她死于炸弹爆炸，就因为她的朋友搬了一台不该碰的电视机回家。我们就这样交换恐怖故事。他讲述一位社工被骗上公寓楼屋顶，遭到轮奸，最后被扔下去摔死。我回忆一篇我读到过的报道，一个十四岁少年被一名同龄少年开枪打死，两人互相不认识，凶手坚称受害者嘲笑他。德金讲了几个最终以命案告终的虐待儿童案例，还有一个男人闷死了女朋友的未成年女儿，因为每次两个人去看电影，他都要花钱请保姆看孩子。我提到格雷夫森德的那个女人，正在壁橱里挂衣服的时候被霰弹枪打死。我们的交谈里弥漫着“看看谁厉害”的味道。

他说：“市长觉得他找到了答案。死刑。把黑椅子给我拉回来。”

“你觉得能成功吗？”

“公众无疑希望这样。死刑有一个你没法否认的好处，那就是在你电死一个浑球后，至少你知道他不会再犯法了。去他妈的，我会投赞成票。把椅子拉回来，电视直播该死的处决，插广告挣钱，多雇几个警察。想知道一个秘密吗？”

“什么？”

“我们其实有死刑，但处决的不是杀人犯，而是普通市民。你走在马路上，死于非命的可能性高于凶手上电椅的可能性。咱们每天都有五次六次七八次死刑呢。”

他的嗓门越来越大，酒保这会儿在听我们的交谈。我们把他的注意力从电视节目上吸引了过来。

德金说："我喜欢电视机爆炸的那个案子，真不知道我怎么会错过它。你以为你一个个全都听说了，但总有你不知道的新鲜事，对吧？"

"我看是的。"

"这座赤裸都市有八百万个故事，"他吟诵道，"记得这个节目吗？几年前电视上播的[1]。"

"记得。"

"每一集结尾都是这句台词。'这座赤裸都市有八百万个故事。刚才这个就是其中之一。'"

"记得。"

"八百万个故事，"他说，"知道这座城市能给你什么吗？这座操蛋的赤裸都市，狗娘养的臭屎坑？知道它能给你什么吗？八百万种死法。"

我拉着他走出酒吧。来到外面，冷飕飕的夜风一吹，他沉默下去。我们绕着几个街区转了一圈，最后回到警察局门前的那条路。他的车是辆水星，已经开了几年。边边角角有些磕碰的痕迹。车牌最前面几个字母告诉其他警察，这是一辆警务车，不能开罚单。比较有经验的江湖人也能认出这辆车属于警察。

我问他能不能开车，他没把这个问题当回事。他说："你是

---

1 "这座赤裸都市有八百万个故事"是剧集《赤裸都市》（*Naked City*，1958—1963）的著名台词。

什么人，警察吗？”他忽然想到这句话有多么荒谬，于是放声大笑。他抓住打开的车门支撑身体，笑得直不起腰，趴在车门上前后摇晃。“你是什么人，警察吗？”他说，吃吃笑，“你是什么人，警察吗？”

这种情绪转瞬即逝，就像电影里的快速剪辑。他立刻变得严肃，看似清醒，他眯着眼睛看我，下巴向前伸，活像一只牛头梗。“听着，”他说，声音低沉而凶狠，“别他妈那么高人一等，明白了吗？”

我不知道他在说什么。

“你这个自命清高的浑球。狗娘养的，你比我好不到哪儿去。”

他启动车子，然后开走。就我所能看到的，他似乎开得挺正常。希望他要开的路不算太远。

15

我直接走回我住的旅馆。酒铺子都打烊了，但酒吧还开着。我没费什么力气就从它们门口走过，也抵抗住了五十七街假日酒店门口两侧站街女郎的诱惑。我对雅克布点点头，他说没有电话找我，然后我上楼回房间。

自命清高的浑球。比我好不到哪儿去。他喝得烂醉，酒鬼袒露了过多自我之后，总会展示出这种防御性的好战态度。他的话未必有什么深意。他对任何一个酒伴都有可能这么说，甚至对黑夜本身也这么说。

但这些话依然在我脑海里回荡。

我上床，但睡不着，我爬起来，打开灯，坐在床沿上，拿出我的笔记本。我读了一遍我写的几条笔记，然后写下我们在第十大街酒吧里谈到的几个要点。我又写了几条我自己的想法，像猫玩毛线团似的琢磨我的各种念头。思考过了效用递减点之后，相同的念头开始自我重复，于是我放下笔记本。我拿起一本平装本小说，这是我早些时候买的，但一直读不进去。同一个段落我读了一遍又一遍，却始终不得要领。

几个小时以来的第一次，我真的想喝酒了。我感到焦虑和暴躁，想改变这种状态。离旅馆三个门牌号的地方有一家熟食店，他们的冰柜里装满啤酒，区区啤酒不可能把我喝断片儿，对吧？

我待在原处不动。

钱斯没问我为什么接受他的委托，德金认为钱是合理的驱动因素，伊莱恩愿意认为我查案是因为我就爱干这一行，正如她满足嫖客，上帝赦免罪人。这些都是正确的，我确实需要钱，而查案是我这辈子唯一会做的事情，大体而言就算是我的职业。

但我还有另一个动机，这个动机也许更加根本。寻找杀死金的凶手能让我暂时不喝酒。

至少暂时如此。

我醒来时阳光普照。我洗澡刮脸，等我走到街上，太阳已经躲在了大大小小的成团阴云背后。一整天里，阳光就这么时隐时现，好像管事的家伙不想认真上班。

我吃了顿简单的早餐，打了几个电话，然后走向银河都会酒店。为查尔斯·琼斯登记入住的前台人员不当班。我读过案卷里他的询问报告，并不认为我能从他嘴里问出什么警察还不知道的情况。

一名经理助理给我看琼斯的登记卡。他在标着“姓名”的一栏用印刷体填了“查尔斯·欧文·琼斯”，在“签名”一栏用大写黑体填了“C.O.琼斯”。我问助理这是怎么一回事，他说这种不一致很常见。“人们在一栏里填全名，在另一栏里填简称，”他说，“两者都合法。”

“但这不是签名。”

“怎么不是了？”

“他用的是印刷体。”

他耸耸肩。“有些人写什么都用印刷体，”他说，“这位先生打电话订房，预付现金结清费用。在这种情形下，我不认为我们的员工会纠缠签名的问题。”

这并不是我的重点。我意识到琼斯刻意避免了留下笔迹样本，我觉得这一点很有意思。我看着他用印刷体拼写的全名，不由自主地心想道，查尔斯（Charles）和钱斯（Chance）的前三个字母是一样的。老天在上，这到底意味着什么呢？还有，我为什么要想方设法攀扯我的委托人？

我问这位琼斯先生过去几个月有没有入住过。“过去一年肯定没有，”他向我保证，“以前的登记资料按字母顺序储存在我们的电脑里，有一位警探已经查过了。要是您没有其他——”

“除了他，还有多少客人用大写字母签名？”

“不知道。”

“可以让我查一下过去两三个月的登记卡对吧。”

“找什么呢？”

“像这位老兄一样的印刷体签名。”

“呃，我看恐怕不行，”他说，“你知道你说的是多少张登记卡吗？我们酒店有六百三十五间客房。先生——”

“斯卡德。”

“斯卡德先生，一个月的登记卡就超过一万八千张。”

“除非所有客人都只住一个晚上。”

“平均停留时间是三晚。即便如此，一个月也有六千多张登记卡，两个月就是一万两千张。你知道看一万两千张登记卡需要多久吗？”

“一个人每小时应该能看完几千张，”我说，“我们要做的仅仅是扫一眼签名，区分手写体和大写印刷体。因此也就是几个小时的事情。我可以自己看，或者你找几个你的人一起看。”

他摇摇头。“我没这个权力，”他说，“真的不行。你是普通市民，不是警察，尽管我很愿意帮忙，但我在这儿的职权是受限制的。假如警方提出正式要求——”

“我明白我这是在求人帮忙。”

“假如这是我能帮的那种忙——”

“我知道我这是强人所难，”我继续道，“我当然愿意花钱补偿其中牵涉到的时间。时间，还有种种不便。”

换一家比较小的旅馆，这一招多半能奏效，但在这儿我纯属是浪费时间。我觉得他甚至没意识到我企图贿赂他。他又说了一遍，假如警方替我提出这个要求，那么他很乐意帮忙，这次我放弃了。我转而问我能不能借用一下琼斯的登记卡，做个复印件，很快就还给他。

“哦，我们这儿就有复印机，”他说，很高兴终于能帮上我的忙了，“稍等。”

他带着复印件回来，我说谢谢，他问还有什么能效劳的，听语气他很确定应该没有了。我说，我想看一眼她遇害的房间。

“但警方已经勘查完了，”他说，“房间现在处于整修期。地毯必须重铺，你明白的，还要粉刷墙壁。”

“我还是想看一眼。”

“没什么可看的，真的。房间里今天好像在施工。我记得粉刷已经完成了，但铺地毯的——”

“我保证不会碍事。”

他给我一把钥匙，放我单独上楼。我找到房间，恭喜自己这个侦探还宝刀未老。门锁着，铺地毯的工人似乎去吃午饭了。旧地毯已经搬走，新地毯铺了三分之一面积，剩下的几卷放在一旁等待铺设。

我在房间里待了几分钟。诚如那位经理助理所说，确实没什么可看的。房间里既没有家具，也没有金留下的任何痕迹。新粉刷过的墙面整洁如新，卫生间简直光可鉴人。我像通灵术士似的走来走去，尝试通过指尖捕获感应。只可惜即便感应存在，它们也躲过了我的侦测。

窗户对着下城区，其他摩天大楼的外立面挡住了视野。朝着下城区方向望去，我在两幢大楼之间的缝隙中瞥见了世贸中心。

她有时间眺望窗外吗？琼斯先生眺望窗外了吗？在事前或者事后？

我搭地铁去下城区。车厢是新投入使用的，内饰是黄色、橙色和茶色的怡人配色，然而涂鸦者已经严重毁坏了它，用他们那些难以辨认的签名覆盖了每一块表面。

我没看见有人抽烟。

我在西四十街下车，先向南再向西走，最后来到莫顿街，弗兰·谢克特在一幢四层的褐砂石屋子顶楼有一套小公寓。我按她的门铃，在内线电话里报上姓名，大门的电子锁开了，我走进前厅。

楼梯间里充满气味，底楼有烘焙气味，半中间的楼层有猫砂气味，而顶楼是不可能认错的大麻气味。我觉得你可以根据楼梯间里的气味分布给建筑物做剖面图。

弗兰在门口等我。她的浅棕色卷发剪得很短，衬托着一张娃娃圆脸。她有个纽扣般的圆鼻头，嘴巴微微噘起，面颊鼓得连花栗鼠见了都会嫉妒。

她说："嗨，我是弗兰。所以你就是马特了，我能叫你马特吗？"我说当然可以，她伸手搭在我的胳膊上，领着我进门。

房间里的大麻气味更加浓郁。这套公寓装修成工作室样式，是一个大房间，一侧墙边是横列的小厨房。家具有帆布躺椅、带靠垫的沙发、几个装配成架子用来放书报衣物的塑料牛奶箱和铺着人造毛皮的大号水床。水床顶端的墙上挂着一张带画框的海报，画面里是个室内场景，从壁炉里开出了一个火车头。

我拒绝了酒，接受了一杯无糖汽水。我拿着饮料坐在沙发上，沙发坐起来比看上去舒服。她坐进帆布躺椅，它肯定也比看上去舒服。

"钱斯说你在调查金的事情，"她说，"他说无论你问什么我都得照实回答。"

她说话间带着那种小女孩的气音，我不确定有几分是存心装出来的。我问她对金有什么了解。

"没什么了解。我见过她几次，有时候钱斯会同时带两个姑娘去吃饭或看演出。我猜这次那次地加起来，我应该见过她们所有人。我只见过一次唐娜，她嗑了药沉浸在自己的世界里，就好像迷失在太空。你见过唐娜吗？"我摇摇头。"我喜欢桑妮。我不确定我们算不算朋友，但要是我想聊天，就会打电话给她。我每周打一两次电话给她，或者她打给我，总之我们就聊天。"

“但你从没打给过金？”

“嗯，对，我连她的号码都没有。”她想了想，“她的眼睛很漂亮，我闭上眼睛都能见到那个颜色。”

她的眼睛很大，颜色介于棕色和绿色之间。她的睫毛长得不寻常，我觉得多半是假的。她个子不高，体形放在拉斯韦加斯的歌舞女郎里就是所谓的“小马”。她穿褪色的李维斯牛仔裤，裤脚管卷起来，上身是桃红色的套头衫，紧紧包裹着丰满的胸部。

她不知道金打算离开钱斯，她觉得这个消息很有意思。“嗯，我能理解，”她思考片刻后说，“他其实不怎么在乎她，你知道吗？你不会想一直跟着一个不在乎你的男人。”

“你为什么说他不在乎她？”

“从各种小地方能看出来。我觉得钱斯乐意留着她，因为她不惹麻烦，又能挣钱，但钱斯对她没有任何感情。”

“他对其他人有感情吗？”

“他对我就有感情。”她说。

“对其他人呢？”

“他喜欢桑妮。人人都喜欢桑妮，和她做伴很开心。我不知道钱斯在不在乎她。还有唐娜，我确定他不在乎唐娜，但我同样不认为唐娜在乎他。我觉得他们双方都纯粹是买卖关系。唐娜，我不认为唐娜在乎任何人，我不认为她知道世界上还有其他人。”

“露比呢？”

“你见过她了吗？”我还没有。“嗯，她，怎么说呢，有异国风情。他喜欢这样的。而玛丽露非常聪明，他们一起听音乐会什么的，例如林肯中心，古典音乐，但不等于他对她有感情。”

她开始咯咯笑，我问她笑什么。“唉，我刚想到我就像个标准的傻妓女，以为皮条客只爱她一个人。但你知道吗？只有和我在一起，他才能放松下来。他有时候会过来，脱掉鞋子，让大脑放空。你知道因缘连接是什么吗？”

“不知道。”

“嗯，和轮回转世有关系。我不知道你信不信这些。”

“从没认真思考过。”

“好吧，我也不知道我相不相信，但有时候我觉得钱斯和我上辈子就认识。未必是情侣或夫妻之类的关系，就好像我们有可能是兄妹，也可能他是我父亲或者我是他母亲；也可能我们性别相同，因为性别有可能跟着转世改变。我是说我们或许是姐妹之类的。事实上，任何关系都有可能。”

电话铃声打断了她的猜测。她去房间的另一头接电话，她背对我站着，一只手叉腰。我听不见她在说什么。她打了一两分钟电话，然后捂住听筒，扭头对我说：“马特，我不是要赶你走，但你知道咱们还要聊多久吗？”

“很快。”

“多快？我让别人一小时后过来，可以吗？”

“没问题。”

她转过去，压低声音结束交谈，挂断电话。“我的一个老客人，”她说，“人很好。我让他等一个小时。”

她重新坐下。我问她认识钱斯前是不是就住在这套公寓里，她说她跟钱斯两年零八个月了，不，在此之前她和另外三个姑娘合住在切尔西一套更大的房子里。钱斯为她安排好这套公寓的一切，她只需要搬进来住就行了。

“我只带来了我的家具，”她说，“水床除外，那是本来就有的。我有一张单人床，刚好可以处理掉。玛格丽特的海报是我买的，那些面具本来就有。”先前我没注意到面具，她这么一说，我转身去看，这套面具一共三个，黑檀木质地，神态庄重，挂在我背后的墙上。“他很了解面具，”她说，“哪个部落制造的，等等。他就知道这种事情。”

我说这套公寓不像用来做这种事的。她皱起眉头，不明所以。

“做这行的姑娘通常住在有门童的大楼里，”我说，“带电梯的那种。”

“哦，对，我刚刚没听懂你的意思。对，你说得对。”她笑得很灿烂，“这儿不太一样，来这儿的嫖客不认为自己是嫖客。”

“什么意思？”

“他们认为他们是我的朋友，”她解释道，“他们认为我是个嗑药的村妞，当然我确实是，认为他们是我的朋友，这个也是真的。我是说，他们来这儿睡我，这个一点不假，但他们找个按摩院睡姑娘更快也更方便，不烦不闹不折腾，懂吗？但他们更愿意来我这儿，脱掉鞋子，抽个大麻卷，再说这儿也有点像村里的邋遢窝点，我是说你必须爬上三层楼，还可以在水床上打滚。我是说，我不是妓女，我是女朋友。他们不是在嫖我，他们给我钱，是因为我要付房租。另外你也知道，我是个可怜的小村妞，想当演员，但永远也当不了。事实上我并不是，我也不怎么在乎，但我每周有两天上午去练跳舞，每周四晚上去上艾德·科文斯的表演课，去年五月的三个周末，我参加了翠贝卡的演出。我们演易卜生的《当我们死者醒来时》，我的三个嫖客居然来看戏，你能相信吗？”

她聊起那次演出，然后说她的客人除了给钱还送她礼物。“我从来不需要自己买酒。事实上我到处送酒，因为我不喝。我也很久没买过大麻了。你知道谁能搞到最好的大麻吗？华尔街的男人。他们会买上一盎司，我们抽几口，剩下的送给我。”她的长睫毛朝我扑闪了几下，“我算是喜欢抽大麻。”

“我猜到了。”

“咦，我看上去像是嗑傻了吗？”

“味道。”

“哦，对。我闻不到是因为我就在这儿，但每次出去再回来，哇！就好像我有个朋友养了四只猫，她发誓说它们一点味道都没有，其实味道能把你熏倒，只是她早就习惯了而已。”她在座位上换了个姿势，“马特，你抽过吗？”

“没有。”

“你不喝酒也不抽烟，真是了不起。再给你拿瓶无糖汽水？”

“不了，谢谢。”

“你确定？哎，你介意我飞快地抽一卷吗？稍微松松筋骨。”

“随便你。”

“因为有个男人要来看我，抽两口能帮我培养情绪。”

我说我完全不介意。她从炉子上方的架子取出一塑料袋的大麻，随手做了个烟卷，动作显然很娴熟。“他多半也想抽两口。”她说，又做了两个烟卷。她点燃其中一个，收起其他东西，回到帆布躺椅上。她一口气抽完了整个卷儿，在喷云吐雾的间隙讲述她的人生故事，最后揿熄小小的烟头，放到一旁等晚些时候再收拾。她的举止没有因为抽大麻而明显改变，也许她从天亮一直抽到现在，我来的时候她早就嗑恍惚了。也许大麻的效果在她身上就是不明显，正如有些酒鬼怎么喝都看不出来。

我问钱斯来看她的时候抽不抽，这种想法让她放声大笑："他从不喝酒，从不抽烟，和你一样。哎，你就是在那种地方认识他的吗？你们都在某个不像酒吧的酒吧消磨时间，还是你们认识同一个不贩毒的毒贩子？"

我把话题拉回金身上。假如钱斯不在乎金，弗兰是否认为她会另外找其他人？

"他不在乎金，"她说，"知道吗？他爱的只有我一个。"

我能在她的言语间听出大麻的味道了。她的声音没有改变，但脑海里已经搭出不一样的回路，思维切换上了大麻烟的轨道。

"你认为金有男朋友吗？"

"我有男朋友，金只有嫖客，其他姑娘都只有嫖客。"

"假如金有什么特殊的——"

"当然，我懂，一个不是嫖客的男人，所以她才想和钱斯分开。你是这个意思吗？"

"有可能的，对吧？"

"然后他杀了金。"

"钱斯？"

"你疯了吗？钱斯对她才没在乎到要杀人的地步。你知道找个人替换她需要多少时间吗？真可笑。"

"你是说她男朋友杀了她。"

"当然。"

"为什么？"

"因为他没退路了。她离开钱斯来找他了，打算和他天长地久好下去，但他要的难道是这个吗？我是说，他有老婆，有工作，有家庭，在斯卡斯代尔有房子——”

“你怎么知道这么多？”

她叹息道：“我只是在信口胡说，宝贝儿，我只是在朝黑板扔粉笔头。你明白我的意思吗？他是个已婚男人，他喜欢金，和妓女谈恋爱很刺激，她爱上了他当然更好，这样你就可以免费睡她了，但你不希望任何人把你的生活搅得天翻地覆。她说，喂，我自由了，快甩掉你老婆，咱们一起奔向日落吧。日落是他站在乡村俱乐部的露台上看的东西，他觉得这样就很好了。一眨眼你猜怎么着？她死了，他回到了拉奇蒙特。”

“刚才还是斯卡斯代尔呢。”

“哪儿都行。”

“那会是谁呢？”

“她的男朋友？我不知道，什么人都有可能。”

“一个嫖客？”

“你不会和嫖客坠入爱河。”

“她会在什么地方认识男人？会认识什么样的男人呢？”

她和问题缠斗了一会儿，耸耸肩，放弃了。我们的谈话从此就走进了死胡同。我借用她的电话说了几句，然后把我的姓名和号码写在电话旁的记事本上。

“万一你想到了什么。”我说。

“想到了就打给你。你要走了吗？确定不再喝瓶汽水了？”

“不了，谢谢。”

“那好。”她说。她走到我面前，用手背掩住一个懒洋洋的哈欠，透过长长的睫毛看着我。“哎，我很高兴你来找我，”她说，“什么时候缺个伴儿了，你明白的，就打电话给我，好吗？

过来坐坐，聊聊天。”

“当然。”

“我喜欢那样，”她柔声说，踮起脚，出乎意料地亲了一口我的面颊，“马特，我真的很喜欢那样。”

楼下到一半，我笑了起来。她自然而然地换上了她当妓女的那套举止，分别时态度温暖而真诚，而她的演技是多么精湛啊。难怪那些股票经纪人不介意爬这么高的楼梯，难怪他们会去现场看她努力成为一个演员。妈的，她就是个演员，而且相当不赖。

走了两个街区，我依然能感觉到她印在我脸上的那个吻。

16

唐娜·坎皮昂的公寓在东十七街一幢白色砖石公寓楼的十层。客厅窗户朝着西面，我进门时断断续续露面的太阳刚好出来了，阳光洒满整个房间。到处都是植物，而且全都郁郁葱葱、蓬勃生长，地上和窗台上摆着盆栽，窗口挂着花盆，房间里所有的壁架和桌子上都放着植物。阳光穿过植物枝叶织成的帷幕，把复杂的图案投在深色的拼花地板上。

我坐在柳条扶手椅里喝黑咖啡，唐娜侧身坐在一张四英尺宽的橡木靠背长椅上。她说这曾经是一张教堂座椅，英国橡木，来自詹姆斯党或伊丽莎白女王时代，岁月流逝让它颜色发暗，三四百年虔诚信徒的屁股把它磨得发亮。德文郡乡下的一位教区牧师决定重新装修教堂，因此她才有机会在大学城的拍卖会上买到这张座椅。

她的脸与座椅搭配得很好，这是一张长脸，从高阔的额头到尖尖的下巴一路变窄。她的肤色非常白，就好像她只晒过由植物枝叶层层过滤的阳光。她穿小圆领的白色细亚麻罩衫，灰色法兰绒褶裥短裙底下是黑色紧身裤。她脚上是母鹿皮的尖头凉鞋。

她长而窄的鼻子底下是嘴唇很薄的一张小嘴。她深棕色的头发长到肩头，从精致的美人尖向后梳得一丝不乱。她有黑眼圈，右手的两根手指被烟草染黄。她没涂指甲油，不戴首饰，看上去像是没化妆。她当然谈不上漂亮，但有某种接近美丽的中世纪气质。

她看上去不像我见过的任何一个妓女，但也不像诗人，至少不是我想象中诗人应有的样子。

她说："钱斯吩咐我完全配合你的工作，他说你在追查是谁杀死了奶品皇后。"

"奶品皇后？"

"她看着像个选美女王，后来我得知她来自威斯康星，我就想到了牛奶喂养出来的那种与生俱来的天真。她就像个皇家的挤奶女工。"她微微一笑，"这些纯粹是我的想象，我并不怎么了解她。"

"你见过她的男朋友吗？"

"我不知道她有男朋友。"

她也不知道金最近打算离开钱斯，她似乎觉得这个消息很有意思。"我在想，"她说，"她是迁徙而来还是背井离乡？"

"什么意思？"

"她是想逃跑还是想投奔？两者的重点不同。我最初来纽约是想投奔这儿，当时我确实也刚切断和家里还有我成长的小镇的联系，但那是次要的。后来我和我丈夫分开时，我就是在逃跑了。离开的行为比具体去哪儿更加重要。"

"你结过婚？"

“三年。更确切地说，是在一起三年。同居一年，结婚两年。”

“那是多久以前了？”

“四年前？”她算了算时间，“开春就五年了。不过从法律上说，我依然是已婚的。我懒得花时间去办离婚，你认为我该去办吗？”

“不知道。”

“也许应该，好歹做个了结。”

“你跟钱斯多久了？”

“快三年了，怎么？”

“你不像那种人。”

“有专门的那种人吗？我似乎确实不像金。既不像皇家成员，也不像挤奶女工。”她哈哈一笑，“我不知道哪个是哪个，但我们就像上校夫人和朱迪·奥格莱迪。”

“迥异外表下的姐妹[1]？”

她像是吃了一惊，因为我居然知道这个典故。她说：“离开我丈夫后，我住在下东区。你知道诺福克街吗？斯坦顿街和利文顿街之间。”

“不怎么熟。”

“我非常熟。我住在那儿，在附近打各种零工。我守过自助洗衣店，我做过女招待，也在商店当柜员。有时候我辞职，有时候被解雇，手里始终没几个钱。我厌恶自己住的地方，慢慢开始

1　出自吉卜林《夫人》：“因为上校夫人和朱迪·奥格莱迪，乃是迥异外表下的姐妹。”

厌恶我的生活。我想打电话给我丈夫，求他带我回家，好让他继续养我。我总在动这个念头。有一次我都拨了他的号码，可惜占线。”

就这样，她几乎在偶然间开始卖身。同一个街区有个店主经常撩拨她。有一天，她不假思索地对他说：“我说，要是你真想搞我，不如给我二十块吧？”他惊慌失措，脱口而出说他不知道她是妓女。“我不是，”她说，“但我需要钱。另外，我觉得我床上功夫很好。”

于是她开始每周接几个嫖客。她从诺福克街搬到了附近一个比较好的街区，然后又搬到第九街汤普金斯广场的东头。她不再需要工作，但有新的烦恼要担忧。她挨过一次打，被抢过几次。她不由得又在考虑打电话给前夫了。

然后她认识了附近一个在中城区按摩院工作的姑娘。唐娜去店里试了试，挺喜欢那儿的私密性。店堂里有个男人，专门应付企图找麻烦的人，工作本身很机械，就像医院里一样超然。几乎所有嫖客要的都是打手枪或口交，她的肉体不会受到侵犯，除了纯粹物理性的身体接触，这儿不会让你产生任何关于亲密接触的幻觉。

刚开始她觉得这样很好。她将自己视为一名性技师，某种理疗师，但情况很快就逆转了。

“那地方有黑手党的气氛，”她说，“你在帘布和地毯里能闻到死亡的气味。还有，它就像一份工作，我正常时间上下班，我坐地铁来回跑。它吸干了——我喜欢这个词——它吸干了我身体里的诗意。”

于是她辞职了，继续自己单干，事情自然而然地发展下去，钱斯找到她，一切步入正轨。钱斯安排她住进这套公寓，这是她来纽约后住进的第一个体面地方，钱斯把她的电话号码传播出去，替她挡掉所有烦恼。账单有人付，公寓有人清理，所有事情都替她安排好，她只需要写诗寄给杂志社，在电话铃响后展现魅力。

“你挣的钱全都交给钱斯，”我说，“你不觉得有问题吗？”

“应该觉得吗？”

“我不知道。”

“反正不是真正的钱，”她说，“快钱来得快去得也快。要是留得住，股票交易所就会归毒贩子所有了。这种钱，怎么来就怎么去。”她把双腿放下来，面对前方坐在教堂长椅上，“再说，我要的东西全都有了。我从小到大渴望的无非是一个人待着。我想要一个体面的住处，想要有时间做我自己的事情。我说的是写诗。”

“我猜到了。”

“你知道绝大多数诗人过的是什么生活吗？教书，或者做普通人的工作，或者玩诗歌界的游戏，朗诵会，讲演，写申请书恳求基金会拨款，认识对路的人，拍正确的马屁。我从来不想做这些烂事，我只想写诗。”

“你知道金想做什么吗？”

“天晓得。”

“我觉得她和什么人有了情感纠葛。我觉得就是这个害死了她。”

“那我肯定是安全的，”她说，“我从不和任何人发生情感纠葛。当然，你可以争辩说我和全人类息息相关，你认为这会给我带来巨大的危险吗？”

我不知道她到底是什么意思。她闭上眼睛，说：“‘每个人的死亡都在减损我，因为我和全人类息息相关。’约翰·多恩。你知道她有什么样的情感纠葛吗？是和什么人？”

“不知道。”

“你觉得她的死亡减损了我吗？我不确定我是否和她有情感纠葛。我不认识她，至少不熟，但我为她写了首诗。”

“我能看看吗？”

“应该可以吧，但我不认为这首诗能告诉你任何东西。我为大熊座写了首诗，但假如你真的想了解大熊座，那就该去找天文学家，而不是我。你知道的，诗歌表现的从来不是它们描写的对象，而是写诗的作者。”

“但我还是想看一看。”

这个要求似乎让她高兴。她走到写字台前，那是一张老式翻盖书桌的现代版本，她几乎立刻就找到了那首诗。诗用鹅毛笔写就，斜体字落在白色书写纸上。

“投稿时我会用打字机打，”她说，“但我喜欢看文字像这样排列在纸张上。书法是我看书自学的，写起来比看上去容易。”

我读道：

用牛奶沐浴她，让白色的乳液流淌
乳汁洗礼中的纯洁，
治愈最早阳光中
最细微的裂痕。抓住她的

手，告诉她没关系的，
不必为牛奶哭泣。散射的
种子来自一把银色的枪。打碎她的
骨头在研钵中，摔碎的
酒瓶在她脚下，让绿色的玻璃
在她手上闪耀。让它完成吧。
让牛奶流淌。
让它流下去，流入古老的草丛。

我问我能不能抄到我的笔记本上。她的笑声轻快而愉悦："怎么？能从里面看出来是谁杀了她？"

"我不知道我能从里面看出什么。也许留在身边，以后我能想通我到底从里面看出了什么。"

"要是你想到了它的意思，"她说，"希望你能告诉我。不，这么说有点夸张。我算是知道我想表达什么。但你别费劲抄写了，这张纸你拿去吧。"

"别说傻话，这是你的底稿。"

她摇摇头："还没完成，需要继续加工。我想把她的眼睛写进去，要是你见过金，就肯定不会忘记她的眼睛。"

"当然。"

"我原本想用绿色的玻璃对比蓝色的眼睛，那个意象最初就是这么出现的，但等我写出来，眼睛却消失了。我记得先前一份草稿里有眼睛，但写着写着就丢掉了。"她微笑，"一眨眼的工夫就不见了。我写到了银色、绿色和白色，但漏掉了眼睛。"她起身，一只手按着我的肩膀，低头看那首诗，"有多少，十二行？我觉得应该是十四行才对。商籁体的长度，尽管诗句不遵守格律。另外‘裂痕’这个词我也不确定，似乎押半韵反而更好。痉挛、深渊，诸如此类的。”

她继续说下去，更多的是自言自语，而不是对我说，探讨有可能如何修改这首诗。“无所谓，你留着吧，”她最后说，“离完成还早着呢。说来有意思。她被杀以后我还一眼都没看过。”

“诗是在她被杀前写的？”

“非常正确。尽管我用笔和墨水抄了一遍，但我根本不认为这首诗已经完成了。我会抄写草稿，这会让我搞明白某个写法行不行得通。要是她没有被杀，我肯定会继续改下去。”

“你为什么停下？因为震惊？”

“我震惊吗？我觉得肯定是的。‘这种事也可能发生在我身上’，但实际上我并不这么认为。就像肺癌，总是发生在其他人身上。‘每个人的死亡都在减损我’。金的死亡减损了我吗？我不这么认为。我不认为我像约翰·多恩那样与全人类息息相关，至少不像他声称的那样。”

“那你为什么搁置这首诗呢？”

“我没有搁置它，而是暂时放开。这么说有点抠字眼，对吧？”她思考片刻，“她的死亡改变了我看待她的方式。我想修改这首诗，但不想把她的死亡写进去。诗里的颜色已经够多了，我不想再加上血的颜色。”

17

先前我是搭出租车从莫顿街区到东十七街唐娜家的，此刻我继续搭出租车去三十七街金居住的公寓楼。付钱给司机的时候，我想到我还没去过银行存钱。明天是星期六，因此钱斯的钱要在我手里待一个周末。除非某个劫匪运气特别好。

我减轻了一点自己的负担，塞了五块钱给门童，换取金的公寓钥匙，还编故事说我是已故房客的代理人。为了这五块钱，他迫不及待地相信了我。我坐电梯上楼，自己开门进去。

警察彻底搜查过了这套公寓。我不知道他们在找什么，也说不出他们有没有找到。德金给我看的案卷里的那张纸没说什么，不过任何一个人都不会写下他想到的所有念头。

我无从知道勘查现场的警官有可能注意到了什么。说到这个，我甚至无法确定他们顺手牵羊拿走了什么。劫掠死者的警察一向存在，他们完全不把这种行为当回事，他们在其他方面也未必特别不老实。

警察见过太多的死亡和惨事，为了能够继续面对这些东西，他们有必要将死者非人类化。我记得我第一次帮忙从廉价旅馆抬尸体出去时，死者死于呕血窒息，躺了几天才被发现。一位老巡警和我勉强把尸体塞进运尸袋，下楼路上那位老兄满不在乎地让袋子磕碰每一级台阶。他对待一袋马铃薯大概都更加用心。

我依然记得其他住客看我们的眼神。我也依然记得我的搭档如何翻遍死者的东西，找出他名下的那一丁点现金，仔细清点后和我平分。

我不想拿钱。“揣进你的口袋，”他对我说，“否则你以为这钱会去哪儿？总会有人拿走的，否则就归州政府了。纽约州政府要这四十四块干什么？揣进你的口袋，买块好香皂，把这个倒霉杂种的臭味从你手上洗掉。”

我把钱揣进口袋。后来，下楼时随意磕碰运尸袋的人变成了我，清点和瓜分死者财物的人也是我。

要我说，总有一天会循环回来，轮到我躺在运尸袋里。

我在房间里待了一个小时。我翻查抽屉和柜橱，其实并不知道自己在找什么。我没找到什么东西。就算她有个写满电话号码的小黑本，传说中应召女郎的存货清单，也有人先我一步找到了它。当然了，我并没有任何原因能认定她真有这么一个小黑本。伊莱恩有一个，但弗兰和唐娜都说她们没有。

我没找到毒品和吸毒用具，这个事实无法证明什么，本身也没有任何意义。警察会搜刮死者的钱，也会拿走他们的毒品。钱斯同样有可能把他能找到的违禁物品全都收起来。他说过金死后他来过一次这套公寓，然而我注意到他没动非洲面具。它们在墙上瞪着我，守护这个地盘，等待钱斯用下一个渴望一步登天的年轻妓女来代替金。

霍帕画展的海报依然挂在音响上方。它也会留给下一名房客吗？

她的痕迹遍布整套公寓。我呼吸着她的气息，打开梳妆台抽屉和柜橱，翻看她的衣物。她的床没收拾。我抬起床垫，查看底下。毫无疑问，在我之前的其他人也这么做过。我没发现任何东西，我松开手，让床垫落回原处，她的香水味从揉皱的床单里飘散开来，充满我的鼻孔。

我走进客厅，打开一个壁柜，发现了她的毛皮短夹克和其他外套与上衣，还有一个摆满葡萄酒和烈酒酒瓶的架子。一瓶五分之一加仑的野火鸡抓住了我的视线，我发誓我都能感受到高度数波本威士忌的醇厚味道，能感觉到它穿过喉咙的刺痛、它涌入胃部的灼热和它一直扩散到手指与脚趾的暖意了。我关上柜门，穿过房间，坐在沙发上。我不想喝酒，几个小时来根本没想到过喝酒，但一瓶烈酒就这么突然出现在我眼前，打了我一个措手不及。

我回到卧室。她的珠宝盒摆在梳妆台上，我打开翻看。很多耳环、两条项链，一串看起来不是很真的珍珠。还有几条手链，其中有一条格外迷人，象牙质地，镶边材料像是黄金。一只俗气的毕业戒指，来自威斯康星州奥克莱尔的拉福莱特高中。戒指是金的，内侧印着14K的标记，有点分量，凭感觉就知道应该值点钱。

这些东西会归谁呢？她留在银河都会酒店的手包里有些现金，根据案卷里的记录所说，共计四百块和零钱若干，钱最后多半会送给她在威斯康星州的父母。但他们会飞过来认领她的大衣和套头衫吗？他们会拿走毛皮短上衣、高中毕业戒指和象牙手链吗？

我待了一段时间，做了些笔记，好不容易才走出大门而没有再次打开门口的壁柜。我乘电梯来到大堂，朝门童挥挥手，对刚进来的一名住户点点头，那是一位年长的女士，用镶莱茵石的皮绳牵着一条短毛狗。狗朝我汪汪叫，我第一次意识到金的小黑猫不知去向。我没有见到它的活动迹象，卫生间里也没有猫砂盆。肯定有谁带走了那只猫。

我在路口上了出租车，回到我住的旅馆，我在门口付车费时发现金的房门钥匙和我的零钱混在一起。我忘记把钥匙还给门童了，他也没想到问我要。

前台有我的一条留言。乔·德金打过电话，留下他在分局的号码。我打过去，得知他出去了，但还会回来。我留下我的姓名和号码。

我上楼回到房间里，气喘吁吁，疲惫不堪。我躺下，但这么躺着我完全无法休息，关不掉我脑袋里播放的磁带。我再次下楼，喝咖啡，吃芝士三明治和炸薯条。咖啡喝到第二杯，我从口袋里拿出唐娜·坎皮昂的诗。它里面有些东西想钻进我的脑海，但我找不到那究竟是什么。我又读了一遍。我不理解这首诗的含义，觉得它在试图表达某种字面上的意思。我感觉它的构成元素在朝我挤眼睛，想引起我的注意，可惜我大脑受损严重，难以心领神会。

我走向圣保罗教堂。发言者用随随便便的闲谈语气讲了个恐怖的故事。他的父母都死于酗酒，他父亲是急性胰腺炎，母亲酒后自杀；两个兄弟和一个姐妹死于疾病，另一个兄弟因为脑水肿住在州立医院。

“戒酒几个月后，”他说，“我听说酒精会杀死脑细胞，我担心我的大脑受损程度，于是我去找我的担保人，告诉他我在想什么。‘嗯，’他说，‘也许你已经有一定的脑损伤了。有这个可能性。但我问你，你记得今天明天的戒酒会活动在哪儿举办吗？你能毫不费力地找到路去那儿吗？’‘当然，’我说，‘这个我完全能做到。’‘那好，’他说，‘你现在需要的脑细胞都还活着。’”

我在场间休息时溜走。

旅馆前台又有一条德金的留言。我立刻打回去，但他又出去了。我留下我的姓名和号码，上楼回房间。我正在重读唐娜的诗，电话响了。

是德金。他说：“哎，马特，我只是想说希望昨晚我没给你留下错误的印象。”

“关于什么的？”

“呃，总体而言的，”他说，“这些烂事偶尔会压得我失去控制，你明白我的意思吗？我需要释放一下，喝个烂醉，嘴里跑跑火车。我没养成习惯，但每隔一段时间就要这么来一下。”

“没问题。”

“绝大多数时候我热爱工作，但有些事情就是会让你失控，那些事没人愿意知道，隔一阵我就必须把这些毒素从我身体里清除出去。希望昨晚快结束的时候我没闹得太出格。”

我向他保证他没做什么错事。我不确定他昨晚的记忆到底有多清晰，他醉得足以失去记忆，但不是每个人都会喝断片儿。也许他只是有点意识模糊，不确定我怎么看待他醉后吐的真言。

我想到比利的女房东对他说的话。“别想了，”我说，“主教也会有这种时候。”

“哈，这句话我要记下来。主教也会有这种时候。多半确实如此。”

“多半。”

“调查有什么进展？找到什么线索了吗？”

“很难说。”

“我明白你的意思。有什么我能帮你的——”

“说起来还真有。”

“嗯？”

“我去了一趟银河都会酒店，”我说，“和一个经理助理谈了谈，他给我看了琼斯先生填写的登记卡。”

“著名的琼斯先生。”

“上面没有签名，名字是用印刷体写的。”

“猜得到。”

“我问我能不能翻一下过去几个月的登记卡，看有没有其他印刷体写的登记卡，像不像琼斯的笔迹，但他没有这个权限。”

“你可以塞给他几块钱嘛。”

“我试过了，他似乎都不明白我想干什么。但你本可以让他调出用印刷体填写的所有登记卡，他不肯帮我，因为我没有官方立场，然而假如是警察找他，他会高高兴兴地照办。”

他沉吟片刻，然后问我是否认为这条线索有前途。

“可能吧。”我说。

“你认为凶手以前住过这家酒店？用其他的名字？”

“有可能。”

“但未必是他的真名，否则他肯定会用草书签，而不是写得漂亮整洁。因此，假如我们运气特别好，确实有一张卡片等着被发现，而我们真的找到了，我们能得到的也只是某个龟孙子的另一个化名，我们不会比此刻更有可能查明他的身份。”

“既然说到这个，还有一件事你能帮我安排一下吗？”

“什么事？”

“请附近的其他旅馆核查，嗯，过去六个月到一年间的登记信息。”

“核查什么？印刷体写的登记卡？别逗了，马特，你知道这牵涉到多少小时的人工吗？”

“不是印刷体写的登记卡。请他们核查姓琼斯的客人。我说的是银河都会酒店这个价格范围内的现代大饭店，他们大多数和银河酒店一样，登记信息用电脑存档。他们只用五分钟或十分钟就能调出姓琼斯的所有登记信息，但前提是必须有个戴徽章的人请他们这么做。”

“这些资料有什么用呢？”

“然后调出相应的登记卡，寻找姓琼斯的客人，名字以C或CO开头，然后对比字迹，看能不能在哪儿找到他的踪迹。假如能找到些什么，就看看顺藤摸瓜能查到什么。有了线索能干什么就不需要我告诉你了吧。”

他再次沉吟片刻。“我说不准，”他最后说，“听上去希望很渺茫。”

“多半如此。”

“我告诉你我怎么觉得吧。我觉得这是在浪费时间。”

“浪费不了太多时间，也没那么渺茫。乔，除非你脑子里已经结案了，否则肯定会这么做的。”

“这我就说不准了。”

“你当然是这么想的，你认为那是雇凶杀人或疯子作案。假如是雇凶杀人，你想结案了事，假如是疯子作案，你想等他下次动手再说。”

“我可不会这么过分。”

“你昨晚就有这么过分。”

“天哪，昨晚是昨晚，昨晚的事情我已经解释过了。”

“不，不是雇凶杀人，”我说，“也不是疯子随随便便选中了她。”

“你听上去很确定。”

“有理由地确定。”

“为什么？”

“受雇的凶手不会那么发疯。他攻击了她多少次？墨西哥砍刀，六十下？”

“我记得是六十六下。”

“那就是六十六。”

“再说也未必就是墨西哥砍刀，可能是类似墨西哥砍刀的某种凶器。”

“他扒光她的衣服，然后就那么宰杀了她，他把鲜血弄得满墙都是，饭店不得不重新粉刷房间。你听说过职业杀手会搞成这样吗？”

“谁知道一个皮条客会雇用什么样的禽兽呢？也许他命令那家伙把场面弄得难看一些，好好折磨她，杀鸡给猴看。谁知道他脑子里动什么念头呢？”

“然后他再雇我去调查。”

“我承认听上去很奇怪，马特，但是——”

“也不可能是疯子作案。是一个人发疯砍人没错，但不是变态佬在满足欲望。”

“你怎么知道？”

“他太小心了，签名时用印刷体，离开时带走脏毛巾。为了不留下任何物证，这个人费了很大的工夫。”

“我认为毛巾是他用来裹凶器的。”

“他为什么要这么做？他洗干净凶器后，可以把它放回原先的包里。或者，就算他想用毛巾裹刀，也应该用干净毛巾。他会带走他清洗身体时用的毛巾，肯定是为了避免它们被发现。毛巾有可能固定证据，例如毛发或血迹，他知道他会成为嫌犯，因为他知道存在某些东西把他和金联系在一起。”

“我们无法确定那些毛巾是用过的，马特，我们无法确定他有没有洗过澡。”

“他把她大卸八块，血溅得满墙都是，你觉得他会不洗干净直接走出去？”

“应该不会。”

“你会把湿毛巾当纪念品拿回家吗？不，他有必须这么做的理由。”

“好吧。”他停顿片刻，“但变态佬也有可能不想留下证据。你说凶手认识金，有理由想杀死她。这个你怎么可能确定呢？”

“否则他为什么叫她去酒店？”

“因为他在那儿等她，他和他可爱的大砍刀。”

“他为什么不带着他可爱的大砍刀去三十七街她的住处？”

“而是叫她上门服务？”

“对。我一整天都在找妓女谈话，她们并不喜欢上门服务，因为路上会花费时间。她们也会服务这样的嫖客，但通常会请来电者去她们家，向他们描述家里有多么舒服。金或许也这么说过，但凶手没有答应。”

“嗯，他已经结清了房费，也许是不想白花那笔钱。”

“那为什么不一开始就去她家呢？”

他想了想。“她那儿有门童，”他说，“也许凶手不想和门童打交道。”

“但他必须穿过一整个酒店大堂，在登记卡上签字，和前台人员交谈。也许他不想和门童打交道是因为门童以前见过他，那样的话，门童会比一整个酒店更加危险。”

“马特，你这就是纯属瞎猜了。”

“我忍不住。一个人做了一大堆不合理的事情，唯一的解释是他认识那姑娘，而且有个人理由要杀死她。他也许情绪失常。头脑完全正常的人通常不会操起大砍刀发疯乱砍，然而凶手不仅仅是个随便挑选女人下手的变态佬。”

“那你认为是什么人？男朋友？”

“差不多的货色。”

“她和皮条客分手，对男朋友说她自由了，结果他一下子惊慌失措？”

“对，我在往这个方向动脑子。”

“然后操起大砍刀发疯？你描述的是个更愿意和老婆待在家里的男人，你觉得这符合你的想法吗？”

“我不知道。”

“你确定她有男朋友吗？”

“不确定。”我承认道。

“还有这些登记卡。查尔斯·O. 琼斯和他的各种化名——假如他真有的话，你认为追下去能查到什么吗？”

“有可能。”

“马特，我问的不是这个。”

“那么答案是否定的，我不认为追下去能查到任何东西。”

“但你依然认为值得一试。”

“我很乐意自己去查银河酒店的登记卡，”我提醒他，“用我自己的时间，可惜那家伙不肯松口。”

“我觉得我们可以查一下登记卡。”

“多谢了，乔。”

“另外一项调查应该也能帮你。附近区域的一流商业酒店，过去六个月或者多久的姓琼斯的登记信息。你要的就是这个？”

“没错。”

“尸检显示她的喉咙和食道里有精液，你有没有注意到这个？”

“我昨晚在报告里看见了。”

“他先让她为他口交，然后操起他的童子军手斧，把她大卸八块，但你还觉得这人是她的男朋友。”

“精液有可能来自早些时候的性接触。她是妓女，最不缺的就是性接触。”

“也可能，”他说，“你知道吗？他们现在能给精液定型了。当然没指纹那么精确，而是更像血型，能成为有价值的间接证据。但你说得对，根据她的生活方式，就算精液定型不符合一个人的采样，也无法排除他的嫌疑。”

“就算符合，也无法落实他的嫌疑。”

“对，但肯定能让他好好地头痛一下。真希望她抓伤了他，指甲底下有上皮组织。这种证据向来有用。”

“可惜没那么多好事。”

“那是当然。既然她给他口交，你会觉得她的牙缝里也许会留下他的一两根毛发，但麻烦就麻烦在她实在太淑女了。”

“这个也算麻烦，行吧。”

“而我的麻烦在于我居然开始相信这里面真有个案子了，而凶手躲在彩虹的另一头。我的办公桌上堆满了我没空看的文件，你却逼着我来查这件烂事。”

“你想一想要是破案了，你会显得多么光鲜。”

“功劳都归我？”

“总要归个什么人吧。”

我还要打电话给三个妓女，桑妮、露比和玛丽露。她们的号码写在我的笔记本上，但我这一天谈过的妓女已经够多了。我打给钱斯的应答服务，留言请他打给我。现在是星期五的晚上，也许他在麦迪逊花园看两个年轻人互殴，还是说他只会去看基德·巴斯康的比赛？

我拿出唐娜·坎皮昂的诗，读了又读。脑海中，诗里提到的所有颜色都带着血色，鲜亮的动脉血，从猩红色渐渐蜕变成锈红色。我提醒自己，唐娜写这首诗的时候金还活着。那么，我为什么从唐娜的诗句中嗅到了一丝厄运的气息？是她知道什么内情，还是我见到了并不存在的幻影？

她没提到金的金黄色头发，除非诗里的阳光指代的就是这个。我看见她缠在头上的金色发辫，想到简·基恩的美杜莎雕像。我不假思索地拿起电话打给她。我很久没拨过这个号码了，但记忆把号码硬塞给我，就像魔术师从观众身上变出来一张扑克牌那样。

电话铃响了四声。我正要挂断，却听见了她的声音，她音调低沉，有点喘息。

我说："简，是我，马特·斯卡德。"

"马特！顶多一个小时前我才想到过你。稍等一下，我刚进门，让我脱掉大衣……好了。你最近怎么样？很高兴能听见你的声音。"

"我过得挺好，你呢？"

"哦，情况正在好转。一次坚持一天。"

哈，这些朗朗上口的标语。"还去参加那些活动吗？"

"嗯哼。事实上，刚参加完一个回来。你怎么样？"

"还不坏。"

"那就好。"

今天星期几来着？星期五？星期三、四、五。"我坚持三天了。"我说。

"马特，真是太了不起了！"

了不起在哪儿？"应该吧。"我说。

"你还去参加聚会吗？"

"算是去吧，我不确定我有没有为整个过程做好准备。"

我们聊了一会儿。她说我们也许有朝一日会在某次聚会上不期而遇，我承认存在这种可能性。她戒酒近六个月了，她已经做过几次见证。我说找个机会听听她的故事肯定很有意思。她说：“听？我的天，你就在故事里。”

她想回去继续做雕塑。戒酒期间她暂时搁置了所有工作，因为她很难让黏土按照她的意愿塑造形状。但她正在努力，尝试协调所有事情，戒酒摆在第一位，让生活的其他部分按自己的步伐回归原样。

我呢？嗯，我说，我有个案子，为一个熟人调查一件事的内情。我没详细解释，她也没逼问。对话慢了下来，里面有几次停顿，我说：“总之，我就是忽然想到要打个电话跟你问声好。”

“马修，我很高兴听见你的声音。”

“说不定咱们哪天真的会遇上。”

“但愿如此。”

我挂断电话，想起在里斯本纳德街她的公寓喝酒的情形，烈酒在我们的血管里施行魔法，温暖而甘醇的感觉淹没了我。那是一个多么愉快而甜蜜的夜晚啊。

你会在戒酒会活动上听人们说：“我清醒时最差劲的日子也比酗酒时最快乐的日子强。”所有人使劲点头，就像波多黎各人汽车仪表盘上的塑料小狗玩偶。我想到我和简共度的夜晚，看了一圈我这个仿佛牢房的小房间，努力琢磨为什么今晚比那个夜晚更加美好。

我看看手表。酒铺子已经关门，但酒吧还有几个小时才打烊。

我待在原处不动。外面，一辆巡逻车拉着警笛驶过。警笛声逐渐消失，时间一分一秒流逝，然后我的电话响了。

是钱斯。“你在认真做事，”他赞许地说，“我收到了报告。姑娘们都挺配合吧？”

"她们都很好。"

"有进展吗？"

"还很难说。你在这儿捡起一块碎片，在那儿捡起一块，但你永远不可能知道它们能不能拼凑在一起。你从金的公寓拿走了什么？"

"就一些钱，怎么了？"

"多少？"

"几百块。她把现金放在梳妆台最上层的抽屉里，不是什么藏东西的秘密地方，就是她习惯把钱放在那儿。我找了一圈，看她有没有在哪儿藏私房钱，但我没找到。我没找到银行存折或保险箱钥匙。你呢？"

"没找到。"

"钱呢？当然了，谁找到就归谁，我只是问问而已。"

"没有钱。你只拿走了钱吗？"

"还有一张夜总会摄影师给我和她拍的照片，没理由把这东西留给警察。怎么了？"

"我只是在瞎琢磨。你是在警察抓你前去的那儿吗？"

"他们没有来抓我，我是主动去投案的。对，我先去了那儿，事实上还好比他们早了一步，否则那几百块钱就不见了。"

也许吧，也许不会。我说："你没带走那只猫？"

"猫？"

"她有一只小黑猫。"

"哦，对。我根本没想到过那只猫。不，我没有带走。要是我想到了，会放点食物给它吃。怎么，猫不见了？"

我说不但猫不见了，猫砂盆也不见了。我问他去她公寓的时候猫在不在，但他不知道。他没注意到有猫，但另一方面他也没有特意去找。

“再说我动作很快，你明白的，进去出来还不到五分钟。猫有可能从我脚边走过，而我根本没注意到。这有什么重要的吗？猫又不可能杀她。”

“当然。”

“你不认为她会带猫去酒店，对吧？”

“她为什么会这么做？”

“不知道，老兄。我不知道咱们为什么在谈那只猫。”

“肯定有人带走了猫。她死后肯定有你之外的什么人去过她的公寓，带走了那只猫。”

“你确定猫今天不在她家吗？陌生人出现的时候，动物会受到惊吓，会躲起来。”

“猫不在公寓里。”

“有可能是警察来的时候自己跑掉了。门打开，猫跑出去，再见了小猫咪。”

“我没听说过猫会带走它的猫砂盆。”

“也许是邻居带走的。人家听见它喵喵叫——猫就喜欢喵喵叫——不想看见它挨饿受冻。”

“邻居会有她的钥匙？”

“有些人会和邻居交换钥匙，免得自己被锁在外面，也可能是邻居找门童借了钥匙。”

“很可能是这样。”

“肯定是这样。”

“我明天去问问邻居。”

他轻轻吹了声口哨：“你什么线索都要追查，对吧？像猫这样的小事，你也像狗咬骨头似的不肯放过。”

“案子就是这么查的。拖屁敲门。”

“什么？”

“拖屁敲门，”我说，拼给他听，“是‘拖着你的屁股给我到处去敲门’的缩写。”

“哦，我喜欢这个说法。你再说一遍？”

我又说了一遍。

“‘拖着你的屁股给我到处去敲门。’我喜欢。”

18

星期六是个适合到处去敲门的好日子，通常是因为周末待在家里的人是一周中最多的，而这个星期六的天气尤其不适合外出。细雨从黑乎乎的天空中洒落，寒风片刻不停地吹，把雨点溅得到处都是。

纽约的风有时候行为很古怪。摩天大楼似乎会把风撞碎，给它加上旋转角度，就像英国佬打台球那样，因此风会稀奇古怪地乱撞，在不同的街区从不同的方向胡吹。那天上午和下午，风似乎永远迎面而来。我随便拐过一个路口，风总是会吹向我，永远朝我扑来，永远把喷溅的雨丝刮向我。有时候我觉得风雨很提神，有时候我缩着脖子低着脑袋，咒骂风雨和非得挑这种天气出门的自己。

我首先去的是金的公寓楼，我朝门童点点头，从他身旁走过去，手里拿着钥匙。我没见过他，觉得我对他不可能比他对我更熟悉，但他没有质问我为什么出现在这儿。我搭电梯上楼，开门进了金的公寓。

也许我只是想确定猫是否依然不知去向。我没有其他理由要进来。就我能够分辨的情况而言，公寓和我上次离开时完全一样，而我仍旧找不到猫和猫砂盆的踪影。想到这儿，我去厨房看了看。柜橱里没有猫粮罐头或盒子，没有袋装猫砂，没有供猫吃东西的防撒碗。我在公寓里闻不到猫的气味，我甚至开始怀疑我对猫的记忆是不是一段幻觉了。还好在打开冰箱后，我发现了半个猫粮罐头，上面盖着一个塑料盖。

你说厉害不厉害，我心想。伟大的侦探找到了一条线索。

没过多久，伟大的侦探就找到了猫。我沿着走廊挨家挨户敲门。尽管是个下雨的星期六，但不是人人都待在家里，而前三个人甚至不知道金养了一只猫，更别说告诉我猫的下落了。

我敲开的第四扇门属于爱丽丝·西姆金斯，一位五十来岁的矮小妇人，她说话间充满戒备，直到我提起金的猫。

“噢，黑豹啊，”她答道，“你是来找黑豹的。知道吗？我就担心会有人来找。进来坐坐吧？”

她领我坐进一把带软垫的椅子，端给我一杯咖啡，然后为房间里家具太多向我道歉。她说她是个寡妇，从城郊住宅区的屋子搬到市里的小公寓，尽管她已经扔掉了许多东西，但还是犯了保留太多家具的错误。

“这儿就像障碍跑赛道，”她说，“而且我也不是昨天才搬进来的。我住在这儿已经快两年了，但似乎没什么好着急的，于是我就一拖再拖，拖到了现在。”

她从楼里的某个人那儿听说了金的死讯。第二天早晨，她坐在办公室的写字台前，忽然想到了金的猫。谁会喂它呢？谁会照看它呢？

“我强迫自己等到午餐时间，”她说，“因为我觉得我还没疯到要突然跑出办公室，只是为了不让一只猫再饿一个小时的肚子。我喂猫，清理猫砂盆，换水，晚上我从办公室回家的时候又去看它，发现显然没人来照看它。那天夜里，我一直在想这可怜的小东西，第二天早晨我去喂它，觉得它还是暂时搬到我这儿来比较好。”她微笑道，“它似乎适应得挺好。你觉得它想念金吗？”

“不知道。”

“我觉得它也不会想念我，但我会想念它的。我从没养过猫，几年前我们家养过狗。搬到城里以后，我好像不想再养狗了，但养只猫似乎没什么麻烦的。黑豹做过去爪手术，所以不需要担心它挠坏家具，虽说我还挺希望它挠坏几件这儿的家具的，说不定能让我下决心处理掉它们。”她轻声笑笑，“很抱歉，我拿走了她公寓里所有的猫粮，我可以帮你全收拾起来。黑豹躲在什么地方了，不过我肯定能找到它。”

我安慰她说我不是来带走猫的，只要她愿意，猫可以留在她家里。她吃了一惊，明显松了一口气。可是，假如我不是来带走猫的，那我是来干什么的呢？我三言两语解释了一下我扮演的角色，趁着她还在消化的时候，我问她是怎么进入金的公寓的。

“哦，我有钥匙。几个月前我给了她一把我的公寓钥匙，我要出城几天，请她帮忙给植物浇水，回来后没多久，她给了我一把她的钥匙。我不记得原因了。是要我帮忙喂黑豹吗？真的想不起来了。你觉得我可以给它起个别的名字吗？”

“你说什么？”

“倒不是我很在乎猫叫什么名字，但我不知道给它另外起名合不合适。我不认为猫能听懂这个名字。它只能听懂电动开罐头刀的呜呜声，因为那代表着要开饭了。”她微笑道，“T.S.艾略特写过，每只猫都有个秘密名字，只有猫自己才知道。所以我觉得无论我怎么叫它其实都无所谓。”

我把话题转向金，问她和金有多亲密。

“我不知道我们算不算朋友，”她说，“我们是邻居，我们是关系很好的邻居。我为她保管房门钥匙，但我不确定我们算不算朋友。”

“你知道她是妓女吗？”

“大概能猜到。刚开始我以为她是模特，她有模特的相貌。”

“对。”

“但交往下来后，我慢慢意识到了她真正的职业是什么。她自己从没说过。我觉得也许正是因为她不肯谈论她的工作，我才会去猜她是做什么的。另外，还有那个时常来找她的黑人。不知道为什么，我就是觉得他是她的皮条客。”

“西姆金斯夫人，她有男朋友吗？”

“除了那个黑人？”她开始回忆，就在这时，一只黑猫飞速横穿地毯，跳上沙发，再一跳就无影无踪了。“看见了吗？”女人说，“它其实完全不像黑豹。我不知道它究竟像什么，但肯定不像黑豹。你问她有没有男朋友？”

“对。”

“我只是有猜测。她肯定有些什么秘密计划，因为最后一次我们聊天时，她暗示说她要搬走了，她的人生要迎来转折，变得更美好。真抱歉，当时我以为那是她的白日梦。”

“为什么？”

“因为我以为她的意思是要和那个皮条客携手奔向夕阳，从此快乐地生活在一起，但她不可能对我说那么多，因为她始终没有对我坦白，没有告诉我她是妓女，有个皮条客。我知道皮条客会向一个姑娘保证其他姑娘都无关紧要，只要他们存够了钱，就可以远走高飞，去澳大利亚买座绵羊牧场，或者找某条同样现实的出路。”

我想到莫顿街的弗兰·谢克特，她深信她和钱斯因为前世因缘联系在一起，未来还要一起度过无数辈子。

“她打算离开她的皮条客。”我说。

“投向另一个男人？”

“我想搞清楚的就是这个。”

她没见过金和什么特定的人在一起，也没怎么注意过登门拜访金的那些男人。主要是晚上很少有这种客人，她解释道，而她白天要上班。

“我认为那件毛皮夹克是她自己买的，”她说，“她对它特别自豪，就好像那是什么人买给她的，但我以为她想掩盖那份遗憾，因为她必须为自己买好衣服。我敢打赌她确实有男朋友。她炫耀那件衣服的态度有那种意思，就好像那是男人送她的礼物，但她没有明确地说出来。”

“因为他们的关系是秘密。”

“对。她对那件毛皮夹克很自豪，对她的珠宝首饰很自豪。你说她要离开她的皮条客，这就是她被杀的原因吗？”

“我不知道。”

“我尽量不去想她已经被杀，还有她如何和为何被杀。你有没有读过一本书叫《沃特希普荒原》？”我没读过。“书里有个兔子定居点，大致算是个半驯养的定居点。食物供应充足，因为人类会给兔子送食物。那儿算是个兔子的天堂，但人类这么做是为了设陷阱抓兔子，时不时地做一顿兔子大餐。活下来的兔子从不提陷阱，从不提那些被杀的同胞。它们有一条不成文的规矩，假装陷阱并不存在，死去的同胞也从没存在过。”她说话时本来望向一旁，此刻却直视我的眼睛，“你知道吗？我觉得纽约人就像那些兔子。我们为了这座城市能提供的东西住在这儿——文化、工作机会，等等。但每当这座城市杀死我们的朋友和邻居，我们就会转开视线。哦，我们读到消息，我们讨论一两天，但然后我们就把事情忘得一干二净。否则我们就必须为此做些什么，而我们什么都做不到。或者我们就必须搬走，但我们不想搬走。我们就像那些兔子，对不对？”

我留下我的号码，让她想到什么就打给我。她说好的。我搭电梯下楼去大堂，但电梯来到大堂时，我没有出去，而是又乘回十二楼。我找到了黑猫不等于我再敲开几扇房门就是在浪费时间。

然而我确实在浪费时间。我和五六个人谈了谈，却一无所获，只知道他们和金一向各活各的。有个男人甚至说他不知道有个邻居遭到谋杀。其他人知道，但并不知道更多的情况。

我没有更多的房门可敲了，便不由自主地走向金的公寓，把钥匙拿在手里。为什么？因为门口壁柜里的那瓶野火鸡？

我把钥匙放进口袋里，离开那幢公寓楼。

戒酒会手册领着我来到几个街区外的一个午间聚会。我走进会场时，发言者正在结束她的见证。乍看之下，我以为她是简，但再看一眼，我意识到两人并不怎么像。我倒了一杯咖啡，在后排找了个座位坐下。

房间里坐满了人，烟雾腾腾。讨论焦点似乎是戒酒计划的灵性层面，我不太清楚那是什么东西，我听到的内容也没有让我明白。

一个男人说了些好听的，这是个大块头，嗓音仿佛一袋砾石在摩擦。“我来这儿是为了救我的小命，”他说，“但后来我发现它触及了我的灵魂。”

星期六适合敲门问话，也同样适合拜访妓女。星期六下午去嫖的男人并非绝无仅有，但毕竟只是少数。

我吃了午饭，然后乘莱克星顿大道线去上城区。车厢里没几个人，我对面坐着一个黑人少年，他穿着水手粗呢上衣和厚底靴，叼着根香烟在抽。我想起我和德金的交谈，考虑要不要叫他灭了香烟。

天哪，我心想，管好你自己的事吧，别多管闲事。

我在六十八街下车，向北走了一个街区，然后向东走了两个街区。露比·李和玛丽露·巴克尔住在对角而立的两幢公寓楼里。露比在路口的西南角，我先去找她，因为我首先走到这儿。门童用内线电话为我通报，我和花店的送货小弟一起乘电梯上楼。他抱着满怀的玫瑰花，轿厢里散发出浓烈的香味。

我敲敲门，露比为我开门，她冷淡地笑了笑，请我进去。公寓装饰得很简约，但品位相当好。家具时尚而中性，但另外几样物品给房间增添了一丝东方色彩——中国花纹的地毯、黑色漆器画框里的一组日本画、竹屏风。它们不至于让房间具有异国情调，但露比本人就足够完成这项任务了。

她很高，不过不像金那么高，她体形娇柔，婀娜多姿。她穿黑色的紧身连衣裙，侧面开衩，走路时露出一截大腿，炫耀着她的身材。她请我坐进一把椅子，问我喝点什么，我不由自主地说喝茶。她微笑，拿来两杯茶给我和她。我注意到那是立顿红茶。天晓得我到底在期待什么。

她父亲是法国和塞内加尔混血儿，母亲是华裔。她在中国香港出生，在中国澳门住了一段时间，然后通过巴黎和伦敦来到美国。她没说她几岁，我没问，我也不可能猜到。她有可能二十，有可能四十五，两者之间的任何年龄都有可能。

她只见过一次金。她对金没什么真正的了解，也不怎么了解其他那些姑娘。她已经跟了钱斯一段时间，对两人之间的安排颇为满意。

她不知道金有没有男朋友。怎么，她疑惑道，一个女人难道希望生活中有两个男人？那样她就必须花钱养两个人了。

我说金和她的男朋友之间的关系或许有所不同，他也许送她礼物。露比似乎觉得这个想法令人困惑。我说的是恩客吗？我说有可能。但恩客不等于男朋友，她说，恩客仅仅是一堆男人里的一个。一个女人怎么可能对恩客动感情呢？

马路对面，玛丽露·巴克尔倒了杯可乐给我，放下一碟奶酪和脆饼。“所以你见过龙女了，”她说，“很惊人，对吧？”

“‘惊人’就说得太谦虚了。”

“三个种族融合出一个绝世美女。但吓人的还在后面。你打开门，发现家里没人。你过来一下。”

我走到窗口，看她手指的方向。

“那是她家的窗户，”她说，“你从我的公寓能看见她家。你会觉得我们肯定是好朋友，对吧？时不时到对方家里坐坐，借一碗糖，抱怨一下经前综合征。你会这么觉得，对吧？”

“但实际上并不是这样？”

“她永远彬彬有礼，但根本心不在焉。这个女人不和人交往。我认识不少光顾过她的嫖客。说起来，我也给她介绍过几个生意。比方说，一个男人说他对东方姑娘有性幻想，或者我告诉某个男人说我认识一个姑娘，他也许会喜欢。知道吗？这是全世界最安全的事情。他们会很感激，因为她非常美丽，有异国风情，我猜她在床上也挺有一套，但他们几乎不会再回去找她。他们会去一次，为此感到高兴，但肯定不会再去。他们会把她的号码告诉伙伴，而不是自己再次打过去。我确定她很忙碌，但我敢打赌，她不知道回头客是什么，也肯定从来没有过。”

玛丽露身材苗条，深色头发，比平均个头稍高一点，五官精致，满嘴小牙长得很整齐。她把头发向后梳，绾成一个发髻——好像是这么叫的——她戴着飞行员眼镜，镜片呈淡琥珀色。头发和眼镜加起来，让她显得颇为严厉，她不可能没有意识到这个效果。“要是我摘掉眼镜，放下头发，”她在某个时候告诉我，“看上去会温柔得多，远不如现在这么咄咄逼人，但有些嫖客就想要一个咄咄逼人的女人。”

至于金，她说：“我和她不熟。我和她们其实都不熟。那是什么样的一伙人啊！桑妮是个寻欢作乐的派对女郎，她觉得当妓女让她的生活状态飞跃了一大步。露比算是个患有孤独症的成年人，不受人类心智的触动。我确定她在私藏营业额，迟早要回澳门或塞得港，去开鸦片馆。钱斯多半知道她在藏钱，也明智地决定随她去。”

她拈起一块奶酪放在脆饼上递给我，然后自己也吃了一块，再拿起红葡萄酒品尝。“弗兰像是从音乐剧《奇妙城市》里走出来的，是个有魅力的小疯子。我叫她村里傻妞。她把自欺欺人发展到了艺术形式的水平。为了支持她创造出的幻觉大厦，她不得不抽下成吨重的大麻。你还要可乐吗？”

“不了，谢谢。”

“确定不想喝杯葡萄酒换换口味？或者劲更大的东西？”

我摇摇头。收音机被调到了某个古典乐频道，在背景里播放不痛不痒的音乐。玛丽露摘下眼镜，对镜片哈气，用纸巾擦拭。

“至于唐娜，”她说，“那是妓女界对埃德娜·圣文森特·米莱的回应。我觉得诗歌对她的作用相当于弗兰的大麻。她是个好诗人，你知道的。”

我带着唐娜的诗，拿出来给玛丽露看。她浏览诗句，皱起眉头，几道竖纹出现在脑门上。

“没写完，”我说，“她还要继续加工。”

“我不知道诗人怎么知道一首诗算是写完了。画家也一样。他们怎么知道什么时候该停手？我非常困惑。这首诗写的是金吗？”

“对。”

“我不明白诗里的意思，但肯定有些什么，她想表达什么。”她思忖片刻，像小鸟似的歪着脑袋。她说：“我猜我觉得金就像个妓女的原型。灿烂夺目的金发美女，来自中西部北面，生来就要在黑人皮条客的怀里走完人生。我实话实说，听说她被杀后我并不吃惊。”

“为什么？”

“我也不太确定。我受到震撼，但不吃惊。我猜我料到她会遇到什么坏结局，而且很突兀。未必非得是谋杀案的受害人，但多半会被生活逼上绝路。比方说自杀，或者嗑药加酗酒的某种自毁组合。倒不是说她喝得很多，据我所知她好像也不嗑药。我猜我以为她会自杀，但被谋杀也差不多，对吧？抹掉她的生命。因为我没法想象她永远过这种日子。等她那质朴的天真劲头被磨灭，她就没法承受下去了。另一方面，我也看不出她要怎么样才能找到出路。”

“但她正在离开，她告诉钱斯说她想退出。”

“你确定吗？”

“对。”

“钱斯是什么反应？”

“他说这种事她说了算。”

“就这么简单？”

“似乎是的。”

“然后她被杀了。两者之间有联系吗？”

“我认为肯定有。我认为她交了个男朋友，我认为男朋友就是两者之间的联系。我认为他就是金想离开钱斯的原因，我认为他也是她被杀害的原因。”

“可你不知道他是谁。”

“对。”

“有谁知道些什么吗？”

“目前还没有。”

“嗯，我恐怕也帮不了你。我不记得我上次见到她是什么时候，但我记得她眼睛里闪着真爱的光芒。你这么一说倒是对得上。一个男人把她拉进这种生活，也需要一个男人把她拉出去。”

然后她开始说她是怎么入行的。我没想过要问，但听听也没什么坏处。

苏豪区西百老汇大街一家画廊的开业典礼上，有人把钱斯指给她看。钱斯和唐娜在一起，把钱斯指给她看的人说他是个皮条客。玛丽露多喝了一两杯场内供应的廉价葡萄酒，壮着胆子接近钱斯，做了自我介绍，然后说她想写一篇他的报道。

她算不上什么作家。当时她住在西九十街，同居的男人在华尔街做些复杂难懂的事情。那男人离婚了，但还半心半意地爱着前妻，几个烦人精孩子每周末过来，她和这个男人没有前途。玛丽露是个自由职业的审稿人，兼职校对，在一份女性主义月报上登过几篇文章。

钱斯和她见面，带她出去吃饭，扭转了采访的局势。喝鸡尾酒的时候，她意识到自己想和钱斯睡觉，这种渴望更多是出于好奇，而不是性欲。晚饭还没吃完，钱斯就开始建议她别写什么浮于表面的文章了，要搞就搞点真东西，从内部视角去写妓女的生活。她显然迷上了这个念头。钱斯告诉她，为什么不利用这种迷恋，不跟随它的指引，不试着过上几个月全套的妓女生活，看看她能从中得出什么结论呢?

她对这个提议一笑置之。吃过饭，钱斯带她回家，但没有勾搭她，对她的性暗示只当没看见。接下来的一个星期，她无法把他的提议踢出脑海。她自己生活的各方各面似乎都无法令人满意。她和那男人的关系让她疲惫，她有时候觉得她和他待在一起只是懒得自己去找公寓住。她的职业生涯是个死胡同，让她丧失兴趣，挣到的钱还不够生活费。

“于是这本书，”她说，“这本书忽然成了我的一切。莫泊桑从停尸房搞到人肉吃掉，这样才能准确描述人肉的滋味。我能不能当一个月应召女郎，写出这个题材有史以来最优秀的著作呢？”

她接受了钱斯的提议，所有事情立刻安排妥当。钱斯帮她搬出西九十四街的住处，安排她住进现在这套公寓。他带她出去，到处展示她，带她上床。在床上，他一招一式地告诉她该怎么做，她觉得既古怪又刺激。她体验过的其他男人在那方面都沉默寡言，希望你能读懂他们的想法。她说，连嫖客也难以启齿，告诉你他们到底想要什么。

刚开始的几个月，她依然认为自己在为写书做调查。每次嫖客离开，她都会做笔记，写下她的印象和感触。她记日记。她将自我抽离行为和身份，记者的客观性之于她就好比诗歌之于唐娜和大麻之于弗兰。

她最终醒悟过来，卖淫已经成了目的，这时她经历了一场情绪危机。她以前从未考虑过自杀，但彼时的她在悬崖边缘徘徊了整整一周。然后她想通了。她在卖淫的事实不等于她必须将自己视为妓女。这是她暂时从事的职业。写书原先只是进入这种生活的借口，有朝一日这也许会成为她真心想做的事情。其实没什么大不了的。她独处的日子过得很开心，只有在她想象自己永远过这种生活的时候才会感到不安。然而那是不可能的，等到时机成熟，她会像她走上这条路一样轻而易举地脱离这种生活。

“我就是这么让我自己保持冷静的。我不是妓女，我只是‘在过卖淫的生活’。你明白的，有的是更糟糕的方式来度过这两年时间。”

“那是肯定的。”

“我有充足的闲暇时间，充足的动物性享受。我大量阅读、看电影、参观博物馆，而钱斯喜欢带我去听音乐会。你知道盲人摸象的故事吗？一个人抓住尾巴，认为大象像蛇，另一个摸到肚子，认为大象像墙？”

“所以？”

“我认为钱斯是大象，他的姑娘们就是那些盲人。我们每个人见到的都是一个不同的人。”

“而你们每个人的住处都有非洲工艺品。”

她的是一尊雕像，高约三十英寸，矮小的男人用单手攥着一把木棍。它的面部和双手镶嵌着蓝色和红色的珠子，小贝壳覆盖着身体的其他部位。

“这是我的家神，”她说，“巴图姆祖灵雕像，来自喀麦隆。那些是玛瑙贝，全世界的原始社会都用玛瑙贝当交换媒介，相当于是部落时代的瑞士法郎。你看它像什么？”

我走过去看了看。

“像女性的外生殖器，”她说，“因此男性不假思索地用它买卖东西。需要我再拿点奶酪来吗？”

“不了，谢谢。”

“再来一杯可乐？”

“不用了。”

“那好，”她说，“要是你有什么感兴趣的，告诉我一声就行。”

19

我刚走出她的公寓楼，一辆出租车就在门前停下，一名乘客走了下来。我坐进车里，报上我住的旅馆的地址。

驾驶座那一侧的挡风玻璃雨刷坏了。司机是白人，驾驶执照上的照片是个黑人。一块标牌提醒乘客：禁止吸烟/司机过敏。车里散发着大麻的怪味。

“什么都他妈看不清。”司机说。

我向后一靠，享受这段车程。

我在旅馆大堂打电话给钱斯，然后上楼回房间。大约十五分钟后，他打了过来。“拖屁敲门，”他说，“我告诉你，我喜欢这个词。今天敲了很多门吗？”

“反正不少。”

“然后呢？”

“她有个男朋友。他买礼物送她，她炫耀礼物。”

“向谁炫耀？我的姑娘们？”

“不，正因为这个，我才敢确定她想保守这个秘密。是她的一个邻居提到了那些礼物。”

“你发现邻居收留了那只猫？”

“一点不错。”

“拖屁敲门还真他妈管用。你从猫失踪了开始查，最后得到了一条线索。什么礼物？”

“一件毛皮衣服和几件珠宝。”

“毛皮？”他说，“你说的是那件兔皮大衣？”

“她说是养殖貂皮。”

“染色的兔皮，”他说，“那件是我买给她的，我带她购物，用现金买下来的。是去年冬天的事情。邻居说是貂皮，妈的，我很想卖给她邻居几件那样的貂皮，给她一个好价钱。”

“金说是貂皮。”

“对邻居说的？”

“对我说的。”我闭上眼睛，回想她在我常坐的那张阿姆斯特朗酒馆的桌子前，“她说她是穿牛仔上衣来到纽约，现在身披养殖貂皮，要是能让时光倒流，她宁可用它换那件牛仔上衣。”

他的笑声顺着电话线传过来。“染色兔皮，”他斩钉截铁地说，“肯定比她下长途车时的破衣服值钱，但绝对不是稀世珍宝，也不是男朋友买给她的，因为买给她的人是我。”

“嗯——”

“除非她说的那个男朋友就是我。”

“有这个可能性。”

“你刚才说珠宝。哥们儿，她只有几件小饰品。你有没有看见过珠宝盒里的所谓珠宝？没什么值钱的东西。”

“我知道。”

“人造珍珠，一枚毕业戒指。她只有一件像样的首饰，也是我买给她的。你大概看见了，是那个手链。”

“是象牙之类的什么质地吧？”

“真正的象牙，传统的象牙，配件是黄金。铰链和搭扣。算不上很多黄金，但黄金毕竟是黄金，对吧？”

“你买给她的？”

“一百块买的。去店里买要三百，甚至更多，而且还未必能找到这么漂亮的。”

“是赃物吗？”

“就这么说吧，我买它没发票。卖给我的那家伙，他没说是偷来的，只说一百块就给我。我拿照片的时候应该顺手带走的。你看，我买它是因为我喜欢它，给她是因为我没法戴，你明白吗？我觉得戴在她手腕上肯定很漂亮，也确实如此。你还是觉得她有个男朋友？”

“我觉得有。”

“听上去好像没那么确定了，还是说你听上去好像很累。你累了吗？”

“是的。”

“敲门敲得太多了吧。除了买那些不存在的礼物，这个男朋友还干了什么？”

“他会照顾她的生活。”

“唉，妈的，”他说，“哥们儿，这不就是我做的事吗？除了照顾她，你说我对这姑娘还做了什么呢？”

我在床上伸展身体，穿着衣服沉沉睡去。我敲了太多的门，谈了太多的话。我应该去见桑妮·亨德莱克斯，我该打电话，告诉她我要去见她，然而我却打了个瞌睡。我梦见鲜血和女人惨叫，我醒来时浑身大汗淋漓，嗓子眼有一股铁锈味。

我冲澡换衣服。我在笔记本里查到桑妮的号码，下楼从大堂拨过去。没人接听。

我松了一口气。我看看手表，走向圣保罗教堂。

发言者说话柔声细气，长着一张孩子气的脸，浅棕色头发的发际线正在后退。刚开始我以为他是牧师。

结果他是杀人犯。他是同性恋，一天夜里喝断片儿了，抓起厨刀捅了情人三四十刀。他平静地说，他模糊记得事情的经过，因为他时而清醒时而恍惚，恢复意识时发现手里拿着刀，惊恐之下重新落入黑暗的深渊。他在阿提卡监狱服刑七年，出狱后滴酒不沾，到现在已经三年了。

听他讲述这些委实令人不安。我无法判断我对他究竟有什么看法。对于他活在世上，而且已经出狱，我不知道我该感到庆幸还是抱歉。

休息时间，我去找吉姆聊天。也许刚才的见证触动了我，也许金的横死包围着我，总之我开始谈论天底下的那些暴力、那些犯罪、那些杀戮。“它们在影响我，”我说，“我拿起报纸，读到的尽是各种各样该死的烂事，这对我造成了影响。”

“你知道那个小品段子吗？‘医生啊，每次我这么做就疼得厉害。’‘那就别这么做！’”

“所以？”

“所以你也许应该放弃看报纸的习惯。”我白了他一眼。

“我说真的，”他说，“那些报道也让我烦恼。世界局势的报道也一样，好消息绝对不会上报纸。但有一天我忽然想到，也可能是其他人告诉我的，总之我想明白了，没有任何法律说我必须读那些狗屁东西。”

“就当不存在。”

“有什么不好？”

“这是鸵鸟策略，对吧？眼不见心不烦？”

“也许吧，但我觉得不太一样。要我说，既然我拿那些事情毫无办法，也就不必用它们逼疯我自己了。”

“但我就是做不到无视那种事。”

“为什么不行？”

我想到唐娜：“也许我和人类息息相关。”

“我也是，”他说，“我来这儿，我听故事，我讲故事。我滴酒不沾。我就是这么和全人类息息相关的。”

我又喝了些咖啡，吃了两块曲奇饼。在讨论环节里，人们一遍又一遍对发言者说他们多么赞赏他的坦诚。

我心想，天哪，我从没做过这种事。我的视线飘向墙壁。戒酒会的墙上挂满标语，都是“简单之道才易行”之类的格言警句，有一条标语像磁铁似的吸引住我的视线，上面写着“若非上帝恩典”。

我心想，不，去他妈的。我喝断片儿了也不会变成杀人狂，别跟我说什么上帝恩典。

轮到我发言了，我无话可说。

20

丹尼男孩举起他那杯俄国伏特加，端详穿过酒杯的光线。“纯粹，透明，精确。”他吐出这几个词，准确地咬着每个字的读音，“马修，最好的伏特加就像剃刀，就像一把锋利的手术刀，握在技艺娴熟的外科医生手里，割出的边缘不可能参差不齐。”

他抬起酒杯，咽下一盎司左右的纯粹和透明。我们在普根夜总会，他身穿海军蓝的正装，衣服上有一条红色条带，在酒吧的朦胧灯光下几乎看不清。我在喝加酸橙的苏打水。点另外一轮饮料时，长着雀斑的女招待说我喝的东西叫酸橙利克水，我觉得我好像从没用这个名字点过这种饮料。

丹尼男孩说：“我概括一下。她叫金·达吉南，金发，高个子，二十出头，住在默里山，两周前在银河都会酒店被杀。”

“没两周前那么久。”

“好的。她是钱斯手下的姑娘之一，她还有个男朋友，你想找的就是他，那个男朋友。”

“一点不错。”

“无论是谁，只要能给你问来消息，你就会付钱。多少钱？”

我耸耸肩：“一笔钱吧。”

“比方说？一百？五百？到底多少？”

我又耸耸肩：“我不知道，丹尼。这取决于消息的内容，还有它从哪儿来和指向哪儿。我没有一百万美元供我挥霍，但也算不上赤贫。”

“你说她是钱斯的姑娘之一。”

“对。”

“马修，两周以前，你在找钱斯，然后你请我去看拳赛，好让我把他指给你看。”

“没错。”

“然后过了几天，你那位高个子金发女郎的照片上了报纸。你去找她的皮条客，然后她死了，现在你又在找她的男朋友。”

“所以？”

他喝完剩下的伏特加：“钱斯知道你在干什么吗？”

“知道。”

“你和他谈过？”

“谈过。”

“有意思。”他拿起空酒杯对着光，眯起眼睛透过酒杯端详。毫无疑问，他在查看酒杯，寻找纯粹、透明和精确。他说：“你的委托人是谁？”

“那是保密的。”

“真好笑，寻找情报的人从来不愿意提供情报。没问题，我可以打听一下，去某些场所散播消息。你想要的就是这个？”

“就是这个。”

“你对这位男朋友有什么了解？”

“比方说？”

“比方说他是老是少，是正是邪，是已婚还是单身，走路上学还是自带午餐。”

“他有可能送过她礼物。”

“这真是缩小了搜寻范围。”

“我知道。”

“行吧，”他说，“我们能做的仅仅是尝试。”

我能做的无疑只有尝试。戒酒会活动结束后，我回到旅馆，发现有条留言在等我。留言叫我打给桑妮，附带我先前打过的那个号码。我从大堂的电话亭打给她，却无人接听。她没有自动答录机吗？如今不是人人都有答录机吗？

我上楼回房间，却没法待在那儿。我不累，打盹消除了疲惫带来的倦意，我在戒酒会那儿喝的咖啡害得我坐立不安，精神紧张。我翻阅笔记本，重读唐娜的诗，我忽然想到，我寻找的答案很可能早就有人知道了。

在警务工作中，这种情形司空见惯。想找到一个问题的答案，最简单的办法就是去问知情者，然而难就难在如何搞清楚知道答案的究竟是谁。

金有可能向谁坦白秘密？肯定不是已经和我谈过的那些姑娘，也不是三十七街公寓楼里的邻居。那么，会是谁呢？

桑妮？有可能，但桑妮不接电话。我又打了一次，从房间请旅馆交换台帮我拨号码。

没人接。也无所谓。我并不怎么想把下一个钟头花在和又一个妓女喝姜汁汽水上。

金和她面目不清的男朋友，他们究竟做了什么？假如他们一有时间就关门厮混，上床打滚，发誓相爱永不渝，从来没和其他人说过任何话，那我多半就会撞个满鼻子灰。但也许他们会一起外出，也许他在某个圈子里炫耀过她；也许他告诉了某个人，而那个人又告诉了其他人，也许——

只是待在旅馆房间里，不可能让我找到答案。妈的，这个晚上挺怡人的。雨在戒酒会活动期间停了，风也小了不少。现在该挪动我的屁股，叫几次出租车，花掉一点钱了。我似乎不想把这笔钱存进银行或塞进募捐箱或寄到赛奥西特给前妻，还不如去到处花光呢。

我确实这么做了。普根夜总会大概是我拜访的第九个地方，丹尼男孩贝尔是我聊过的第十五个人。有几个地方是我寻找钱斯时去过的，但其他地方不是。我试过村里的酒馆、默里山和海龟湾的低档场所、第一大道的单身酒吧。离开普根夜总会后我继续这么做，在出租车和点饮料上花小钱，雷同的对话重复了一遍又一遍。

没有人知道任何情况。你像没头苍蝇似的乱撞，心里怀着的只有希望。可能性永远存在：你说完你那通话，交谈对象一转身指着某个人说：“就是他，那就是她的男朋友，角落里的那个大块头。”

然而这种好事几乎从不发生。一般来说，假如你运气够好，消息会传播出去。这座该死的城市有八百万人没错，但真正令人惊诧的是他们如何彼此交谈。如果我操作得当，那么用不了多久，这八百万人就会有相当可观的一部分知道某位死去的妓女有个男朋友，而一个叫斯卡德的家伙正在找他。

接连两辆出租车拒绝去哈莱姆。有规定说他们不得拒载。假如一名服装整齐的乘客要求去纽约市五大区内的任何一个地点，驾驶员都必须送他前往。我懒得向他们引用相关法条，走一个街区去搭地铁更加简单。

这个车站是个地区性的小站，月台上空荡荡的。售票员坐在上锁的防弹岗亭里，我不知道她在里面感觉安不安全。纽约出租车有厚实的树脂玻璃隔板保护驾驶员，但我拦下的司机无论有没有隔板都不肯去上城区。

不久前，一名售票员在一个这种岗亭里心脏病突发。急救人员无法进入上锁的岗亭，给他做心肺复苏，可怜的倒霉蛋就死在了里面。然而话说回来，我猜它们保护的人还是比杀死的多。

当然了，它们没能保护A线宽水道站的那两个女人。一位售票员举报了几个跳闸门的年轻人，年轻人对她怀恨在心，于是用汽油灌满灭火器，把汽油喷进岗亭，然后点了根火柴。整个岗亭顿时爆炸，两个女人被烧成灰烬。又多了一种死法。

一年前的报纸登过这条消息。当然了，没有规定说我必须读报。

我换了些代币。要搭的车来了，我上车去上城区。我在凯文·斯茂酒吧和莱诺克斯大道的另外几个地方问了问。我在一家肋排店撞见了罗亚尔·瓦尔德隆，和他谈的话与我和其他人谈的毫无区别。我在一二五街喝了杯咖啡，走完剩下的路去圣尼古拉斯大道，在喀麦隆俱乐部的吧台喝了杯姜汁汽水。

玛丽露的公寓里有一尊来自喀麦隆的雕像。祖灵雕像，镶嵌着玛瑙贝。

我在吧台前没找到和我熟得能聊几句的人。我看看手表，时间有点晚了。星期六晚上，纽约的酒吧提前一小时关门，三点，而非四点。我从不明白为什么。也许是为了让喝过量的人醒酒，赶得及星期天去教堂。

我向酒保打听超时营业的地方，他只是瞪着我，面无表情。我不由自主地对他说出了老一套，说我在找有关金的男朋友的消息。我知道我不可能从他嘴里问出答案，知道我连现在几点钟都没法从他嘴里问出来，但我还是把消息传播了出去。他能听见我说话，我左右两边的人也都能，他们都会和别人交谈，消息就是这么传播的。

“抱歉，我帮不了你，”他说，“无论你在找什么，在上城区都找得太远了。”

我猜那小子跟着我走出了酒吧。我没注意到，我应该注意到的。你必须时刻注意这种事情。

我顺着马路向前走，我的思绪在四处乱跳，一会儿是金神秘莫测的男朋友，一会儿是捅死了情人的发言者。等我觉察到身旁有动静，已经来不及做出反应了。我刚开始转身，那家伙的手就抓住我的肩膀，把我推进了巷子口。

他直接扑向我。他比我矮一两英寸，但蓬松的爆炸头不但弥补了差距，还高出去一截。他十八或二十甚至二十二岁，留着海象八字胡，一侧面颊上有块烧伤的疤痕。他穿着拉链口袋的飞行员夹克和紧身的黑色牛仔裤，他手里拿着一把小手枪，枪口指着我。

他说："狗娘养的，狗他娘养的。把钱给我，狗娘养的。给我，全给我，不给我就死，狗娘养的。"

我心想，你说我为什么不去银行呢？我为什么不留一部分钱在旅馆里呢？我心想，天哪，米基这下没法箍牙矫正了，圣保罗教堂也收不到什一税了。

而我可以忘记明天这回事了。

"狗娘养的白鬼子，狗娘养的畜生——"

因为他会杀死我。我伸手到口袋里拿钱包，我看着他的眼睛，望向他扣在扳机上的手指，我知道他会杀死我。他在积蓄勇气，他的引信已经点燃，无论我拿出多少钱都没法满足他。他要抢一票大的，而不是区区两千块，然而无论我身上有多少钱，这下都死定了。

我们所在的巷子宽不及五英尺，仅仅是两幢砖木公寓楼之间的一条缝。路灯的光线洒进巷口，照亮了我们背后另外十到十五码的狭窄通道。满地都是泡在雨水里的垃圾：纸片、啤酒罐、碎瓶子。

倒是个赴死的好地方，也是一种不错的死法，尽管没什么创意。被劫匪开枪打死，街头犯罪，社会版尾巴上的一小段文字。

我从口袋里掏出钱包。我说："给你，全都给你，欢迎来拿。"我知道这还不够，知道他下定决心要打死我，无论我身上有五块还是五千块。我把钱包递给他，我的手在颤抖，我松手扔下钱包。

"对不起，"我说，"非常抱歉，我去捡。"我弯腰去捡，希望他也会向前俯身，我猜他必定会这么做。我弯曲膝盖，双脚收在身体底下，我心想：就现在！然后用尽全力以最快速度站起来，脑袋狠狠地撞在他下巴上，同时挥手拍开他的枪。

枪走火了，狭窄空间中的枪声震耳欲聋。我以为子弹肯定打中了我，但我没有任何感觉。我抓住他，又给他一记头槌，然后使劲一推，他踉跄后退，摔在背后的墙上，他眼神呆滞，枪松垮垮地挂在手上。我一脚踢中他的手腕，枪飞了出去。

他从墙上起身，眼睛里杀气腾腾。我左手佯攻，右拳重重地击中他的心窝。他发出干呕的声音，弯下腰去，我抓住这个狗娘养的，一只手揪着尼龙飞行员夹克，另一只手插进他的蓬乱头发里。我把他往墙上撞，三个快速的步骤把他的脸拍在墙上。我抓着他的头发向后拉，然后把他的脸往墙上捣，一口气来了三四下。我松开手，他像木偶被切断线绳似的倒下，四仰八叉地瘫在地上。

我的心脏怦怦乱跳，就好像我以最高速度爬了十层楼。我几乎喘不上气来。我靠在墙上，大口吸气，等待警察现身。

但没人出现。刚才有一阵闹哄哄的扭打，妈的，还开了一枪，但没人来，也不会有人来。我低头看年轻人，要是他有机会，就会杀死我。他躺在地上，张着嘴，露出从牙龈折断的几颗牙齿。他被撞平的鼻子贴在脸上，鲜血像小河似的往外淌。

我检查了一圈，确定我没中枪。据我所知，有时候尽管你中枪了，但当时什么都感觉不到。惊骇和肾上腺素中和了疼痛。但他没有打中我。我查看我背后的墙壁，发现砖墙上有个新鲜的弹痕，子弹在反弹前打出了一个凹坑。我回忆先前我站立的位置，意识到他只差一点就会击中我。

现在怎么办？

我找到钱包，放回口袋里。我四处搜寻，直到发现那把枪，点三二口径的左轮手枪，一个弹仓里有枚空弹壳，另外五个里都填着实弹。他用这把枪杀过其他人吗？他看上去很紧张，也许我是他计划中的第一个。但话说回来，也许有些人在扣扳机前总是很紧张，就像有些演员上台前永远焦虑。

我单膝跪下，搜他的身。他一个口袋里有一把弹簧刀，袜筒里插着另一把刀。没有钱包，没有证件，但屁股口袋里有厚厚的一卷钞票。我拿掉橡皮筋，飞快地数了数。这个小杂种，他有三百块钱。他抢我不是为了付房租或买毒品。

那么，我他妈该拿他怎么办？

报警？给他们什么？没有证据，没有证人，况且受到伤害的是地上这家伙。没有足够的理由能送他上法庭，甚至没法拘押他。警察会送他进医院，给他治伤，说不定连钱都会还给他。没法证明那些钱来路不正，没法证明那些钱从法律角度来说不属于他。

他们不会把枪还给他，但也无法指控他非法持有武器，因为我无法证明他持有那把枪。

我把那卷钞票塞进我的口袋，取出刚才揣进口袋的枪。我在手里转动那把枪，一圈又一圈，努力回忆上次我用枪是什么时候。似乎是很久以前了。

他躺在地上，呼出的气息在鼻孔和喉咙里的鲜血中吹出气泡，我在他身旁蹲下。过了一会儿，我把枪管插进他血糊糊的嘴巴，用手指钩住扳机。

有何不可？

某些原因阻止了我，但不是对惩罚的恐惧，无论是在现世还是来世。我不确定那究竟是什么，但似乎过了很长一段时间，我叹了口气，从他嘴里拔出枪管。枪管上有血迹，在小巷里柔和的光线下闪着黄铜般的光芒。我就着他的上衣前襟擦了擦枪，把枪放回我的口袋里。

我心想，妈的，狗娘养的，我该怎么处理你？

我没法杀他，也没法把他交给警察。我能怎么做呢？就把他扔在这儿？

还能怎么样？

我站起身。眩晕袭来，我踉跄一步，抬起手臂，撑住墙壁上保持平衡。眩晕很快过去，我一切都好。

我深吸一口气，慢慢吐出来。我再次弯下腰，抓住他的双脚，把他往巷子深处又拖了几码，在一英尺高的壁架前停下，那是一扇带栏杆的地下室窗户的上窗框。我让他横着平躺在巷子里，双脚搁在壁架上，脑袋靠在对面墙上。

我用尽全力跺他一条腿的膝盖，但没能折断它。我跳到半空中，用双脚使劲一跺。我一下就弄断了他的左腿，但试了四次才踩断右腿。他从头到尾都昏迷不醒，呻吟了几声，但在右腿折断时忽然惨叫。

我绊了一下，摔倒，单膝跪地，再次起身。又一阵眩晕袭来，这一阵伴着反胃，我贴着墙，放弃抵抗，干呕了几下。眩晕和反胃很快就过去了，但我依然难以呼吸，像风中树叶似的颤抖。我把手举到面前，看着手指颤抖。我从没见过这样的情况。我掏出钱包和扔掉钱包时曾假装颤抖，但此刻的颤抖是百分之百真实的，我无法用意志力控制它。我的双手有了自己的意志，它们就是想颤抖。

我内心颤抖得更加可怕。

我转过身，最后看了他一眼。我又转过身，踩着满地的垃圾走向街道。我还在颤抖，情况没有丝毫好转。

嗯，倒是有办法能止住颤抖，无论是身体还是内心的颤抖。这种特定的疾病有种特定的疗法。

马路对面的红色霓虹灯对我眨眼。它说：酒吧。

21

我没过马路。烂脸断腿的年轻人不是附近唯一的抢匪，我可不想在体内有烈酒的情况下再碰到另外一个。

不，我必须返回我自己的地盘。我只打算喝一杯，也许两杯，但我无法保证自己只会喝这么多，也难以断定一两杯酒会对我造成什么影响。

最安全的做法就是返回我居住的街区，找个酒吧喝一杯，顶多两杯，然后带两罐啤酒回旅馆房间。

然而一旦喝酒就谈不上安全了。至少对我是这样，再也不会安全了。我还没有证明过这一点吗？我还要证明多少次给自己看？

所以我该怎么办？颤抖，直到我四分五裂？我不喝一杯就不可能入睡。老天在上，我不喝一杯都没法坐着不动。

唉，妈的。我必须喝一杯，这是治病用的，任何医生只要看我一眼就会开这个药方。

任何医生？罗斯福那位实习医生也算吗？我能感觉到他抓着

我的肩膀，就是劫匪抓住我把我推进巷口的那个位置。“你看着我，听我说，你酒精成瘾，再喝下去，你就没命了。”

我反正会死，死于八百万种死法之一。但假如我有的选，至少我能死得离家更近一点。

我走向人行道，一辆无证出租车开近我时放慢了速度，只有无证出租车才会在哈莱姆漫游揽客。司机是个中年西裔女人，宽檐帽底下是一头红色卷发，她觉得我看着还行。我坐进后排座位，关上车门，叫她送我去五十八街和第九大道路口。

一路上我的思绪东西南北乱跳。我的双手还在颤抖，不过没刚才那么剧烈了，但内心的颤抖还是一样糟糕。车程似乎漫长得没有尽头，但还没等我醒过神来，那女人就在问我该在哪个路口停车了。我叫她停在阿姆斯特朗酒馆门口。红灯转绿灯，她开着出租车斜穿十字路口，停在我叫她停车的地方。我没有动弹，她扭头看我在干什么。

因为我刚刚想起来，我在阿姆斯特朗酒馆喝不到酒。当然了，他们有可能忘记了吉米禁止卖酒给我，但也可能没忘记，想到走进去却被拒绝服务，我觉得我已经怨恨得浑身发烫。不，去他妈的，我绝对不会走进他们该死的大门。

那去哪儿呢？波莉笼子肯定打烊了，他们从不坚持开到打烊时间。法雷尔酒吧？

金被杀后，我就是在那儿喝下第一杯酒的。拿起那杯酒之前，我整整八天滴酒不沾。我记得那杯酒，是早年时光。

真好玩，我总是记得我喝什么牌子的酒。全都是同样的烂货，但就是这种细节会钻进你的头脑再也不离开。

一段时间以前，我在戒酒会活动上听过有人做出相同的结论。

我戒断几天了？四天？我可以上楼回房间，强迫自己待在那儿，等我醒来，那就是第五天的开始。

但我不可能睡着，我甚至没法待在房间里。我可以尝试，但我无法待在任何地方，因为我此刻内心的感受，因为只有我狂暴的思绪与我自己作伴。就算此刻我不喝酒，一小时后我也会开喝。

“先生？你没事吧？”

我眨眨眼，看着女人，从口袋里掏出钱包，摸出一张二十块。“我要打个电话，”我说，“就在路口的那个电话亭。你拿着钱，等我一下，可以吗？”

也许她会拿着那二十块扬长而去，我并不在乎。我走到路口，塞了个一角硬币，站在那儿听拨号音。

现在打电话似乎太晚了。现在是几点钟来着？两点多了，社交拜访好像太晚了。

妈的，我可以上楼回房间。我只需要再坚持一个小时，然后就风平浪静了。三家酒吧到时候全都打烊了。

那又如何？有一家熟食店会卖给我啤酒，合不合法是另一码事。五十一街一直往西走，十一和十二大道之间有一家通宵酒吧。不过也可能已经歇业了，我很久没去过那儿了。

金·达吉南家门口壁柜里有一瓶野火鸡，而房门钥匙就在我口袋里。

这个念头吓住了我。烈酒就在那儿，我随时都能拿到，要是我真的过去，我绝对不会小酌一两杯就停下。我会喝完一整瓶，等我喝完那瓶野火鸡，旁边还有很多瓶酒等着我去和它作伴。

我拨出我要打的号码。

她在睡觉。她接起电话时，我能从她的声音里听出来。

我说："是我，马特。很抱歉，这么晚打电话给你。"

"没关系。现在几点？天哪，两点多了。"

"非常抱歉。"

"没关系。马修，你还好吧？"

"不，我不好。"

"你在喝酒？"

"不，没有。"

"那就挺好。"

"我要崩溃了，"我说，"我打给你是因为只有这么做我才能不去想喝酒。"

"你做了正确的选择。"

"我能过来吗？"

一阵停顿。算了，我心想，当我没说。赶在法雷尔酒吧打烊前飞快地喝一杯，然后回到旅馆里。我本来就不该打给她的。

"马修，我不知道这么做好不好。你一次戒一个小时，要是做不到就一次一分钟，愿意怎么打电话给我都行。我不介意你吵醒我，但是——"

我说："一小时前我险些送命。我揍了一个小子，打断了他的两条腿。我在颤抖，我这辈子都没这么抖过。现在只有喝一杯才能让我觉得对劲，我不敢喝，但我害怕我会不顾一切地去喝。我觉得找个人陪着，和人说说话，也许能帮我熬过去，但实际上未必真的能，我很抱歉，我不该打给你的。我不是你的责任。对不起。"

"等一等！"

“我还在。”

“圣马可坊有个俱乐部，每逢周末就有通宵的戒酒会活动。指南里有，我可以帮你查。”

“行啊。”

“你不会去的，对吧？”

“我在聚会上没法起立发言。算了，简。我不会有事的。”

“你在哪儿？”

“第五十八街和第九大道路口。”

“你来我这儿需要多久？”

我望向阿姆斯特朗酒馆，非法出租车还停在店门口。“我有一辆出租车在等我。”我说。

“还记得怎么过来吗？”

“记得。”

出租车在里斯本纳德街她住的六层通层公寓楼门前停下。里程表吃掉了那二十块的大部分，我又给了司机二十块。钱给得太多，但我很感谢她，而且我也有钱能慷慨一把。

我按响了简的门铃，两长一短，然后回到楼门口，等她把钥匙扔给我。我乘货运电梯到五楼，走进她住的通层公寓。

“很快嘛，”她说，“你确实有出租车在等着。”

她有时间梳妆打扮。她穿着旧牛仔裤和红蓝棋盘格的法兰绒衬衫。她很有魅力，中等身高，体态匀称，体形更适合享乐而非竞速。她有一张心形的脸，垂到肩膀的黑棕色头发里夹着灰白色，两只灰色大眼睛之间的距离正合适。她没化妆。

她说：“我煮了咖啡。你的什么都不加，对吧？”

“除了波本威士忌。”

“刚好喝完了。你坐下，我去倒咖啡。”

她回来时我站在她的美杜莎雕像旁，用手指摸一根蛇发。“她的头发让我想到你的这个姑娘，”我说，“她的金发编成辫子，盘在头上的样子让我想到你的美杜莎。”

“谁？”

“一个被杀的女人，我不知道从何说起。”

“随便哪儿都行。”她说。

我说了很久很久，说得颠三倒四，从开头到当天晚上的种种变故，来回乱跳。她时不时起身去给我们补充咖啡，每次她回来时我从刚才中断的地方继续说，或者换个地方开始说。似乎全都无所谓。

我说：“在我打昏他，搜他的身之后，我不知道该拿他怎么办。我没法让警察逮捕他，也无法忍受放过他的念头。我想开枪打死他，但我做不到。我不知道为什么。我抓着他的脑袋再撞几次墙也许会要了他的命，我实话实说，我肯定会为此感到高兴。但他躺在地上不省人事，我真的没法开枪打他。”

“那是当然。”

“但我也没法就这么放过他，我不希望他继续横行街头。他会再找一把枪，再抢一个人。于是我打断了他的腿。骨头迟早会长好，他可以继续干他的老本行，但至少在此期间，他不能横行街头了。”我耸耸肩，“其实说不通对吧？但我想不到其他的任何办法了。”

“重点在于你没喝酒。”

“重要的是这个？”

“我觉得是。”

“我险些喝酒。要是我在我自己的地盘上，或者要是我没打电话给你。上帝知道我有多么想喝酒，我现在还是想喝。”

“但你不会去喝。”

“对，不会。”

“马修，你有担保人吗？”

“不，没有。”

“你应该找一个，帮助很大。”

“怎么帮我？”

“怎么说呢，你随时可以打电话给你的担保人，你可以对他说任何想说的话。”

“你有吗？”

她点点头：“我和你谈过后就打给了她。”

“为什么？”

“因为我紧张，因为和她谈话能让我平静下来，因为我想听听她会怎么说。”

“她怎么说？”

“说我不该让你过来。”她哈哈一笑，“还好你已经出发了。”

“她还说了什么？”

灰色的大眼睛躲避我的视线：“她说我不该和你睡觉。”

“她为什么这么说？”

“因为第一年之内发展关系不是个好主意，另外也因为和一个刚开始戒酒的人交往是个坏主意。”

“天哪，”我说，“我过来是因为我快把自己逼疯了，而不是因为饥渴难耐。”

“我不知道。”

“你的担保人怎么说你就怎么做吗？”

“我尽量。”

“这个在世间传达上帝之声的女人是谁？”

“就是一个女人，和我年纪差不多，其实还比我小一岁半，但她戒酒已经快六年了。”

“真的很久。”

“对我来说非常久了。”她拿起咖啡杯，发现已经空了，然后又放下，“你认识什么人愿意当你的担保人吗？”

“非得这样吗？你必须请别人为你担保？”

“没错。”

“要是我请你呢？”

她摇摇头：“首先，你应该找个男性担保人。其次，我戒酒还不够久。再次，咱们是朋友。”

“担保人不能是朋友？”

“不是那种朋友，是戒酒的朋友。第四，应该是你所在互助小组的成员，方便你们频繁联系。”

我不情愿地想到吉姆：“有个家伙，我和他聊过几次。”

“找个聊得来的人也很重要。”

“我不知道我和他聊不聊得来，应该还行吧。”

“你尊重他的节制吗？”

“我都不懂这是什么意思。”

“嗯，你是否——”

“今天晚上我对他说报纸上的消息让我难过。街头犯罪，人们对彼此做的坏事。简，这些东西在影响我。”

“我知道。”

“他对我说你别读报就是了。你笑什么？”

“这么说也太机械了。”

“人们一开口就说该死的无聊话。‘我丢了工作，我母亲得癌症快死了，我要做手术切除鼻子，但我今天没喝酒，所以我是胜利者。’”

“他们就是这么说话的，对吧？”

“有时候。你笑什么？”

“‘我要做手术切除鼻子。’切除鼻子？”

“别笑，”我说，“这种问题很严肃的。”

没过多久，她开始说她所在的互助小组的一名成员，他儿子死于交通肇事逃逸。这位老兄去参加戒酒会活动，讲述人生故事，从团体中汲取力量，事情似乎从头到尾都变成了某种灵性体验。他保持清醒，他的节制赋予他力量，让他能够应付如此变故，在体验悲痛的同时安慰家庭的其他成员。

我不知道一个人能够体验悲痛到底有什么了不起的。然后我不由自主地开始想象，几年前我打出一颗流弹，反弹后害死了六岁的小女孩爱斯特丽塔·里维埃拉，事后若是我能滴酒不沾，现在的情况会怎么样。我用波本威士忌淹没因此而来的情绪，在当时看来这似乎是个非常好的主意。

也许并不是。也许根本不存在捷径和便道。有些事情也许你必须咬牙熬过去。

我说：“你在纽约从不担心被车撞倒，但这种事在这儿一样会发生。警察抓住逃逸的司机了吗？”

“没有。”

“他多半喝醉了。通常都是。”

“也许他喝断片儿了。也许他第二天清醒过来，到现在也不知道发生过什么。”

“我的天，”我说，想到那天晚上的发言者，捅死情人的那位同性恋，“翡翠城有八百万个故事，也有八百万种死法。”

“赤裸都市。”

“我说什么了？”

“你说翡翠城。”

“是吗？我这是说到哪儿去了？”

“《绿野仙踪》。不记得了？堪萨斯的多萝西和托托？朱迪·嘉兰唱《跨越彩虹》？”

“当然记得。”

“‘沿着黄砖路走。’它通往翡翠城，伟大的魔法师就住在那儿。”

“我记得。稻草人、铁皮人、胆小的狮子，整个儿都记得。但翡翠是我从哪儿摸出来的？”

“你酒精成瘾，”她推测道，“你损失了不少脑细胞，就是这样。”

我点点头。“肯定是。”我说。

我们去睡觉时，天色已经转亮。我睡在沙发上，裹着两条多余的毯子。刚开始我以为我睡不着，但疲惫像滔天巨浪似的扑向我。我放弃抵抗，让它带我去它想去的任何地方。

我不知道它带我去了哪儿，但我睡得像个死人。就算做了梦，我对梦境也一无所知。煮咖啡和煎培根的香味唤醒了我，我冲澡，用她留给我的一次性剃刀刮脸，穿上衣服，和她一起坐在厨房里的松木餐桌前。我喝橙汁和咖啡，吃炒蛋、培根、全麦松饼和桃子干，我不记得上次我这么胃口大开是什么时候了。

她告诉我，她家往东几个街区有个星期天下午的互助会活动。那是她定期去参加的聚会之一。我愿不愿意和她一起去?

“我有工作要做。”我说。

“星期天？”

“有什么区别？”

“星期天下午你真能取得什么进展吗？”

自从开始调查，我还没有任何真正的进展。今天有可能改变这个现状吗?

我取出笔记本，拨出桑妮的号码，没人接。我打给我住的旅馆，没有桑妮的留言，没有丹尼男孩贝尔或昨晚我见过的其他人的消息。好吧，这个时间丹尼男孩肯定还在睡觉，其他人多半也一样。

有个留言叫我打给钱斯。我开始拨他的号码，但又停下了。假如简去参加聚会，我可不想坐在她的公寓里等钱斯回电。她的担保人恐怕不会赞成。

会场在福赛斯街一所犹太教会堂的二楼。这儿不允许抽烟。坐在匿名戒酒会活动的会场里，周围却不是烟雾腾腾的，这是一种颇为不寻常的体验。

现在有五十来个人，她似乎认识他们之中的大多数。她向几个人介绍我，他们的名字我过耳就忘。我觉得很尴尬，引起别人的注意让我不舒服。我的外表更加雪上加霜。尽管我没有和衣而睡，但怎么看都像是这样的，还带着昨晚小巷扭打留下的痕迹。

我也感觉到了那场搏斗的后遗症。直到走出她的公寓，我才意识到我浑身酸痛。我用头槌撞他的地方在疼，我的一条胳膊和一侧肩膀变成了青紫色，疼得厉害，其他肌肉一动就疼。刚打完架我毫无感觉，但一夜过后，这些疼痛全都浮出水面。

我拿了咖啡和曲奇饼，默默地从开始坐到结束。感觉还行。发言者的见证很简单，剩下的时间全都交给讨论。你要发言就必须先举手。

离结束还有十五分钟，简举起手，说她对自己能够戒酒感到无比庆幸，她的担保人在她的戒酒过程中扮演了极为重要的角色。每次她碰到烦心事，不知如何是好的时候，那个女人就会给她最大的帮助。她没有详细阐述。我觉得她在向我传递某种信息，我对此并不怎么热衷。

我没有举手。

聚会结束，她和几个人去喝咖啡，问我要不要一起坐坐。我不想再喝咖啡了，也不需要别人的陪伴。我婉言谢绝。

来到外面，在我们各奔东西之前，她问我感觉如何。我说我感觉挺好。

“还想喝酒吗？”

“不想了。”我说。

“我很高兴你昨晚打给我。”

“我也是。”

“随时打给我，马修，要是非打不可，半夜也没问题。”

“希望没这个必要。”

“但要是必须打，就打给我。可以吗？”

“当然。”

“马修，答应我一件事情？”

“什么？”

“除非先打给我，否则一滴酒也别碰。”

“我今天不会喝酒的。”

“我知道。但以后只要你想喝，假如你马上就要开喝，先打电话给我。答应我？”

“好。”

坐地铁去上城区的路上，我回想这段对话，觉得我被迫向她保证有点傻乎乎的。算了，能让她高兴就好。只要能让她高兴，保证一下又有什么坏处呢？

前台又有钱斯的留言。我从大堂打给他的应答服务，说我已经回到旅馆了。我买了一份报纸，带上楼消磨时间，等他打给我。

头条消息是个宝库。皇后区的一家人，父亲、母亲、不到五岁的两个孩子，开着亮闪闪的新梅赛德斯轿车出去兜风。有人在他们旁边停车，往车里打空了两把霰弹枪的弹仓，一家四口悉数毙命。警察搜索了他们在牙买加庄园的公寓，查获大量现金和一批未稀释分装的可卡因。警方推测称血案与毒品有关。

真他妈不是开玩笑。

报纸上没提被我扔在小巷里的年轻人。好吧，本来也不会提到他。他盯上我的时候，星期天的早报已经送上街头。当然了，他恐怕也上不了明天的报纸，或者后天的。要是我杀了他，他也许能在某个犄角旮旯得到一小段文字，但一个黑人青年断了两条腿有什么新闻价值可言？

我正在思考这个，忽然有人敲门。

有意思。清洁女工星期天不上班，偶尔来找我的那几个人都会从楼下打电话。我拿起椅子上的外套，从口袋里掏出那把点三二。我还没处理掉它，也没扔掉断腿朋友的那两把匕首。我拿着枪走到门口，问是谁。

“钱斯。”

我把枪塞进口袋，打开门。“大多数人会先打电话。”我说。

“楼下的小伙子在读报，我不想打扰他。”

“真会体谅人。”

“这是我的招牌。”他的眼睛在打量我，估摸我的情况。他的视线从我身上移开，扫视整个房间。“小窝不错嘛。”他说。

这话听着很讽刺，但语气并非如此。我关上门，指了指椅子，他却站着不动。“似乎挺适合我。”我说。

“看得出来。斯巴达人似的，没几件东西。”

他穿着海军蓝的运动上衣和灰色法兰绒休闲裤，没穿外套。也行，今天比较暖和，而且他有车可以开着跑来跑去。

他走到窗口向外看。“昨晚找你来着。”他说。

“我知道。”

“你没打回来。”

“我没几分钟前才收到留言，去了个别人联系不上我的地方。”

“昨晚没回来睡觉？”

“对。”

他点点头。他扭头面对我，表情戒心重重，很难看出点什么来。我没在他脸上见过这种表情。

他说："你和我的姑娘们全谈过了？"

"除了桑妮。"

"嗯。你还没见过她？"

"对。我昨晚找过她几次，今天中午又打过电话，但一直没人接。"

"找不到她？"

"是啊。昨晚我收到她的一通留言，但等我打回去，她又不在了。"

"她昨晚打过电话给你？"

"没错。"

"几点？"

我努力回忆："我八点左右离开旅馆，十点刚过才回来，那时留言已经在等我了。我不知道是几点打进来的。前台应该把时间记在字条上，但他们总是偷懒。另外，字条已经被我扔掉了。"

"没理由留着。"

"是啊。她几点打电话给我有什么重要的？"

他盯着我看了很久，我看见他深棕色眼睛里的金色斑点。他说："妈的，我不知道该怎么做了。我不习惯这样。绝大多数时候我至少觉得我知道该怎么做。"

我没有吭声。

"你为我做事，所以你算是我的人，但我不知道我确不确定这能代表什么。"

"钱斯，我不明白你到底想说什么。"

"妈的，"他说，"问题在于，我究竟能信任你几分？我总要去想一个关键问题，那就是我能不能信任你。我确实信任你。我是说，我带你回家，哥们儿，我从没带任何人去过我家。我为什么要那么做？”

“我不知道。”

“我是说，我在炫耀吗？我是不是等于在说，你看看这个黑鬼活得多有格调？还是说我邀请你进去看看我的灵魂？无论如何，妈的，我都认为我已经信任你了。但我这么做到底对不对？”

“我不能替你做决定。”

“是啊，”他说，“你不能。”他用拇指和食指捻下巴，“昨晚我打电话给她。桑妮。打了好几次，和你一样，但没人接电话。嗯，怎么说呢，倒也没问题。答录机没响，但同样没问题，因为有时候她会忘记打开答录机。然后我又打过去，大概一点半或者两点，还是没人接，那我该怎么办？我开车过去。我当然有钥匙，公寓是我租的，我为什么会没钥匙？”

我已经知道事情会如何发展了，但我让他自己说下去。

“唉，她在家，”他说，“现在也还在。但是啊，你看，她死了。”

22

她死了，一点不错。她赤身裸体躺着，一条胳膊向后举过头顶，面部对着那条胳膊，另一条胳膊从肘部弯曲，手放在乳房之下。她躺在地上，几英尺外是没整理的床，她赤褐色的头发散开在头部的上方和背后，涂着口红的嘴唇旁边有一摊椭圆形的呕吐物，积在象牙白的地毯上就像池塘上的浮渣。肌肉线条分明的白皙大腿之间，尿将地毯染成了深色。

她的面部和额头有瘀伤，肩膀上也有一块。我不由自主地去摸她的手腕，希望能摸到脉搏，但她的皮肤过于冰冷，肉体里不可能还有生命残余。

她睁着眼睛，但翻着白眼。我想用指尖替她合上眼皮，但最后还是放弃了。

我说："你搬动过她？"

"不可能，我什么都没碰。"

"别对我说谎，金死后你翻过她的公寓，你肯定四处看了看。”

“我开了几个抽屉，但什么都没拿走。”

“你在找什么？”

“不知道，哥们儿。就是我应该知情的东西吧。我找到一些钱，有几百块，我没动。我找到一份存折，也没动。”

“她在银行里有多少钱？”

“不到一千块。没什么了不起的。我发现她有一大堆的药片，她就是那么了结自己的。”

他指着与尸体隔着房间相对的带镜梳妆台。在数不胜数的化妆品和香水的瓶瓶罐罐之中，有两个空的塑料小瓶，瓶子上贴着处方签。两个标签上的患者名都是S.亨德莱克斯，但处方来自不同的医生，在不同的药房配药，两家药房都在附近。一张药方开的是安定，另一张是速可眠。

“我总会检查她的药柜，”他说，“习惯成自然，明白吗？但药柜里每次只有治花粉热的抗过敏药。然后昨晚我打开这个抽屉，发现里面的东西都够开药店了。全都是处方药。”

“什么样的处方药？”

“我没看所有的标签，不想在不该有我指纹的地方留下指纹。就我能看见的，以镇静剂为主，大量的安定类药物。安定、利眠宁、阿米替林。还有安眠药，就像那儿的速可眠。有几种兴奋剂，例如——叫什么来着——利他林，但主要是镇静剂。”他摇摇头，“有些东西我闻所未闻，得找个医生才能告诉你都是什么。”

“你不知道她嗑药？”

“完全不知道。你过来，看看这个。”他拉开一个梳妆台抽屉，动作小心翼翼，免得留下指纹。“你看。”他指给我看。抽屉一侧，在一沓叠好的套头衫旁边，摆着二十几个药瓶。

“这么做的人药瘾肯定非常严重，”他说，“这个人非常害怕药全被吃完了。而我什么都不知道。我很生气，马特。你读了遗书吗？”

遗书放在梳妆台上，用一瓶诺兰香水压着。我用手背推开香水瓶，把遗书拿到窗口。文字用棕色墨水写在米色信纸上，我想在良好的光线下看个清楚。

遗书是这么写的：

金，你很走运。你找到了别人替你开门，我却只能自己动手。

要是我胆子大，应该会跳楼。落到一半时我也许会改变主意，笑着落完剩下的距离。但我胆子太小，剃刀又不管用。

希望这次我吃得够量。

毫无意义。美好的时光已经耗尽。钱斯，很抱歉。你让我见到了美好的时光，但它们一去不复返了。第八局胜负已定，观众起身回家，欢呼都已停歇，甚至不再有人记录比分。

她没法跳下旋转木马。她抓住了铜戒指，手指被染成绿色[1]。

---

1 传统旋转木马上有个指环发放器，乘客可以在经过时抓上面的指环。指环绝大多数为铁制，偶尔有铜指环，铜指环一般可换取某种奖励。

没人会为我买祖母绿，没人会和我生小孩，没人会拯救我的生命。

我厌倦了微笑，我厌倦了随波逐流。美好的时光都已过去。

我望向窗外哈得孙河对面的新泽西天际线。桑妮在这幢高层公寓楼的三十二层生活和死去，公寓楼名叫林肯美景花园，但除了楼下大堂里的棕榈树盆栽，我没见到任何花园的踪影。

“底下是林肯中心。”钱斯说。

我点点头。

“应该让玛丽露住在这儿的。她喜欢音乐会，走着就能去。问题在于，她习惯了住在西区，所以我想让她搬去东区。我们肯定要这么做，你明白的，立刻完全改变她们的生活。”

我不在乎拉皮条的方法论。我说：“她以前这么做过？”

“自杀？”

“企图自杀。她写了‘希望这次我吃得够量’，有过她没吃够量的另一次吗？”

“我认识她以后肯定没有，已经好几年了。”

“她说剃刀不管用是什么意思？”

“不知道。”

我走到她身旁，查看她伸展在头部上方的手臂腕部，那里有一道清晰可辨的横向疤痕。我在另一侧手腕上找到了相同的疤痕。我直起腰，重读遗书。

“哥们儿，现在怎么办？”

我取出笔记本，逐字逐句抄录她的遗书。我用纸巾擦掉我有可能留下的指纹，然后把遗书放回原处，重新用香水瓶压住。

我说："再说一遍你昨晚做了什么。"

"就是我已经跟你说过的。我打给她，然后天晓得为什么，有了不祥的预感，就跑过来了。"

"几点？"

"两点以后，我没看具体时间。"

"你直接上楼来的？"

"对。"

"门童看见你了吗？"

"我们算是互相点了点头。他认识我，以为我住在这儿。"

"他会记得你吗？"

"哥们儿，我不知道他会记住什么、忘记什么。"

"他只在周末上班还是周五也上班？"

"不知道，有区别吗？"

"要是他每晚都上班，就有可能记得见过你但不记得是哪天。要是他只在周六上班——"

"我懂了。"

小厨房的水槽搁板上有一瓶乔吉伏特加，里面还剩一英寸左右的烈酒。伏特加旁边有一个夸脱装的橙汁空纸盒。水槽里有个杯子，里面似乎是两者的混合物，她的呕吐物隐约散发着橙子的气味。你不需要是侦探，也能把这些线索拼凑起来。她就着劲头十足的螺丝起子鸡尾酒吞下大把药片，酒精放大了药物的镇静作用。

希望这次我吃得够量。

我不得不克制住冲动，没有把剩下的伏特加倒进下水道。

"钱斯，你在这儿待了多久？"

“不知道，我没看时间。”

“出去路上和门童说过话吗？”

他摇摇头：“我乘电梯到地下室，从车库离开。”

“所以他应该没看见你。”

“没人看见我。”

“你待在这儿的时候——”

“我已经说过了，我就看了看抽屉和橱柜，没碰很多东西，没有搬动任何东西。”

“你读过遗书了？”

“对，但我没有拿起来看。”

“打过电话吗？”

“打给过我的应答服务，看有没有留言，然后我打给你，但你不在家。”

对，我不在家。我在北边三英里开外，忙着打断一个年轻人的两条腿。

我说：“没打长途电话？”

“就刚才说的那两通，没一个是长途电话。从这儿扔块石头都能砸到你住的旅馆。”

而昨晚戒酒会活动结束后，她的电话怎么都打不通，我本来可以走过来看看的。那会儿她会不会还活着？我想象她躺在床上，等待药物和伏特加发挥效力，听着电话响了一声又一声。她也会以同样的方式不去理会门铃吗？

有可能。也有可能她已经失去了知觉，但我会觉察到有什么地方出了岔子，我会叫管理员或踢开房门，也许能及时救下她——

嗯，对哦。我他妈也能从那条蝰蛇嘴里救下克利奥帕特拉[1]，只可惜我生得太晚。

我说："你有这地方的钥匙吗？"

"她们住处的钥匙我全都有。"

"所以你就自己开门进来了。"

他摇摇头："她挂上了门链，这时候我知道肯定出事了。我用钥匙开门，但门只打开两三英寸就被门链挡住了，我知道我有麻烦了。我撞断链子，冲进房间，知道我肯定会发现什么我不想见到的东西。"

"你可以转身就走，放着门链不管，回家去。"

"我考虑过。"他直视我的眼睛，我见到他的表情不像先前那么戒备森严，"你知道吗？发现门链挂着的时候，我立刻想到她是不是自杀了。那是我想到的第一个念头，也是我能想到的唯一一个念头。我撞断门链是因为我觉得她也许还活着，我也许还能救她。可惜我来晚了。"

我走到门口，查看门链。门链本身没断，而是锁具从门框上被撞散了，现在挂在门上。刚才开门走进公寓的时候，我没注意到这个细节。

"这是你进来时撞开的？"

"我说过了。"

"你开门进来的时候，门链有可能并没有挂上；有可能是你自己挂上，然后从室内弄开的。"

1 克利奥帕特拉：古埃及最后一位女法老，被称为埃及艳后，传说中她用一条毒蛇毒死了自己，以此结束了古埃及王朝。——编注

“我为什么要这么做？”

“为了制造你进来时门从里面上锁的假象。”

“不，本来就是这样的，我不需要制造假象。哥们儿，我不明白你想说什么。”

“我只想确定你来的时候她把自己锁在了房间里。”

“我不就是这么说的吗？”

“你检查过公寓？除了她没其他人？”

“除非有人藏在吐司炉里。”

这是个确凿无疑的自杀现场。唯一的问题是钱斯早些时候来过，他隐瞒她的死讯超过十二个小时，没有向警方报告。

我思忖片刻。我们在十六街以北，因此这儿是二十分局的地盘，已经出了德金的管辖范围。他们会判定这是自杀，除非尸检结果不一致，那样的话钱斯来过一趟的事实就会被迫见光。

我说：“咱们有几条出路。咱们可以说你一整夜联系不上她，心里很着急。今天下午你来找我，于是我们一起过来。你有钥匙，你打开门，我们发现她，打电话报警。”

“好。”

“但门链会成为障碍。假如你先前没来过，门链为什么会坏？假如是其他人撞开的，那个人是谁，他在这儿干什么？”

“不能说是咱们撞开的吗？”

我摇摇头：“行不通。他们迟早会找到靠得住的证据，证明你昨晚来过这儿，然后就会揭穿我作伪证。我可以替你隐瞒，无论你对我说什么，我都能做到为你保密的地步，但我不会为你撒有可能会被事实碾碎的谎。不行，我必须告诉警察，我们来的时候，门链已经坏了。”

“那就说已经坏了几个星期。”

“但断面是新的，你能看见螺丝从木头里被扯出去的痕迹。你绝对不希望被揭穿的是这种谎话，说法和证据一个朝东一个朝西。我告诉你我认为你应该怎么做。”

“怎么做？”

“说实话。你来这儿，踹开门，她死了，你逃跑。你开车乱兜，努力理清思绪。你想在采取任何行动前先找到我，而无论如何都联系不上我。最后你打通我的电话，咱们一起过来，然后报警。”

“这是最好的出路？”

“我觉得是。”

“就因为门链？”

“这是最明显的破绽，但就算门链没断，你也最好说实话。听我说，钱斯，她不是你杀的。她是自杀的。”

“所以？”

“既然你没杀她，那么你最好的出路就是说实话。假如你有罪，那么最好的出路是什么都别说，一个字也别说。打电话叫律师，闭上你的嘴巴。但只要你是无辜的，那就说实话好了。这么做更简单，更方便，而且不需要去记住你先前说过什么。因为我告诉你，捞偏门的一开口就撒谎，警察知道，而且最讨厌这个。一旦他们揪住一句谎话，就会使劲往外扯，直到有什么东西掉出来。你想靠撒谎为自己省去麻烦，也许能成功，因为这显然是一起自杀，你也许能蒙混过关，但假如不成功，那么你惹来的麻烦会比你企图躲掉的多十倍。”

他思考片刻，最后叹了口气：“他们会问我为什么没有立刻报警。”

“那是为什么呢？”

“因为我不知道该怎么办，哥们儿，我不知道我该吓得屁滚尿流还是假装没看见。”

“就这么告诉他们。”

“那好吧。”

“你离开这儿后做了什么？”

“昨天夜里？就像你说的，我开车乱转，绕着公园转了几圈，开过乔治·华盛顿大桥，沿着帕利塞兹林荫大道向北走。就像星期天的休闲路线，只是稍微早了点。”想到这儿，他微微摇头，“然后开回来，拐弯去看了看玛丽露。我开门进去，不需要撞断门链。她在睡觉，我钻到她床上，叫醒她，和她待了一会儿，然后开车回家。”

“你自己家？”

“我自己家。我不会告诉警察我住在哪儿。”

“没必要。你在玛丽露那儿睡了一会儿。”

“身边有人我从来不睡觉，我睡不着，但警察没必要知道这个。”

“对。”

“我在家里待了一阵，然后重新进城，来找你。”

“你在家里做了什么？”

“睡了一觉，几个小时。我不需要很多睡眠，但我得到了必要的休息。”

“嗯哼。”

“我刚从那儿过来，明白吗？”他走向一面墙，拿下挂在钉子上的瞪视面具。他向我讲述有关这个面具的一切：属于哪个部落，地理位置，面具用途。我没怎么听他说话。“现在我的指纹印在上面了，”他说，“哈，没关系。你可以告诉他们，等警察的时候，我取下面具，告诉你它的历史。我看我最好还是说实话。我可不想被揭穿撒了个无伤大雅的善意小谎。”最后几个字让他微笑起来。“恶意小谎，”他说，“不如你来打电话吧？”

23

惹来的麻烦还不到想象中的一半。二十分局派来的两个警察我都不认识，但就算认识也不可能让事情更顺利。我们在现场回答了几个问题，然后去西八十二街的分局录正式口供。现场勘验似乎完全符合我们报告的情况。警察很快就指出钱斯发现尸体后应该立刻打电话，但他们似乎也没有因为他拖延不报而特别生气。出乎意料地撞见尸体会让人肝胆俱裂，哪怕你是皮条客她是妓女也一样，而这儿毕竟是纽约，人人自扫门前雪的大都市，让人吃惊的不是他报警太晚，而是他居然会报警。

到警察局时我挺自在的。早些时候我紧张过一会儿，因为我想到他们有可能会想搜我的身。我的大衣是个小型军火库，装着我从巷子里那个年轻人身上缴获的一把枪和两把刀。刀已经是非法武器了，而枪不但非法，而且说不定有案底。天晓得它有什么样的来路。然而我们没做任何会引起他们搜身的事情，也很高兴没有被搜身。

“常有妓女自杀，”乔·德金说，“这是职业特点之一，而这个妓女有前科。看见她手腕上的伤疤了吗？根据验尸报告，那是几年前留下的。你也许不知道，不到一年前她就试过吃药了断这条路，一个女性朋友送她去圣克莱尔医院洗了胃。”

“遗书里提到了。她希望这次吃得够量，诸如此类的话。”

“嗯，她实现了愿望。”

我们在斯雷特餐厅，第十大道上的这家牛排馆吸引了约翰·杰学院和北中城分局的许多警察。我回过一趟旅馆，换掉了衣服，把武器和我身上的一部分钱找了个地方藏起来，然后他打电话来叫我请他吃饭。“我觉得我得赶紧敲你一顿饭了，”他说，“免得你客户的姑娘全都死掉，你的收款账户被砍掉。”

他要了烤肉拼盘，喝了两瓶嘉士伯啤酒。我点了西冷牛排，喝黑咖啡配餐。我们聊了几句桑妮的自杀，但这个话题没什么可谈的。他说：“要不是因为另一个姑娘——金发的那个——你都不会想到要多看一眼。法医学证据完全符合自杀。瘀伤很容易解释，她晕头转向，不知道自己在干什么，摔下去磕在了某个地方。出于同样的理由，她躺在地上，而不是床上。瘀伤没什么特别的。她的指纹出现在应该出现的地方：酒瓶、酒杯、药瓶。遗书符合她其他的笔迹样本。假如我们相信你委托人的说法，他发现她时她甚至在一个上锁的房间里。从里面上锁，挂着门链。你觉得那是实话吗？”

“他的整个说法我听着都像真的。”

“所以她就是自杀的，甚至对得上两周前达吉南的被杀。她们是朋友，她朋友出的事情让她难过。你发现任何痕迹能证明这不是自杀吗？”

我摇摇头："这是最难布置的那种自杀现场。你能怎么做，用漏斗把药片硬灌进她的喉咙？拿枪逼着她吃药？"

"你可以溶解药片，让她不知不觉地吃下去，不过法医在胃容物里找到了残余的速可眠胶囊，所以此路同样不通。就是自杀没错。"

我努力回想本市的年度自杀率。我甚至推测不出一个符合情理的数字，而德金也帮不上忙。我琢磨着这个比例会有多高，会不会像其他数字一样节节攀升。

喝咖啡的时候，他说："我调了几个文员查阅银河酒店今年一号以来的登记卡，找出用印刷体填写的那些，但没有一个符合那位琼斯先生的登记信息。"

"其他旅馆呢？"

"没有对得上的。姓琼斯的人不少，这个姓毕竟很常见，但全都有手写体签名和信用卡号码，看上去很正规。纯属浪费时间。"

"对不起。"

"为什么？我做的事情有九成是在浪费时间。你说得对，确实值得一查。假如这是个要案，头版头条那种，警局高层往下施压，你能想象我自己也会想到这个念头，我们会检查全市五大区内的每一家旅馆。你怎么样？"

"我怎么了？"

"达吉南的案子有什么进展吗？"

我不得不想了想，最后黯然道："没有。"

"真他妈气人。我又看了一遍案卷，你知道有什么事情让我觉得肯定有鬼吗？那个前台职员。"

"和我谈过那个？"

“那是经理，或者助理经理，反正差不多。不，我说的是给凶手办入住手续的那个。你看，有个人来登记，用印刷体写名字，而不是用手写体，然后还付现金。一个人做了两件不寻常的事情，对吧？我是说，现如今谁住旅馆会预付现金？我指的不是情人旅馆，而是六十八十块一晚上的高档酒店。现如今一切都用塑料卡片了，信用卡是所有交易的基础。但这个人付的是现金，而前台职员对他完全失忆。”

“你查过他了吗？”

德金点点头：“我昨晚去找他谈了谈。他是个南美年轻人，从南边某个国家来的。我和他谈话，他整个人迷迷糊糊的。凶手登记的时候，他多半也这么迷糊。他这辈子多半就活得迷迷糊糊的。天晓得他的迷糊劲儿是从哪儿来的，是抽进去、吸进去还是吃进去的，但我觉得东西多半是从正规途径搞来的。你知道这座城市里有多少人从早到晚都活在云雾里吗？”

“我明白你的意思。”

“午餐时间你会看见他们。办公室白领、中城区、华尔街，你随便挑一个街区好了，都无所谓。他们在街头买大麻卷，午餐时间就坐在公园里抽大麻。你说怎么还有人能完成工作？”

“我不知道。”

“还有那些吃处方药的，就像这位自杀的女士。他们从早到晚吃各种药片，甚至不犯法。药物。”他喟然长叹，摇摇头，捋了捋深色的头发，“唉，我想喝一杯白兰地，只要你觉得你的委托人请得起。”

我去了圣保罗教堂，刚好赶上聚会的最后十分钟。我喝咖啡吃曲奇饼，几乎没听别人说话的内容。我甚至不需要自报家门，祈祷时我悄悄溜走。

我回到旅馆，没有我的留言。前台人员说有几通电话找我，但都没留姓名。我上楼，尝试梳理桑妮自杀给我带来的感受，但目前我感觉到的似乎只有麻木。假如我没有把她留到最后去问话就好了，我甚至能说些或做些什么去阻止她自杀，拿这种念头自虐固然很诱惑人，但朝这个方向走毕竟没什么前途。我和她通过电话有所交流。她可以说些什么，然而她没有。而她毕竟已经至少尝试过两次自杀了，很可能还有一两次没留下记录的。

一件事你尝试得多了，迟早能找到出路。

第二天早晨，我吃了顿简单的早饭，然后去银行存钱，顺便买了张汇票。我去邮局把汇票寄给安妮塔。过去我没怎么想到过儿子的牙齿矫正，现在可以忘个一干二净了。

我走到圣保罗教堂，为桑妮亚·亨德莱克斯点了支蜡烛。我坐在长凳上，给了自己几分钟缅怀桑妮。然而没什么可供回想的。我们几乎没有交集，我甚至不太记得她的相貌了，因为她的死状一脚踢开了我记忆中她在世时的模糊形象。

我忽然想到我还欠教堂的钱。钱斯办案费用的一成是两百五十块，我从企图抢劫我的那小子身上拿走了三百多块，这笔钱同样该缴什一税。我没仔细数那笔钱究竟有多少，但三百五这个数字估计差不离，于是我给了教堂两百八十五块，就当我们平账了吧。

然而我已经把大部分现金存进了银行。钱包里有几百块，假如我捐给教堂两百八十五块，那我就会只剩下一丁点交通费。我算了算再跑一趟银行的麻烦程度，这时我这个小小把戏的病态程度忽然像一记后腰重拳似的击中了我。

我到底在干什么？我为什么会觉得我欠任何人钱？我到底欠谁的钱？不是教堂，我不属于任何教会。我的什一税总是捐给适时出现在眼前的随便哪个礼拜场所。

那么，我到底亏欠了谁呢？上帝？

这里面的逻辑在哪儿？这种债务的本质是什么？我是怎么欠上它的？我在偿还借来的资金吗？还是我自己捏造了某种贿赂阴谋，向天国缴纳保护费？

以前我总能毫不费力地找到理由。这只是一个习惯，一个小小的怪癖。我不申请退税，于是我转而去付什一税。

我从没允许过自己问其中的原因。

因为我不确定自己会不会喜欢答案。我也记得在圣尼古拉斯大道旁的小巷里闪过脑海的念头：我会被这个小子杀死，因为我没付什一税。倒不是说我真的相信，或者我认为这个世界真的这么运转，稀奇的是我居然会产生这种念头。

过了一会儿，我取出钱包，数出两百八十五块。我拿着钱坐在那儿，然后我把钱全部放回钱包里，只留下一块钱。

至少我要为蜡烛付钱。

下午，我一直走到金住的公寓楼。天气不坏，我也没有更好的事情可做。我从门房身旁走过，自己开门进房间。

我做的第一件事就是把那瓶野火鸡倒进水槽。

我不知道这么做符不符合逻辑。这儿还有很多瓶烈酒，我也不怎么想彻底模仿卡丽·纳申[1]，但这瓶野火鸡已经拥有了象征意义。每次想到要来这套公寓，酒瓶就会浮现在我眼前，伴之而来的往往是对它的滋味和气味的鲜明记忆。随着最后一滴酒落进水槽，我终于能够放松了。

然后我回到门口的壁柜前，查看挂在里面的毛皮大衣。缝在内衬上的洗标说这件衣服由染色兔皮制成。我打开黄页，随便找了一家毛皮商打过去，得知兔皮（lapin）是法语里的“兔子”。“你查词典就会知道，”对方说，“随便一本美国词典。现在这是个英语词了，通过毛皮行业进入我们的语言。就是普通的兔子。”

诚如钱斯所说。

回家路上，某种东西触发了喝杯啤酒的念头。我甚至不记得刺激因素是什么，但结果是我想象自己一边肩膀靠在吧台上，一只脚踩着黄铜踏脚栏杆，手里拿着钟形酒杯，地上铺着锯末，我鼻孔里充满了老酒馆的霉味。

这个饮酒的冲动并不强烈，我甚至没考虑要不要采取行动，但它让我想到了我答应简的事情。我不打算喝酒，因此不是非得打电话给她不可，但我还是打了过去。我走进图书总馆路口拐弯的电话亭，塞了个一角硬币进去，拨打她的号码。

我们的交谈声不得不和车声竞争，于是我们聊得既简短又轻松。我没想到要告诉她自杀的桑妮，我也没提到那瓶野火鸡。

1 卡丽·纳申：Carrie Nation（1846—1911），美国鼓吹禁酒的先锋人物。

吃晚饭时我读了《邮报》。桑妮的自杀案在早晨的《新闻报》上有几段文字，这种案子能得到的也无非如此，但《邮报》愿意大肆宣扬一切有助于销量的内容，他们的卖点是桑妮和金有同一个皮条客，仅仅两周前，金在一家旅馆里被大卸八块。没人能找到桑妮的照片，于是金的照片再次见报。

然而报道配不上头条标题的吹嘘。他们只有一起自杀案和一些捕风捉影的推测，声称桑妮自杀是因为她对金的谋杀案知道些什么。

没有任何文章提到双腿折断的那小子，但犯罪和死亡这些老掉牙的填充物塞满了报纸的边边角角。我想到吉姆·法布尔说他已经戒了报纸。然而我似乎怎么都戒不掉。

吃过饭，我去前台领取邮件。除了老一套的垃圾玩意儿，还有一通来电留言，请我打给钱斯。我打给他的应答服务，他打过来问情况如何。我说没什么进展。他问我会不会继续查下去。

“还会查一阵，”我说，“没别的，就是想看看能摸到哪儿去。”

他说警察没来找他麻烦，他一整天都在为桑妮安排葬礼。金的尸体被送回威斯康星州，但桑妮不一样，桑妮没有父母或近亲来认领她。法医什么时候允许发还桑妮的尸体是个问题，因此他安排在西七十二街的沃尔特·B.库克殡仪馆开追悼会。他说仪式将于星期四下午两点开始。

“我应该也给金安排一下的，”他说，“但当时完全没想到。主要是为姑娘们开的。她们的状态很不好，你明白的。”

“我能想象。”

“她们都在想同样的事情。死亡总是成三。她们都在担心，害怕自己会是下一个。”

晚上我去参加我的戒酒会活动。见证环节中我忽然想到，恰好一周前我喝断片儿了，跑来跑去，天晓得干了什么。

“我叫马特，”轮到我时我说，“今晚我听听就好。谢谢。”

散会时一个男人跟着我上楼梯来到街面上，然后走到我旁边。他三十左右，穿格子呢的伐木工夹克，戴鸭舌帽。我不记得我见过他。

他说：“你叫马特，对吧？”我承认他说得对。“喜欢今晚的故事吗？”

“挺有意思。”我说。

“想听一个更有意思的故事吗？听说上城区有位老兄破了相还断了两条腿。哥们儿，这故事真不赖。”

我感到一阵寒意。枪在我衣柜的抽屉里，用一双袜子裹着，两把刀也在同一个抽屉里。

他说：“你胆子很大嘛，哥们儿。你他妈有卵蛋，明白我什么意思？”他用一只手捂住腹股沟，就像棒球手在调整护具角度。“总而言之，”他说，“你不想找麻烦吧？”

“你在说什么？”

他摊开双手：“我知道个啥？哥们儿，我是邮递员。我给人送信，我只做这个。一个姑娘在酒店里害死自个儿是一码事，哥们儿，但她的朋友有谁就是另一码事了。不重要，听懂了吗？”

“谁让你送信的？”

他只是看着我。

“你怎么知道来这个戒酒会找我？”

“跟着你进去，跟着你出来。”他吃吃笑，“打断那个maricón[1]的腿，哥们儿，这就有点过了。真的有点过了。”

1 maricón：西班牙语，俚语，同性恋。

24

我的星期二主要奉献给一场狩猎，主题是追踪毛皮。

事情始于做梦与清醒之间的那种朦胧状态。我从梦中醒来，又打起瞌睡，发现自己在大脑里回放我和金在阿姆斯特朗酒馆见面的录像。刚开始是一段虚假记忆，我见到她从芝加哥搭长途车来纽约时的样子，一只手拎着廉价手提箱，牛仔上衣紧紧地包着肩膀。然后她坐在我的桌前，一只手放在喉咙上，她把玩着毛皮夹克颈部的搭扣，指环闪闪发亮。她说这是养殖貂皮，但她情愿用它换她来纽约时穿的那件牛仔上衣。

这个镜头播放结束，我的意识转向其他东西。我回到了哈莱姆的那条小巷里，但此刻袭击我的劫匪需要帮助。罗亚尔·沃尔德隆和昨晚的信使左右夹击他。我脑海里有意识的那部分想把他们赶出去，也许是为了平衡一下胜负的概率，这时一点明悟对我尖叫，我猛地把两条腿放下地，人在床上坐了起来，梦中景象连滚带爬缩回它们在我脑海里躲藏的角落。

那是另一件外套。

我冲澡，刮脸，离开旅馆。我先坐上出租车去金的公寓楼，再次查看她的衣柜。那件兔皮大衣，钱斯买给她的染色兔皮大衣，并不是我在阿姆斯特朗酒馆见过的那一件。这件比较长，比较蓬松，颈部不用搭扣固定。这不是她那天穿的衣服，不是她声称的养殖貂皮，不是她想用来换旧上衣的那件毛皮外套。

我翻遍公寓，也没找到我记忆中的那件衣服。

我又坐上出租车去北中城分局。德金不当班。我请另一位警察打电话到他家里，终于再次非正式地看到案卷，对，从银河酒店客房查获的物品清单里有一件毛皮外套。我翻看案卷里的照片，却没有找到那件衣服。

我搭地铁去下城区的警察广场一号[1]，又找了几个人沟通，等待我的请求经过某些渠道的批准，绕过另一些有可能的障碍。我被领进一间办公室，但我要见的人出去吃午饭了。我身边带着戒酒会指南，发现不到一个街区之外的圣安德烈教堂就有一场活动，于是我去那儿消磨了一个小时。散会后我在路边摊买了个三明治，站着吃完。

我回到警察广场一号，总算捞到机会查看金遇害时带在身边的那件毛皮外套。我没法发誓说它就是我在阿姆斯特朗酒馆见过的那件，但看上去确实符合我的记忆。我轻轻抚摸奢华的毛皮，努力重播今早我脑海里播放的录像带，似乎完全对得上。这件毛皮夹克的长度和色泽都符合记忆，而且喉咙口有个搭扣，她曾经

1 警察广场一号：位于曼哈顿公园街，靠近纽约市政厅和布鲁克林大桥，是纽约市警察局的总部。

用涂过指甲油的手指摆弄它。

缝在内衬上的标签说这是真正的养殖貂皮，制造商名叫阿尔文·塔南鲍姆。

塔南鲍姆公司在西二十九街一幢通层办公楼的三楼，此处位于毛皮贸易区域的正中心。假如我能带着金的毛皮夹克过去，事情会简单得多，然而无论通过官方还是非官方的渠道，纽约警局的配合毕竟也有限度。我向他们描述那件衣服，却没什么用处，于是我描述金的外貌。他们查看销售记录，发现金·达吉南六周前购买了一件貂皮外套，单据帮我们找出了当时的销售员，他记得那次交易。

销售员是个圆脸秃头的男人，厚厚的镜片背后是一双水汪汪的蓝眼睛。他说："姑娘个子很高，非常漂亮。说起来，我在报纸上见到那个名字，觉得有点印象，但没多想为什么。真可怕，多漂亮的姑娘啊。"

他记得有一位先生陪着她，付账的是那位先生。他记得很清楚，付的是现金。不，没什么不寻常的，尤其是在毛皮行业里。他们的柜台零售交易本来就比例很小，大部分主顾不是服装业人士就是认识业内人士，当然了，任何人都可以从街上拐进店里，买走任何一件衣服。但绝大多数交易是用现金完成的，因为主顾通常不愿等待支票兑付。另一方面，毛皮往往是送给所谓高档朋友的高档礼物，不存在交易记录会让主顾更加高兴。因此他用现金付款，因此单据上写的不是买家的名字，而是金·达吉南。

含税总额将近两千五。随身携带这么多钱比较罕见，但不算闻所未闻。没多久以前，我本人身上就有差不多这个数目。

他能形容一下那位先生吗？销售员叹了口气。形容那位女士要容易得多，他解释道。她的样子现在就浮现在眼前，金色发辫盘在头上，双眼的蓝色惊心动魄。她试了几件衣服，她穿毛皮显得很优雅，但那位先生——

他估计那位先生三十八或四十岁。根据他的记忆，高矮之间他接近高，但没那姑娘高。

“非常抱歉，”他说，“我对他有个印象，但描述不出来。要是他身穿毛皮衣服，我能告诉你的肯定比你想知道的还要多，只可惜他——”

“他穿什么？”

“应该是正装，但我记不清了。他属于习惯穿正装的那种男人，但我不记得他具体穿什么。”

“如果再次见到他，你还能认出来吗？”

“要是在街上和他擦身而过，我连想都不会多想一下。”

“要是有人把他指给你看呢？”

“倒是有可能认出来。你说的是指认嫌犯吗？嗯，我觉得可以。”

我说他也许比他认为的记得更清楚。我问他那男人的职业。

“我连他叫什么都不知道，怎么可能知道他做哪一行？”

“你的印象，”我说，“机修师？股票经纪人？骑术演员？”

“哦，”他说，沉思片刻，“也许是会计。”

“会计？”

“诸如此类的。税务律师，会计。我只是在玩猜谜游戏，你明白——”

“我明白。国籍呢？”

“美国。你指什么？”

“英国人、爱尔兰人、意大利人——”

“哦，”他说，“我明白了，接着猜。要我说，有可能是犹太人，有可能是意大利人，有可能是黑皮肤的地中海国家人。因为她的皮肤太白了，你明白吗？对比鲜明。我不确定他的皮肤黑不黑，但肯定有对比。有可能是希腊人，有可能是西班牙人。”

“上过大学吗？”

“他又不会给我看毕业证书。”

“不是这个，他肯定说过话，对你或者对她。他听着像上过大学的还是像混街头的？”

“他听着不像混街头的。他是一位绅士，很有教养。”

“结婚了？”

“不是和她。”

“和其他人？”

“他们不都是这样吗？没结婚就用不着买貂皮送女朋友了。他说不定还买了一件送老婆，哄她高兴。”

“他戴结婚戒指吗？”

“我不记得有没有戒指，”他摸了摸他的金戒指，“也许戴了，也许没戴，实在想不起来了。”

他记得的并不多，我从他嘴里撬出来的印象也很可疑。它们有可能靠得住，但同样有可能来自潜意识的驱动，向我提供他认为我想要的答案。我可以继续问下去：“很好，你不记得他穿什么鞋，但他这样的男人有可能穿什么鞋呢？高帮皮靴？一脚蹬便鞋？科尔多瓦皮鞋？阿迪达斯？还是什么？”然而再问下去，我会到达和越过效用递减点。我对他说谢谢，转身离开。

这幢楼底层有家咖啡馆，其实只是一张长台、一排高脚凳和一个外卖窗口。我坐在那儿喝咖啡，盘点我得到的情报。

毫无疑问，她有个男朋友。有人为她买下那件毛皮外套，用百元大钞付账，没在交易中留下姓名。

这个男朋友有大砍刀吗？有个问题我没问那位毛皮销售员——“好吧，运用你的想象力。想象这个男人和那位金发女郎在旅馆房间里。假设他想砍死她，他会用什么？斧子？军刀？大砍刀？说说你的印象。”

好吧。他是个会计，对吧？他多半会用笔。超细针管笔，在他手里和武士手里的利刃一样致命。唰唰，受死吧婊子。

咖啡不怎么好，但我还是点了第二杯。我交叉手指，低头看着双手。问题摆在面前，我的手指相互吻合得挺好，但除此之外就没什么能对得上了。什么样的会计会忽然发狂，操起大砍刀杀人？没错，任何一个人都有可能这么爆发，但这场爆发奇异地经过精心策划，凶手用假名在旅馆订房间，血案现场没留下任何线索可供查证凶手的身份。

听上去像不像买毛皮外套的那个男人呢？

我喝了一小口咖啡，觉得并不像。这位男朋友给我的印象并不符合昨晚散会后我收到的口信。穿伐木工夹克的男人肯定是打手，百分之百，毋庸置疑，尽管他被派来仅仅是展示了一下力量。一位温文尔雅的会计能使唤那种打手吗？

恐怕不行。

那位男朋友和查尔斯·欧文·琼斯会不会是同一个人？为什么要用这么复杂的假名，连中名都没忘记加上？起假名时用史密斯或琼斯当姓氏的人往往会用乔或约翰当名字。查尔斯·欧文·琼斯？

也许他就叫查尔斯·欧文斯。也许他开始写这个名字，写到一半忽然改了主意，扔掉欧文斯最后的“斯”，把“欧文”当作中名。说得通吗？

我的结论是说不通。

那个该死的前台职员。我忽然想到，警察显然没有认真盘问他。德金说他迷迷糊糊的，似乎是南美人，很可能听不太懂英语。但他被一家高档酒店雇用，所在的职位要和大众打交道，他的英语必须相当流畅才行。不，问题在于没人逼问他。假如有人像我盘问毛皮销售员那样盘问他，我觉得他肯定能说出点什么情况来。证人记住的事情往往比他们想象中更多。

为查尔斯·欧文·琼斯办理入住手续的前台职员叫奥克塔维奥·卡尔德伦，星期六他值晚班，从四点到午夜。星期天下午他打电话请了病假，昨天他又打了个电话，我去酒店逼问经理助理之前一小时左右他打了第三个电话。卡尔德伦还在生病，他要再休息一天，甚至更久。

我问他怎么了。经理助理叹了口气，摇摇头。“不知道，”他说，“你很难从这些人嘴里问出个直截了当的答案来。每次他们想逃避了，英语会话能力就会忽然变得很差。你问什么他们都说No comprendo[1]，方便得很。”

“你是说你们雇用听不懂英语的前台职员？”

“不，当然不。卡尔德伦的英语很流利，电话是别人替他打

1 西班牙语：我听不懂。

的。”他又摇摇头，“塔维奥[1]这个年轻人非常缺乏自信，我估计他以为请朋友打电话，我就没法在电话上吓唬他了。另一层意思当然是他太萎靡，没精神，无法从床上起来打电话。我估计他住的是寄宿公寓，电话装在走廊里。打电话的人的拉美口音比塔维奥重得多。”

“他昨天打过电话吗？”

“别人替他打的。”

“和今天是同一个人吗？”

“这个我就没法打包票了。西班牙裔的声音在电话里都一个样。两次都是男人打的。我觉得是同一个人，但我没法宣誓作证，再说是不是又有什么关系呢？”

我一时间想不到。星期天呢？卡尔德伦当时是自己打电话的吗？

“星期天我不在。”

“你有他的号码吗？”

“电话在走廊里响，我觉得他未必会出来接。”

“但我还是想要号码。”

他给了我号码，还有皇后区巴奈特大道的一个地址。我没听说过巴奈特大道，我问助理经理知不知道卡尔德伦住在皇后区的哪个区域。

“我对皇后区一无所知，”他说，“你不会要去那儿吧？”他说得像是去那儿需要护照和食物，饮水补给当然也不能忘，“因为我确定过上一两天塔维奥肯定会回来上班。”

1 塔维奥：奥克塔维奥的昵称。

"你为什么能确定？"

"这是一份好工作，"他说，"他不尽快回来就会丢掉工作。他自己肯定知道。"

"他的出勤记录怎么样？"

"不可能更好了。我确定他肯定是真的生病了，有可能是一染上就会倒下三天的什么病毒。现如今有很多病毒传来传去。"

我在银河酒店大堂找了个投币电话拨打奥克塔维奥·卡尔德伦的号码。铃响了很久，九声或者十声，然后一个女人接了起来。我说我找奥克塔维奥·卡尔德伦。

"No está aquí。"她说。

我努力用西班牙语组织问题。Es enfermo？他生病了吗？我不确定她有没有听懂我的话。她虽然用西班牙语回答，但和我在纽约听惯了的波多黎各方言迥然不同，然后她尝试用英语迁就我，但她口音太重，词汇量又不足。No está aquí，她一遍又一遍说，这句我倒是毫不费力地听懂了。No está aquí。他不在这儿。

我回到我住的旅馆。房间里有一本纽约五大区的便携地图，我在皇后区索引里查找巴奈特大道，我翻到相应的地图页，上下左右搜寻，终于找到了。这条路在伍德赛德。我研究地图，琢磨爱尔兰社区为什么会有一家西班牙裔聚居的寄宿公寓。

巴奈特大道只有十一二个街区那么长，从四十三街向东延伸，到伍德赛德大道结束。搭地铁去有几个选择，我可以坐市营独立的E或F线，也可以坐IRT的法拉盛线。

前提是我真的想跑这一趟。

我从我的房间里又打了一通电话过去。电话铃又响了很久，这次接电话的是个男人。我说："奥克塔维奥·卡尔德伦，por favor（请）。"

"Momento（稍等）。"他说。我听见砰的一声，就好像他随手扔下听筒，听筒落下去撞在墙上。对面什么声音都没有，只能听见背景里调到某个拉美新闻台的收音机声。我正在考虑要不要挂断电话，他却回来了。

"No está aquí（他不在这儿）。"他说完就挂了电话，我没来得及用任何语言说任何话。

我再次翻开便携地图，琢磨有没有办法偷懒不用跑一趟伍德赛德。这会儿已经是高峰时间，要是现在出发，我必须一路站到目的地。再说我能有什么收获呢？挤在沙丁鱼罐头似的地铁车厢里，长途跋涉赶到伍德赛德，结果还是听他们当面对我说No está aquí（他不在这儿）。有什么意义呢？他有可能正在药物的帮助下度假，有可能真的生病了，无论如何我都不太可能从他嘴里问出任何东西来。就算我想方设法确实找到他，得到的奖励多半是No lo se（我不知道）代替了No está aquí。我不知道，他不在这儿，我不知道，他不在这儿——

妈的。

星期六晚上，乔·德金对卡尔德伦做了后续问话，差不多同一个时间，我在向我能找到的所有内线和酒馆常客散播消息。也是那天夜里，我抢走一名劫匪的武器，而桑妮·亨德莱克斯就着伏特加和橙汁吞下一大把药片。

第二天，卡尔德伦打电话请病假。又过了一天，穿伐木工夹克的男人跟踪我进出戒酒会活动，警告我别追查金·达吉南的事情。

电话响了，是钱斯。前台有他打过电话的留言，但他显然没耐心等我打回去找他。

“问一声而已，”他说，“有什么进展吗？”

“肯定有，因为昨晚有人威胁我。”

“什么样的威胁？”

“一个男人叫我别找麻烦。”

“你确定和金有关？”

“确定。”

“你认识那男人？”

“不认识。”

“你打算干什么？”

我大笑。“我打算自找麻烦，”我说，“去伍德赛德。”

“伍德赛德？”

“对，在皇后区。”

“我知道伍德赛德在哪儿，哥们儿。伍德赛德怎么了？”

我决定不告诉他详细情况。“多半什么都没有，”我说，“我也希望能少跑这一趟，但我做不到。金有个男朋友。”

“在伍德赛德？”

“不，伍德赛德是因为其他事，但她百分之百有个男朋友。他买了一件貂皮夹克送给她。”

钱斯叹了口气：“我说过了，那是染色兔皮。”

“我知道那件染色兔皮的，就挂在她衣柜里。”

“所以？”

“她还有一件短夹克，养殖貂皮。我第一次和她见面时她穿的就是这件，她去银河都会酒店送命时穿的也是这件。它在警察广场一号的保管箱里。”

“它在那儿干什么？”

“它是证据。”

“什么的证据？”

“天晓得。我找到这东西，追查它的来路，和把它卖给金的人谈了谈。记录中的买家是她，单据上写的是她的名字，但有个男人陪着她，从口袋里摸出现金付账。”

“多少钱？”

“两千五。”

他想了想。“有可能是她私藏的水费，”他说，“很容易的，一周几百块，你知道的，她们肯定会私藏一点。我不会发现。”

“钱斯，付钱的是那个男人。”

“也许金把钱给他，让他付账。就好像女人在餐馆里把钱塞给男人，让男人去买单，免得面子上过不去。”

“你为什么就这么不肯接受她还有个男朋友呢？”

“妈的，”他说，“我根本不在乎，事实上该怎样就怎样，我只是没法相信，就这么简单。”

我没逼问下去。

“有可能是嫖客，而不是男朋友。有时候嫖客会希望能假装他是个什么特殊朋友，他不需要花钱，他情愿给她礼物，而不是现金。也许他只是个嫖客，而她敲了他一件毛皮夹克。”

“有可能。”

“你认为他是她男朋友？”

“对，我就这么认为。”

“而他杀了金？”

“我不知道金是谁杀的。”

“而杀死她的凶手想让你扔下这件事别管。”

“我不确定，”我说，“也许杀人和男朋友毫无关系，也许是个变态佬，而警察正好希望能这么结案，也许男朋友只是不想被拖进任何调查。”

“他和事情无关，想置身事外。你是这个意思？”

“差不离吧。”

“我说不准，哥们儿，也许你确实该放手。”

“放弃调查？”

“也许你应该。有人警告你，妈的，你不想因此被干掉吧。”

“不想，”我说，“当然不想。”

“那你打算怎么办？”

“现在我想搭地铁去皇后区。”

“伍德赛德。”

“对。”

“我可以把车开过来，送你一程。”

“我不介意坐地铁。”

“开车比较快。我可以戴上司机的帽子，你可以坐后排。”

“下次再说吧。”

“随你便，”他说，“回来了打个电话？”

“行。”

最后我搭法拉盛线到罗斯福大道和五十二街路口的车站下车。列车离开曼哈顿后开出地面。我险些错过站点，因为很难搞清楚我到底在哪儿。候车站台上的标牌被涂鸦弄得一塌糊涂，而涂鸦本身也完全无从分辨在说什么。

我走下一段不锈钢楼梯，回到街面上。我打开便携地图，搞清楚方向，然后走向巴奈特大道。没走多久，我就明白了为什么伍德赛德会有一幢西班牙裔聚居的寄宿公寓楼。这儿已经不是爱尔兰人社区了。高架轨道的阴影底下还能零散看见几个名叫“翡翠酒馆”或“三叶草”之类的地方，但大多数标牌是西班牙语，大多数商铺已经变成bodega[1]。塔拉旅行社的橱窗海报在兜售去波哥大和加拉加斯的包机航班。

奥克塔维奥·卡尔德伦的寄宿公寓是一幢黑乎乎的两层框架式房屋，带一个前门廊。门廊上有五六把塑料草坪躺椅，还倒放着一个装橙子的板条箱，上面搁着报纸杂志。躺椅上没人，我并不觉得奇怪。天气太凉，不适合坐在门廊上消磨时间。

我按门铃，没人出来。我听见里面有人交谈，还有几台收音机在响。我继续按门铃，一个非常壮实的矮个子中年女人出来开门。“Sí（什么事）？”她问，像是在期待什么。

“奥克塔维奥·卡尔德伦。”我说。

“No está aquí（他不在这儿）。”

我第一次打电话时接电话的也许就是她。事实上很难分辨，而我也不怎么在乎。我站在那儿，隔着纱门和她交谈，我把西班牙语和英语掺在一块儿说，努力让她明白我的意思。说了几句，她转身走开，带着一个高个子男人回来，他面颊凹陷，小胡子剪得整整齐齐。他会说英语，我说我想看一看卡尔德伦的房间。

但卡尔德伦不在，他告诉我。

1 西班牙语：杂货店，尤其是带小酒吧的杂货店。

“No me importa（我不在乎）。”我说。我反正就是想看看他的房间。但没什么可看的，他答道，觉得很困惑。卡尔德伦不在房间里，我去看他的房间能有什么用处呢？

他们并不拒绝配合，他们甚至不是特别不情愿配合，他们只是不明白有什么意义。最后他们终于明白了，想要摆脱我——更确切地说，摆脱我的最简单的办法就是给我看卡尔德伦的房间，于是他们领我去看。我跟着中年女人走进一条走廊，经过厨房，爬上楼梯，走过又一条走廊。她没敲门就直接打开一扇门，让到一旁，打个手势，请我进去。

地板上铺着油毡地毯，铁管床架上摆着一个光秃秃的床垫，有个金色枫木的抽屉柜，小写字台前有一把折叠椅。房间对面的窗口有一张靠背沙发椅，沙发套上印着花朵图案。抽屉柜上有一盏带花格纸灯罩的台灯，天花板中央的灯座上有两个无遮掩的灯泡。

就这么多东西。

“Entiende usted ahora？No está aquí。（您现在满意了？他不在这儿。）”

我自动自发、有条不紊地检查这个房间。它真是不可能更空无一物了。小壁橱里只有两个铁丝衣架，金色柜子的几个抽屉和写字台的一个抽屉全都空空如也，连边边角角都擦得一干二净。

面颊凹陷的男人充当翻译，我勉强盘问了中年女人。无论用什么语言问话，她都算不上情报的宝藏。她不知道卡尔德伦什么时候离开的，她估计是星期天或星期一。星期一她来这个房间打扫卫生，发现卡尔德伦清空了所有物品，没留下任何东西。她理所当然地认为这意味着他退租了。他和其他房客一样，也是每周付租金的。他的租金其实还够住两天的，但他显然找到了其他去处，不，他不告而别并不稀奇。经常有房客这么做，就算没有拖欠租金也一样。她和她女儿把房间打扫得很干净，现在已经准备好租给别人了。房间不会闲置太久。她这儿的房间从来不会闲置太久。

卡尔德伦是个好房客吗？当然，最好的那种，但她和她的房客一向没有矛盾。她只租给哥伦比亚人、巴拿马人和厄瓜多尔人，她和他们从来没有过任何矛盾。有时候移民局找麻烦，他们不得不突然离开。也许卡尔德伦就是因为这个才悄悄溜走的，但这和她毫无关系。她只知道打扫房间，然后租给下一位客人。

移民局不可能找卡尔德伦的麻烦，这个我很清楚。他不是非法移民，否则就不可能在银河酒店工作了。一家大饭店不可能雇用没有绿卡的外国佬。

他忽然溜走肯定出于其他的什么原因。

我花了一个小时找其他房客问话，综合得出的卡尔德伦的形象也没什么帮助。他是个安静的年轻人，不喜欢和别人来往。他的工作时间摆在那儿，因此其他房客在家的时候，他往往正在上班。据众人所知，他没有女朋友。他在巴奈特大道住了八个月，没有过任何访客，无论男女，他也很少接到电话。搬到巴奈特大道来之前，他住在纽约的其他什么地方，但没人知道他先前的住址，甚至不知道那儿在不在皇后区。

他嗑药吗？无论我问谁，他们都被话里的意思吓住了。我猜那位胖胖的女房东管理得相当严格。她的房客都有固定工作，过着体面的生活。有个房客向我保证，就算卡尔德伦抽大麻，也绝对不会在房间里抽，否则女房东肯定会闻到，然后请他搬出去。

“也许他就是想家了，”一个黑眼睛的年轻男人猜测，“也许他飞回卡塔赫纳去了。”

“他从那儿来？”

“他是哥伦比亚人，我记得他说过是卡塔赫纳。”

我花了一个小时，只知道了这么多：奥克塔维奥·卡尔德伦来自卡塔赫纳。然而即便是这一点，也没人敢说一定是真的。

25

我在伍德赛德大道的唐恩都乐[1]店里打给德金。这儿没有电话亭，只有一台投币电话固定在墙上。几英尺外有两个年轻人在打电子游戏，还有一个小子用拎包大小的便携式收音机听迪斯科舞曲。我用手掩住听筒，把我发现的情况告诉德金。

“我可以发个通缉令。奥克塔维奥·卡尔德伦，男性，西班牙裔，二十岁出头。他多高，五英尺七？”

“我没见过他。”

“哦，对，你没见到。我可以找酒店要个体貌描述。斯卡德，你确定他跑了？我两天前才找他谈过。”

“星期六晚上跑掉的。”

“我看对得上。嗯，亨德莱克斯自杀之前。对得上。”

“她还是自杀吗？”

---

1 唐恩都乐：大型烘焙食品连锁品牌，销售甜甜圈和咖啡等。

“有理由怀疑不是吗？”

“据我所知，没有。你星期六晚上找卡尔德伦谈话，这是最后一次有人见过他。”

“我对很多人都能造成这个效果。”

“有什么事情惊吓了他。你觉得会是你吗？”

他说了句什么，但周围太吵，我没听清。我请他再说一遍。

“我说他似乎有点心不在焉，我以为他嗑药了。”

“邻居说他是个非常正派的年轻人。”

“是啊，一个安静的好小伙子。就是这种人会忽然发疯，干掉他全家人。你在哪儿打电话，怎么吵成这样？”

“伍德赛德大道的一家甜甜圈店。”

“就不能找个安静的保龄球馆吗？你怎么看卡尔德伦？你觉得他死了吗？”

“他离开前收拾好了所有东西，其他人打电话替他请病假。假如你要杀人，这么做似乎太费周折了。”

“打电话请病假听着像是想让他抢跑，给他机会先跑个几英里，然后再开始追杀。”

“我就是这么想的。”

“也许他回家去了，”德金说，“你要知道，他们动不动就回家去。现如今世道不一样了。我祖父母来到美国，除了缔约石酒铺子送的年历上，再也没见过爱尔兰。这些混账东西，他们一个月一次飞回那些小岛，带着两只鸡和又一个该死的亲戚回来。当然了，我的祖父母认真工作，也许这就是区别。福利部门可不会出钱请他们周游世界。”

“卡尔德伦有工作。”

“很好，算这个小浑球有良心。要么我去查一查过去三天从肯尼迪起飞的航班。他是哪儿人？”

“有人说卡塔赫纳。”

“那是哪儿？一座城市还是某个小岛？”

“我觉得是城市。在巴拿马、哥伦比亚或厄瓜多尔，否则房东不会租房间给他。我猜是在哥伦比亚。”

“大海上的明珠。打电话请假倒是对得上他回家去了。他请人替他打电话，这样等他回来，还可以回去上班。他没法每天下午从卡塔赫纳打长途。”

“那他为什么要清空房间？”

“也许他不喜欢那儿，也许除虫队跑来弄死了他所有的宠物蟑螂，也许他拖欠房租，半夜逃掉了。”

“房东说他没欠钱，他交足了那个星期的租金。”

他沉默片刻，然后不情愿地说：“有人吓住了他，他逃跑了。”

“似乎是这样的，对吧？”

“很抱歉，确实是的。但我不认为他离开了纽约。我猜他搬到了一个地铁站之外，换个新名字，住进另一间出租屋。全市五大区大概有五十万非法移民，他不需要是胡迪尼[1]也能藏得让咱们找不到。”

“说不定你能撞上大运。”

“可能性永远存在。我会先查停尸房，然后航班。要是他死了或者出国了，咱们就最有可能查到记录。”他忽然大笑，我问

1 胡迪尼：哈里·胡迪尼（Harry Houdini，1874年3月24日—1926年10月31日），美国著名魔术师，擅长表演逃脱术。

他笑什么。“要是他死了或者出国了，”他说，“对咱们恐怕就没什么用处了，对吧？”

回曼哈顿的地铁糟糕得没法更糟糕了，车厢内部毁坏得面目全非。我坐在角落里，竭力抵抗阵阵袭来的绝望。我的人生就像一块浮冰，在大海上四分五裂，各块碎片漂向不同的方向。没有任何东西能够重新弥合，无论是在这个案子里还是在案子外。一切都毫无意义、毫无逻辑、毫无希望。

没人会给我买祖母绿，没人会和我生小孩，没人会拯救我的生命。

美好的时光都已过去。

八百万种死法，其中有很大一部分适合一个人自我了断。无论地铁有什么不好，只要你把自己扔到车头底下，它们依然能完成任务。这座城市有的是大桥和高处的窗口，二十四小时营业的商店里能买到剃刀、晾衣绳和药片。

我的衣柜抽屉里有一把点三二；旅馆房间的窗户离人行道很远，保证能摔死我。但我从没尝试过这种行为，不知为何我一向知道我永远不会这么做。我可能太害怕，可能太顽固，也可能我的绝望根本没有我想象中那么深入灵魂。总有些事情能让我坚持下去。

当然了，要是我喝酒，那就很难说了。一次戒酒会活动上，我听一个男人讲述他喝断片儿后如何在布鲁克林大桥上清醒过来。他已经翻过栏杆，一只脚伸到虚空中，这时忽然恢复神智。他收回那只脚，重新翻过栏杆，然后落荒而逃。

假如他再过一秒钟才醒过来，双脚都已经悬空。

要是我喝酒，我的感觉会好一些。

我没法把这个念头赶出脑海。最不妙的一点在于我知道这是真的。我感觉很不好，要是喝一杯，这种感觉就会不翼而飞。从长远角度说，我肯定会后悔；从长远角度说，我还会感觉很不好，甚至更差劲，但那又怎样呢？从长远角度说，咱们都会死。

我记得我在一次戒酒会上听到的话。那是圣保罗教堂的一名常客玛丽说的。她长得像只小鸟，声音很小，总是打扮得体、外貌整洁，说话柔声细气。我听过一次她的见证，她曾经离沦落街头只有一步之遥。

一天晚上，她起立发言，说："你们知道吗？有一天我发现我不是非要过得舒舒服服的，这对我来说就像天启。没有谁规定过我必须过得舒舒服服的。我总觉得假如我感到紧张、焦虑或不高兴，那就必须做些什么。但后来我发现，事实并非如此。负面情绪并不会杀死我。酒精会杀死我，而我的情绪不会。"

列车一头扎进隧道。它来到地面之下，车厢里的光线熄灭了一瞬间，然后照明灯重新点亮。我能听见玛丽的声音，她把每个字的每个音都咬得很清楚。我能看见她，她说话时，骨骼匀称的双手叠放在大腿上。

真有意思，我居然会想到这些。

我在哥伦布圆环下地铁，依然想喝一杯。我走过几家酒吧，前去参加戒酒会活动。

发言的人是个健壮的大块头爱尔兰人，来自布鲁克林的湾脊区。他看着像警察，结果确实是，做满二十年后退休，现在除了拿退休金还在当保安。喝酒从未影响过他的工作和婚姻，但喝到一定年数，酒精开始损伤他的身体。身体机能减弱，宿醉越来越严重，医生说他肝脏肿大。

“他说酒精在威胁我的生命，”他说，“怎么说呢，我不是社会弃儿，也不是堕落酒鬼，更不靠喝酒来驱散抑郁。我只是一个普普通通的快活汉子，下班喜欢喝一杯烈酒加一瓶啤酒，然后拎个半打啤酒回家看电视。所以既然酒精要杀死我，那就去他妈的吧。我走出诊所，决定戒酒。八年后，我终于做到了。”

一个醉汉不停打断他的见证。他是个衣冠楚楚的男人，似乎并不想惹麻烦。他好像只是没办法安静听讲，他第五或者第六次爆发后，两名戒酒会成员护送他出去，活动继续进行。

我心想，我喝断片儿了的时候居然还能来参加戒酒会活动。天哪，我是不是就是他那个德行?

我没法聚精会神听讲。我想到奥克塔维奥·卡尔德伦，想到桑妮·亨德莱克斯，想到我的进展多么微不足道。我从一开始就有点节奏紊乱。我可以在桑妮自杀前见到她的，她也许还是会自杀，她自我毁灭的重负不会压在我身上，但在此之前我可以从她那儿问出些什么情况来。

我也可以在卡尔德伦失踪前找到他问话，我第一次去酒店就打听过他的情况，得知暂时找不到他就忘记了他的存在。也许我从他那儿什么都问不出来，但至少我能感觉到他有没有隐瞒什么秘密。但我一直没想到要找他问话，等我想到了，他已经收拾好行李钻进茫茫树海。

我的时机掌握得太差。我总是只晚了一天或就缺一块钱，我忽然想到，并非只有这个案子是这样。这就是我的人生故事。

可怜的我，倒霉的我，给我倒杯酒吧。

讨论环节中，一个叫格蕾丝的女人得到全场掌声，因为她说今天是她戒酒整整两年的日子。我为她鼓掌，掌声平息后，我算了算，发现今天是我的第七天。只要我上床前滴酒不沾，那么就满七天了。

我上次喝酒前坚持了多久？八天？

也许我能打破纪录，也可能我做不到，可能我明天就会喝酒。

但今晚我不会喝。今晚我能坚持下来。此刻我的感觉不比聚会前更好，我对自我的评价当然不会变得更高。记分牌上还是那几个数字，但早些时候它们加起来等于一杯酒，而这会儿不是了。

我不知道那是为什么，但我知道我暂时安全了。

26

前台有一通留言，叫我打给丹尼男孩贝尔。我拨出字条上的号码，接电话的男人说：“普根夜总会。”我请他叫一下丹尼男孩，然后等了好一会儿，直到对方拿起听筒。

他说：“马特，我觉得你该过来一趟，让我请你喝杯姜汁汽水。我觉得你就该这么做。”

“现在？”

“还要挑个良辰吉日？”

我都快走出大门了，忽然又转过身，上楼回房间，从衣柜里取出那把点三二。我并不真的认为丹尼男孩会挖坑给我跳，但我不想用小命去赌他肯定不会。再说了，你永远也猜不到谁会在普根那儿喝酒。

昨晚有人警告我，我到现在一直置之不理。前台把丹尼男孩的留言交给我，还主动说另外有两个电话找我，但不肯留下姓名。他们也许是伐木工夹克的朋友，打电话叫我放聪明点。

我把枪塞进口袋，出门叫车。

丹尼男孩坚持由他请客，他喝伏特加，我喝姜汁汽水。他看上去和平时一样时髦，自从上次见面之后，他去过美容院。他仿佛棒球帽的白色卷发更加贴近头皮了，精心修剪的指甲涂着透明的指甲油。

他说："我有两样东西给你。一条口信和一个建议。"

"嗯？"

"先说口信。是个警告。"

"我能猜到。"

"你该忘了那个叫达吉南的姑娘。"

"否则？"

"否则？大概是有你好看吧。或者会给你一个和她相同的下场，诸如此类的。你希望警告能说得详细一点，你好判断值不值得？"

"丹尼，是谁在警告我？"

"不知道。"

"谁告诉你的？燃烧的树丛[1]？"

他喝了一口伏特加："某人传话给某人，某人再传话给某人，然后某人传话给我。"

"够绕的。"

"对吧？我可以告诉你是谁告诉我的，但我不会说，因为我

1 燃烧的树丛：《圣经》中，犹太人领袖摩西曾在燃烧的荆棘中听见上帝的启示。——编注

不做这种事。就算我说了，对你也不会有任何好处，因为你多半找不到他。就算你找到他，他依然不会告诉你实情，另一方面，某人多半会收拾你。再来一杯姜汁汽水吗？”

“我这杯还没怎么动呢。”

“那你就慢慢喝吧。马特，我不知道是谁在警告你，但从他们使用的信使来看，我猜肯定是某些重量级人物。有意思的是，我去问有谁见过达吉南和除钱斯外的任何人同进同出时，结果却一无所获。假如她勾搭上了某个这么有能耐的人，你会觉得他肯定会带着她到处炫耀，对吧？凭什么不炫耀呢？”

我点点头。从这个角度说，她又为什么要找我帮她脱离钱斯的掌握呢？

“总而言之，”他说，“口信就是这些。想听听建议吗？”

“当然。”

“建议是我认为你该把口信当回事。要么是我老得特别快，要么是这座城市在短短几年内变得特别肮脏，人们现在扣扳机比以前容易得多。大家以前杀人好歹还需要个理由。明白我的意思吗？”

“明白。”

“现在除非有理由可以不杀人，否则他们肯定会动手。宁可错杀，不可放过，已经成了条件反射。告诉你吧，吓得我够呛。”

“吓得所有人够呛。”

“几天前的晚上，你在上城区演了一出好戏，对吧？还是说有人在编故事？”

“你听说了什么？”

“没什么，就是一个弟兄在巷子里堵你，结果断了好几根骨头。”

“消息传得真快。”

“那是当然。在这座城市里，有的是比一个嗑了天使尘的小流氓更危险的东西。”

“他嗑的是那东西？”

“他们谁不是呢？我不清楚。我？我只盯着最根本的事实。”他喝了一口伏特加，为这句话画上重点。“至于达吉南，”他说，“我可以替你传个口信回去。”

“什么样的口信？”

“你愿意放手。”

“丹尼男孩，但我未必真会放手。”

“马特——”

“还记得杰克·本尼吗？”

“还记得杰克·本尼吗？我当然记得杰克·本尼了。”

“记得他和劫匪的对话吗？劫匪说：‘要钱还是要命？’然后停了很长一段时间，真的很长，然后本尼说：‘我在考虑。’”

“这就是你的回答？你在考虑？”

“这就是我的回答。”

回到七十二街上，我站在一家文具店门洞的暗处，等着看有没有人跟踪我走出普根夜总会。我站了足足五分钟，思考丹尼男孩说的话。有几个人在这段时间里离开普根夜总会，但看上去都不像我需要担心的货色。

我走到路边去叫出租车，随即决定我还不如走半个街区，去哥伦布大道叫一辆去我那个方向的车。等我走到路口，我觉得晚风吹得挺舒服，我也没什么急事，慢悠悠地沿着哥伦布大道走上十五个街区对我肯定有好处，会让我更容易入睡。我穿过马路，走向下城区，还没走完一个街区，我的手就不由自主地伸进外衣口袋，把小手枪握在手心里。

有意思。没人跟踪我。我他妈害怕什么？

就是周围的某种气氛。

我继续向前走，用上了星期六晚上我忘记展现的各种街头智慧。我沿着靠近马路的人行道边缘，与建筑物和门洞保持距离。我左右张望，不时转身，看有没有人从背后逼近。我的手始终握着枪，手指轻轻地贴着扳机。

我穿过百老汇大街，走过林肯中心和奥尼尔餐厅。我走到六十街和六十一街之间那个黑漆漆的街区上，正在从福特汉姆店门口过街，这时我听见背后有辆车拐了个弯向我开近。这辆车斜穿过宽阔的街道驶向我，抢了一辆出租车的车道。也许我听见的就是它的刹车声，也许就是这个声音促使我转身。

我立刻卧倒在人行道上，从街边向建筑物翻滚，掏出点三二举起来。轿车现在与我平行，车轮打正了方向。我本来以为车会驶上人行道，实际上却没有。车窗开着，有人从后车窗探出身子，他望着我所在的方向，他手里握着什么东西——

我用手枪瞄准他。我趴在地上，手肘撑着面前的人行道，双手持枪。我的手指搁在扳机上。

从窗口探出身子的男人偷偷摸摸地扔了个什么东西。我心想，天哪，炸弹，我瞄准他，感觉指肚扣住了扳机，感觉枪在颤抖。像某种小小的动物，我僵住了，不能动弹，无法扣动该死的扳机。

时间也凝固了，就像电影里的定格画面。离我八到十码外的地方，一个瓶子落在建筑物的砖砌外墙上撞得粉碎。它没有爆炸，我只听见玻璃的破碎声。仅仅是个空酒瓶。

那辆车只是一辆普通的过路车，我望着它晃晃悠悠地在第九大道上向南而去。车里坐着六个年轻人，六个喝醉酒的年轻人，他们也许真的会害死什么人。他们喝得烂醉，足以做出这种事，但他们就算杀人，也只会是交通事故。他们不是职业杀手，不是被派来要我小命的刺客。他们只是一群年轻人，喝酒喝到难以消受的地步。也许他们会害得某个人终生残疾，也许他们会撞毁那辆车，也许他们能安全到家，连保险杠都不会撞弯。

我慢慢起身，看着手里的枪。谢天谢地，我没有开枪。我本来有可能朝他们开火，我本来有可能杀死他们。

上帝知道我确实有这个念头。我尝试过，用逻辑得出结论，以为他们是来杀我的。

但我无法下手。假如他们真是职业杀手，假如他手里的东西不是威士忌酒瓶，而真的是我以为的枪或炸弹，我也同样无法扣动扳机。他们可以轻松干掉我，而我的尸体会握着一把没开过火的左轮手枪。

天哪。

我把毫无用处的枪塞进口袋。我伸出一只手，意外地发现它没有颤抖。我甚至没有感觉到内心的颤抖，要是我能想明白原因就他妈太好了。

我走过去查看摔碎的酒瓶，或许是为了确定它真的仅仅是个酒瓶，而不是在老天眷顾之下未曾引爆的简易燃烧弹。但地上没有液体的痕迹，也闻不到汽油的刺鼻味道。只有一丝淡淡的威士忌气味，当然也有可能是出自我的想象。粘在一块碎玻璃上的标签说这个酒瓶曾经装着占边苏格兰威士忌。路灯的光照下，周围的其他绿色玻璃碎片像宝石似的闪闪发亮。

我弯腰捡起一小块方形的碎玻璃。我把它放在掌心里，像吉卜赛人看水晶球似的盯着它。我想到唐娜的诗、桑妮的遗书和我的失误。

我开始向前走，这是我阻止自己拔腿就跑的唯一办法。

27

“该死，我需要刮脸了。”德金说。他把抽剩下的烟头扔进喝剩下的咖啡，用一只手抚摸面颊，感受胡茬的长度。“我需要刮脸，我需要冲澡，我需要喝一杯。未必非得是这个顺序。我发了你那个哥伦比亚小子的全境通缉令。奥克塔维奥·伊格纳西奥·卡尔德伦–拉巴拉，名字比他人都长。我查过停尸房，冷柜里没这个人，至少现在还没有。”

他拉开办公桌最顶上的抽屉，取出铁皮梳妆镜和充电剃须器。他把梳妆镜靠在空咖啡杯上，把脸摆在镜子前，开始刮脸。他在剃须器的嗡嗡声中说：“我没在她的案卷里找到有关戒指的内容。”

“介意我看一眼吗？”

“随便看。”

我浏览物品归档清单，但心里知道戒指不在其中。然后我查看命案现场的照片，尽量只看她的双手。我仔细查看每一张照片，但没有在任何一张里找到能证明她戴着戒指的蛛丝马迹。

我把这些话说给德金听。他关掉剃须器，伸手拿起照片，一丝不苟地仔细查看一遍。“有几张照片里都看不清她的手。”他抱怨道，“嗯，那只手上肯定没有戒指。那是哪只手，左手？左手没戒指。你看这张快照，对，那只手上肯定没有戒指。等一等。妈的，这张还是左手。这张看不清楚。很好，有了。这张绝对是右手，上面也没有戒指。”他整理照片的样子像是在收拾扑克准备发牌。“没有戒指，”他说，“能证明什么？”

“我见到她的时候她戴着戒指，两次都是。”

“然后？”

“然后戒指不见了。不在她的公寓里。她的珠宝盒里有一枚戒指，高中毕业戒指，但不是我记忆中她戴的那一枚。”

“也许你的记忆出错了。”

我摇摇头：“毕业戒指上连宝石都没镶。我来这儿之前先去了一趟她家，就是为了证实我没记错。那是那种傻乎乎的班级纪念品，上面刻了太多文字，肯定不是她戴的那一枚。她不可能戴这枚戒指，它配不上貂皮夹克和酒红色的指甲油。”

这么说的人不止我一个。碎玻璃给我带来神启之后，我直接去了金的公寓，然后用她的电话打给唐娜·坎皮昂。“是我，马特·斯卡德，”我说，“我知道现在很晚了，但我想问你一下你那首诗里的一句。”

她说：“哪一句？什么诗？”

“你写金的那首诗。你给了我一份。”

“哦，对。稍等一下可以吗？我还没醒过来呢。”

“对不起，不该这么晚打给你的，但是——”

“没关系。你说的是哪句诗？”

“摔碎酒瓶在她脚下，让绿色的玻璃在她手上闪耀。”

“‘闪耀’用得不对。”

“诗就摆在我面前，上面写——”

“哦，我知道我是怎么写的，”她说，“但用得不对，我觉得必须换掉才行。这句诗怎么了？”

“‘绿色的玻璃’是从哪儿来的？”

“摔碎的酒瓶呗。”

“她手上为什么会有绿色的玻璃？指的是什么？”

“哦，”她说，“哦，我明白你的意思了。她的戒指。”

“她有一枚镶祖母绿的戒指，对吧？”

“没错。”

“她得到这枚戒指多久了？”

“不知道，”她想了想，“第一次见到它后不久，我写了这首诗。”

“你确定？”

“至少那是我第一次注意到它。事实上，它给了我写诗的切入点。她眼睛的蓝色和戒指的绿色形成对比，但等我真的动笔写时，却丢掉了蓝色。”

第一次给我看这首诗的时候，她说过这方面的事情。当时我不明白她在说什么。

她无法确定那是什么时候。她在这首诗的各个版本之间改来改去花了多久？从金遇害前的一个月开始的？两个月？

“我不确定，”她说，“我很难把事情和时间对应起来。我对回顾往事不感兴趣。”

“但她有一枚镶绿色宝石的戒指。”

“嗯，对。我到现在都记得很清楚。”

“你知道戒指是从哪儿来的吗？谁送给她的？”

“我完全不知道，”她说，“也许——”

“怎么？”

“也许她摔碎了一个酒瓶。”

此刻我对德金说：“金的一个朋友写了首诗，里面提到那枚戒指，桑妮·亨德莱克斯的遗书里也提到了。”我取出笔记本翻开，读道，“‘她没法跳下旋转木马。她抓住了铜戒指，手指被染成绿色。没人会给我买祖母绿。’”

他接过我的笔记本。“我猜她指的是达吉南，”他说，“后面还有。‘没人会和我生小孩，没人会拯救我的生命。’达吉南没有怀孕，亨德莱克斯也没有，生小孩到底在说什么？而且她们两个的生命也没被拯救。”他啪的一声合上笔记本，隔着桌子还给我。“我不知道你靠这些能摸到哪儿去，”他说，“看着不像什么靠得住的证据。天晓得亨德莱克斯是怎么写下这些话的。也许是在烈酒和药片开始起效之后，谁知道这些词儿都是从哪儿来的？”

我们背后，两个便衣警察把一个白种年轻人关进拘留室。隔着一张办公桌的地方，一个阴郁的黑种女人在回答问题。我拿起那一摞照片里最上面的一张，望着金·达吉南被开膛破肚的身躯。德金启动剃须器，继续刮脸。

“我不明白的是你以为你查到了什么。”他说，“你认为她有个男朋友，男朋友送了她那枚戒指。没问题。你还认为她有个男朋友，他送了她那件毛皮夹克，你追查下去，看起来你似乎没猜错，但衣服无法领你找到那个男朋友，因为他买衣服的时候没留下名字。那件毛皮夹克就在我们手上，你通过它也查不到他是谁，但我们都知道那枚戒指不见了，你又凭什么去追查他呢？明白我的意思吗？”

“明白。”

“夏洛克·福尔摩斯有一篇什么不叫的狗，很好，咱们有一枚不知去向的戒指，这能证明什么呢？”

“它不见了。”

“对。”

“它去了哪儿呢？”

“和浴缸垢环去的同一个地方，他妈的下水道。我怎么知道它去了哪儿。”

“它消失了。”

“所以？要么是它自己走出去，要么是被人拿走了。”

“被谁？”

“我怎么知道是谁？”

“假设她戴着戒指去了她遇害的酒店。”

“这个没人说得清。”

“先这么假设，可以吧？”

“行，你继续。”

“谁拿走的呢？某个警察从她手指上顺走了？”

“不可能，”他说，“没人会这么做。有人会拿没人要的现金，这个咱们都知道，但凶杀案受害者手指上的戒指？”他摇摇头，“再说也没人单独和尸体在一起。要是旁边有人看着，谁都不可能做出这种事。”

“清洁女工呢？发现尸体的那位？”

“天哪，不可能。我盘问过那个可怜的女人，她看了一眼尸体就开始尖叫，要是她现在还剩下一口气，多半还在尖叫。你都没法逼她走到近处，拿着扫把去碰达吉南的尸体。”

“那戒指是谁拿走的呢？”

“假如她戴着戒指去了那儿——”

“对。”

“那就是凶手拿走的。”

“为什么？”

“也许他对珠宝有怪癖，也许他最喜欢的颜色是绿色。”

“继续说。”

“也许戒指很值钱。一个疯子跑来跑去杀人，他的道德恐怕好不到哪儿去。他未必会觉得偷东西有什么大不了的。”

“乔，他没碰她包里的几百块现金。”

“也许他没时间翻她的包。”

“胡说什么，他连洗澡的时间都有，肯定有时间翻她的包。事实上，我们不知道他有没有翻她的包，我们只知道他没拿钱。”

“所以？”

“但他拿走了戒指。他有时间拿起她血糊糊的手，从手指上取下戒指。”

“也许很容易就能摘下来，也许尺寸没那么适合。”

“他为什么要拿走？”

“想送给他妹妹。”

“还有更好的理由吗？”

“没有，”他说，“不行，该死，我找不到更好的理由。你有什么想法？他拿走戒指是因为通过戒指能查到他？”

“为什么不可能？”

“那他为什么不拿走毛皮夹克？我们很清楚那件衣服是某个男朋友买给她的，也许他没留下他的名字，但他怎么能确定他没说漏嘴而销售员没记住呢？老天在上，他拿走了洗澡的毛巾，他连一根阴毛都不肯留下，却没有拿走毛皮夹克。现在你又说他拿走了戒指。这枚戒指是从哪儿来的？天上掉下来的吗？为什么过去两周半我一次都没听说过它，今晚你却唠叨个没完？”

我一言不发。他拿起烟盒，递了一支给我。我摇摇头，他便自己咬住一支点上。他深吸一口气，吐出一根烟柱，然后用手摸脑袋，抚平本来就贴在头皮上的深色头发。

他说：“上面有可能刻了字，很多人喜欢在戒指内圈上刻字。‘给金，你的弗雷迪’，就是类似这种屁话。你觉得有可能吗？”

“我不知道。”

“你有什么推测吗？”

我想起丹尼男孩贝尔的话。假如这位男朋友能使唤一帮打手，交际广泛，他为什么不带着她到处炫耀呢？假如能使唤打手、交际广泛、叫我放聪明点的另有其人，这个人和那位男朋友又是什么关系呢？付现金买貂皮夹克送给她的会计模样的人是谁，为什么我在其他地方连他的一个影子都找不到呢？

还有，凶手为什么拿走戒指？

我的手伸进口袋。我的手指碰到枪身，感受金属的冰凉，手指滑到枪底下，摸到那一小块方形的碎玻璃，正是它启示我想到了这些。我从口袋里取出碎玻璃，盯着它看，德金问我那是什么。

“绿色的玻璃。”我说。

“就像那枚戒指。”

我点点头。他从我手中拿过那块碎玻璃，对着光看了看，然后扔回我的掌心。“我们不知道她有没有戴那枚戒指去酒店，”他提醒我，“我们只是为了讨论而假定如此。”

“我知道。”

“也许她把戒指留在公寓了，也许被别人从公寓拿走了。”

“谁？”

“男朋友呗。假设金不是他杀的，假设杀人的是个EDP，就像我一开始说的——”

“你还真的用上这个词了？”

“非用不可，上头要你怎么说你就必须怎么说，你也知道警局是怎么一回事。假设有个变态狂杀了她，男朋友担心被牵连进去，于是他跑到公寓去，他有钥匙，拿走了戒指。也许他还买过其他礼物给她，他一块儿全拿走了。他本来也想拿走毛皮夹克的，但那件衣服在酒店。比起凶手从她手指上摘掉戒指的说法，这套推测不也一样站得住脚吗？”

因为杀人的不是变态狂，我心想。因为变态杀人狂不会派伐木工夹克来逼我放手，也不会通过丹尼男孩贝尔传话给我；因为变态狂不会费神去考虑笔迹、指纹和毛巾。

除非他是开膛手杰克那种人，一个会精心策划和采取预防措施的变态狂。但实际上并不是，也不可能是，那枚戒指必定有重要意义。我把碎玻璃放回口袋里。它有某种深意，肯定有某种深意。

德金的电话响了。他拿起听筒，说“是我，乔·德金”和

“好，好，好”。他听了一会儿，时不时嘟囔一声表示知道了，用眼神指挥我跑腿，在记事簿上做笔记。

我走向咖啡机，去给两人倒咖啡。我不记得他喝咖啡的习惯了，但随即想到那台机器出来的咖啡有多糟糕，于是在两个杯子里都加了糖和奶。

我回到他的办公桌前，他还在打电话。他接过咖啡，点点头表示感谢，他喝了一口，又点了支烟配咖啡。我喝了几口咖啡，自顾自地翻看金的案卷，希望能找到什么线索，为我架起桥梁越过沟壑。我想到我和唐娜的对话。“闪耀”这个词有什么不对的？戒指戴在金的手上难道不会闪耀吗？我记得光照在戒指上时它如何闪闪发亮。还是说这段记忆是我捏造出来的，用来给我自己的推论添砖加瓦？我真的有一套什么推论吗？我认为有一枚戒指不翼而飞，但没有切实的证据能证明戒指真的存在。一首诗、一份遗书，还有我说翡翠城里有八百万个故事的那句话。是戒指触发了我的潜意识吗？还是我非常认同黄砖路上的那伙人，希望我能拥有大脑、心灵和勇气？

德金说：“对，真他妈讨厌。你别走，可以吗？我马上就来。”

他挂断电话，抬头看我。他的表情很古怪，自鸣得意里混着也许是怜悯的东西。

他说：“鲍哈顿汽车旅馆，你知道皇后大道和长岛高速路交叉的地方吗？过了路口就是。我不知道具体是哪儿，埃尔姆赫斯特还是雷戈公园。总之就在两条路交会的地方。”

“怎么了？”

“那是一家成人旅馆，有些房间有水床，用闭路电视放色情片。偷情的、做皮肉交易的喜欢去，房间两小时起租。碰到客流大的时候，一晚上房间能翻五六台，大部分客人付现金，他们可以藏下不报税。这种汽车旅馆非常挣钱。”

“你想说什么？”

“几小时前，有个人开车过去，要了个房间。怎么说呢，做这个行当，客人一走你就立刻整理房间。经理发现那辆车开走了，于是去查房。门上挂着‘请勿打扰’的牌子。他敲敲门，没人出来，他又敲敲门，还是没人。他打开门，你猜他看见了什么？”

我等着他说下去。

“接电话的是个叫莱尼·加菲因的警察，他立刻想到这个案子很像银河酒店的那一起。刚才打过来的就是他。等法医证据出来我们才能确定，刺入角度、伤口特征，等等，但听上去确实一模一样。凶手甚至冲了个澡，离开时带走了毛巾。”

“是——”

“是什么？”

不会是唐娜，我刚和她打过电话。弗兰、露比、玛丽露——

“是钱斯手下的女人吗？”

“妈的，”他说，“我怎么知道钱斯手下的女人都有谁？你以为我成天干什么，给皮条客建档案不成？”

“到底是谁？”

“不是任何人的女人。”他说，他碾灭烟头，正要再点一支烟，忽然改变主意，把烟塞回烟盒里。“不是女人。”他说。

“不是——”

“不是谁？”

“不是卡尔德伦吧？奥克塔维奥·卡尔德伦，酒店前台。”

他发出一声狂笑。“天哪，你长了个什么脑子，”他说，“看来你真的希望事情都符合逻辑。不，不是女人，也不是你要找的卡尔德伦。是个在长岛市站街的变性妓女。按照加菲因说的，还没做手术。意思是硅胶假奶子已经植入了，但还保留着男性生殖器官。听见了吗？男性生殖器官。我的天，什么世道啊。当然了，也许今晚就有人来给她做手术。也许行凶的是个外科医生，不过用的是大砍刀。”

我无从反应。我呆呆地坐在那儿。德金站起来，伸手按住我的肩膀：“楼下有车在等我，我要跑一趟，看看现场的情况，要不要一起去？”

28

尸体还在原处，手脚摊开地躺在特大号的床上。尸体失血过多，变得煞白，皮肤有古老瓷器的那种半透明质感。生殖器官被砍得几乎无法辨认，只有这东西能证明受害者是男性。面部特征是女性的，没有汗毛的光滑皮肤和乳房丰满的苗条身体也是女性的。

“她能骗得过你。”加菲因说，“你看，她已经做了初步的整形手术。胸部植入、喉结切除、削过颧骨。当然还有激素注射，能遏制胡须和体毛生长，保持皮肤光洁，具有女性特征。你看左胸的这个伤口，都能看见硅胶囊了。看见了吗？”

到处都是血迹，房间中弥漫着新鲜的死亡气息。不是隔了一段时间才发现的尸体的怪味，也不是腐烂分解的恶臭，而是屠宰场的可怖气味，是让你喉咙发紧的赤裸裸的鲜血气味。致密而温暖的空气压抑着我，我感到的更多是不堪忍受，而不是反胃。

“幸运的是我认出了她，”加菲因说，“所以我立刻知道她是妓女，于是我在脑子里把她和你的案子联系在了一起。乔，你那次也和这儿一样血腥吗？”

“一样的。”德金说。

我说：“你认出了她？”

“嗯，一眼认出。没多久以前，我还在长岛市的扫黄组做事。他们那儿还有人站街，同一个地方从四五十年前就有街头卖淫，但最近搬过去的中产阶级越来越多，把厂房改造成通层公寓楼，买下古老的褐砂石大宅，从寄宿公寓重新翻修成舒适的住宅。他们白天签了买房合同，搬进来后晚上一看周围环境，结果就不太高兴了，于是上面施压要我们清理街道。”他指着床上的死人说，“我逮捕过她，呃，至少三次了。”

“知道她叫什么吗？”

“你说的是哪个名字？她们都有不止一个名字。她的街头花名叫小饼干，我看见她的时候想到的就是这个名字。然后我打电话到五十街和弗农大街路口的分局，找人调出她的案卷。她自称萨拉，但她成人礼那时候记录的名字是马克·布劳施泰因。”

“她有过成人礼？”

“谁知道呢？又没有邀请我。但我想说的是她是个花卉公园[1]出身的犹太好姑娘。一个犹太好姑娘，曾经是个犹太好男孩。”

“萨拉·布劳施泰因，又名萨拉·布鲁，又名小饼干。注意到她的手脚了吗？对姑娘来说稍微大了点。这是辨认变性人的特征之一。当然了，也不是板上钉钉，到处都有大手大脚的姑娘和小手小脚的男孩。她能骗过你，对吧？”

我点点头。

---

1 花卉公园：纽约市内犹太人聚居区之一。

“她很快就要做剩下的手术了，很可能连时间都预约好了。法律规定，他们必须以女性身份生活一年，医保才会开始付账单。当然了，她们全都有医保，也全都有社会福利。她们一个晚上能接待十个甚至二十个嫖客，就在嫖客的车里，只做口交快餐，一发十块二十块，她们一个晚上能挣两百块，一周工作七天，收入全都免税，她们还有医保和社会福利，有孩子的能领贫困儿童补助金，有一半皮条客在领社保补助金。”

他和德金你来我往地聊了一阵。技术人员在我们周围忙活，测量各种东西，拍照，扑粉取指纹。我们出去站在旅馆停车场上，免得碍他们的事。

德金说：“你知道咱们撞上了什么，对吧？这他妈的是开膛手杰克啊。”

“我知道。”加菲因说。

“其他客人说了什么没有？她肯定弄出了不少响动。”

“开什么玩笑，这里都是来偷情的。‘我什么都没看见，我什么都没听见，我得走了。’就算她尖叫了几嗓子，在这么一个地方，人人都会以为那是找到了新办法取乐。前提是他们没忙着自己取乐，还有闲心思听别人的。”

“上次他登记入住中城区的高级酒店，打电话叫了个美艳的应召女郎。这次他挑了个站街女，开车带她去情人幽会的汽车旅馆，结果被鸡巴和卵蛋吓了一大跳？”

加菲因耸耸肩：“有可能。你知道吗？街头流莺有一半是穿女装的男人，有些地方还不止一半呢。”

“在西区码头区，比例比一半要多得多。”

“有所耳闻，”加菲因说，“你去问嫖客，他们有些人会承认他们更喜欢碰到男人。他们说男人更会口。当然了，他们可不是同性恋，明白吗？因为他们是被口的一方。”

“好吧，你觉得这个嫖客如何？”德金说。

“无论他知不知道，我都不认为他受到了什么影响。他反正干了他想干的事情。”

“你觉得他和她有过性交吗？”

“很难说，除非床单上有体液痕迹。凶手应该不是她今晚的第一个客人。”

“他冲了个澡？”

加菲因摊开双手耸耸肩。“天晓得，”他说，“经理说毛巾不见了。每次整理房间的时候，他们都会换两条浴巾和两条擦手巾，两条浴巾都不见了。”

“他在银河酒店也拿走了毛巾。”

“说不定被他带到这儿来了，这种垃圾地方谁能说得准？我是说，谁知道他们是不是每次都会按规定清理房间。冲澡也一样。前面一对儿退房后，他们都未必会刷浴缸。”

“也许你能找到些东西。”

“也许吧。”

“指纹，诸如此类的东西。你看见她的指甲缝里有皮肤吗？”

“没看见，但也许实验室那帮小子可以找到。”他下巴上有条肌肉动了动，“有句话我不得不说。谢天谢地，还好我不是法医或技师，当警察已经够艰难的了。”

“阿门。”德金说。

我说：“假如他在街边搭上她，也许有人见到她上车。”

"有几个弟兄已经在外面找目击证词了，也许能问出点线索来。假如有人见到了什么，假如他们还记得，假如他们愿意开口。"

"好多个假如。"德金说。

"这儿的经理肯定见过他，"我说，"他记得什么吗？"

"不太多。咱们再去找他聊聊。"

经理有着夜间工作者的菜黄脸色和血丝眼圈。他的呼吸间带着酒味，但他的言谈举止不像酒鬼，我猜他发现尸体后曾经借酒壮胆来着，可惜烈酒弄得他精神恍惚，一问三不知。"这儿是个体面的地方。"他坚持道。这个声明荒谬得过于可笑，没人愿意理会他。我猜他的意思是这儿不是每天都有人死于非命。

他从没见到小饼干。很可能是凶手的男人单独进来，填登记卡，付现金。这么做并不稀奇。女人在车里等，男人去前台登记，这算是标准流程。车没有停在办公室门口，因此男人登记时他没看见车。事实上他从头到尾都没见到凶手开什么车。

"你说你看见车不见了，"加菲因提醒他，"所以你才知道房间里没人了。"

"其实有人。我打开门，就——"

"你以为房间里没人，因为车开走了。既然你从头到尾都没见过它，又怎么知道它开走了呢？"

"因为停车位空了。每个房间前面都有一个停车位，停车位和房间一样有编号。我向外看，见到那个停车位空了，说明他的车开走了。"

"他们总把车停在相应的车位上？"

“他们应该这么停。”

“人们应该按规矩做的事情太多了。缴税，别在人行道上吐痰，只在路口穿马路。一个男人心急火燎要去操女人，他会在乎停车位上的号码？你肯定看见他的车了。”

“我——”

“你看了一眼，有可能是两眼，那辆车停在车位上。过一阵你再看一眼，发现车不在了，这时候你认为他们已经走了。难道不是这样吗？”

“应该是吧。”

“描述一下那辆车。”

“我没怎么仔细看。我之所以去看只是想确定它还在不在，没别的想法。”

“什么颜色？”

“深色。”

“了不起。双门还是四门？”

“我没注意。”

“新车？旧车？什么牌子？”

“款式挺新的，”他说，“美国车，不是进口的。至于牌子，我小时候觉得每辆车都不一样，现在所有的车都一个样。”

“他说得对。”德金说。

“除了AMC的车。”他说，“格兰林、领步者，一眼就能分清。其他车看上去都一样。”

“所以这辆车不是格兰林或领步者。”

“对。”

“是小轿车？两厢车？”

“我跟你说实话，”男人说，“我只看清了那是辆车，但卡片上写得清清楚楚，牌子、型号、车牌号码。”

“你说的是登记卡？”

“对。客人必须填写这些信息。”

登记卡就在桌上，上面盖着一张透明的醋酸薄膜，这是为了保护指纹，等待实验室的小子来处理。姓名：马丁·艾尔伯特·里科内。地址：吉尔福德路211号。城市：史密斯堡，阿肯色州。车辆品牌：雪佛兰。出厂年份：1980。型号：轿车。颜色：黑。车牌号码：LJK–914。签名：M. A. 里科内。

“看着像同一个人，”我对德金说，“但印刷体谁也说不准。”

“专家说得准，他们还能告诉你他使用大砍刀的手法是否相同。这家伙喜欢‘堡’，注意到了吗？印第安纳州韦恩堡，阿肯色州史密斯堡。”

“微妙的规律开始逐步显现。”加菲因说。

“里科内，”德金说，“肯定是意大利人。”

“M.A.里科内，听着像是发明无线电的那个人。”

“那是马可尼。”德金说。

“嗯，倒是很接近。这家伙是马卡罗尼。往帽子上插根羽毛，自称这是马卡罗尼。”

“往他屁眼里插羽毛吧。”德金说。

“也许他确实往小饼干屁眼里插了，也许插的不是羽毛。马丁·艾尔伯特·里科内，这个假名够花哨的。他上次用的是什么来着？”

“查尔斯·欧文·琼斯。”我说。

“哦，对，他喜欢中间名。这家伙够伶俐的，对吧？”

“非常伶俐。”

“伶俐人，特别伶俐的那些，无论说什么做什么都有另一层意思。比方说‘琼斯’是个俚语，指的是瘾头。你明白的，海洛因琼斯就是海洛因成瘾。一个毒虫说他有个一百块的琼斯，意思是说他的瘾头每天要他花那么多。”

“听你解释得这么清楚，我真是太荣幸了。”德金说。

“只是想帮上忙而已。”

“因为我才当了警察十四年而已，这辈子还没和有毒瘾的家伙打过交道。”

“所以你长大了嘴皮子就特别利索。”加菲因说。

“车牌号码查到了什么吗？”

“和姓名、地址一样，查不到什么。我打给了阿肯色州车管所，纯属浪费时间。来了这种地方，连守法市民都会留个假号码。他们填卡片的时候车又没停在门口，所以这位老兄没法核对。当然了，他本来也不会去核对，对吧？”

“法律又没规定我必须核对。”男人说。

“名字也都是假名。真有意思，这位朋友在银河酒店用‘琼斯’，在这儿用‘里科内’。这儿肯定有许许多多琼斯，还有更常见的史密斯和布朗。你这儿有很多史密斯吧？”

“法律没规定我必须核对证件。”男人说。

“还有结婚戒指，对吧？”

“还有结婚戒指和结婚证书，还有其他一切。都是两相情愿的成年人，去他妈的，和我有什么关系？”

“也许里科内在意大利语里有什么意思。”加菲因猜测道。

“这下你在动脑子了。”德金说。他问经理有没有意大利语词典。男人瞪着他，十分困惑。“这儿算什么汽车旅馆？”他摇头道，“恐怕连《基甸圣经》都没有。”

“大多数房间里有。”

“我的天，真的？摆在能放色情片的电视机旁边吗？还是更贴心一点，就紧挨着水床？”

“有水床的房间就两个，”可怜的倒霉蛋说，“水床要另外收费的。”

“还好咱们这位里科内先生是个小气鬼，”加菲因说，“否则小饼干会被淹死的。”

“跟我说说这个人，”德金说，“再形容一下他。”

“我说过了——”

“你还得说很多遍呢。他多高？”

“很高。”

“和我一样高？比我矮？比我高？”

“我——”

“他穿什么？戴帽子吗？打领带吗？”

“我想不起来。”

“他从大门进来，问你要房间，然后他填了登记卡，付现金。顺便问一句，那样一个房间你收多少钱？”

“二十八块。”

“挺挣钱嘛。色情电影另外收费，对吧？”

“那是投币的。”

“真方便。二十八块算是公道，要是一个晚上能翻几次台，你就能小挣一笔。他怎么付钱的？”

“我说过了，现金。”

“我是说什么样的钞票？多大的面额，总不会是两张十五块吧？”

“两张——”

“他给你一张二十一张十？”

“我记得是两张二十。”

“然后你找给他十二块？等一等，还没算税呢，对吧？”

“算上税是二十九块零四毛。”

“他给你四十块，你找零给他。”

他想起来了什么。“他给我两张二十和四毛零钱，”男人说，“我找给他一张十块和一张一块。”

“你看？你这就想起来这笔生意了。”

“嗯，对，算是吧。”

“现在说说他的长相。白人？”

“嗯，当然，白人。”

“胖？瘦？”

“瘦，但不是干瘦，是比较瘦。”

“留胡子吗？”

“不留。”

“小胡子呢？”

“有可能，我记不清了。”

“但他身上肯定有某些东西留在了你的记忆里。”

“什么东西？”

“我们想知道的就是这个，老弟。他们怎么称呼你？老弟？”

“大多数时候是老兄。”

“行啊，老兄。你答得挺好。他是什么头发？”

“我没注意他的头发。”

“你当然注意了。他写字的时候低头弯腰，你看见他的脑袋顶上，想起来了？”

“我想不——”

“长满头发了吗？”

“我不记——”

“他们会叫个画师坐在这个经理旁边，”德金说，“他总会画出点什么来。有朝一日等那个该死的变态佬开膛手踩在自己鸡巴上滑倒，他出门的时候被我们逮个正着，他和警方画师的素描像有多像，我和该死的萨拉·布劳施泰因就有多像。她看着像个女人，对吧？”

“她看着更像个死人。”

“我知道。肉店橱窗里的死肉。”我们坐在他的车里，驶过皇后区大桥的坑洼路面。天空已经开始破晓，这会儿我已经累过劲了，情绪的参差边缘危险地迫近表面。我能感觉到自己有多么脆弱，哪怕是一点小事也能促使我流泪或狂笑。

“你会忍不住琢磨那是什么感觉。”他说。

“什么？”

“在某处搭上一个长成那样的女人，可能是在街头或酒吧，无所谓。然后你带她去某个地方，她脱掉衣服，你大吃一惊。我是说，你会有什么反应？”

“不知道。”

“当然了，假如她已经做过手术，你可以尽情搞她，永远不知道真相。我不觉得她的手特别大。世上有手大的女人，也有手小的男人，都很正常。”

“嗯哼。”

“说到她的手，她戴着两枚戒指，你注意到了吗？”

“注意到了。”

“一只手一枚，还戴在手上。”

“所以？”

“所以他没有拿走戒指。”

“他为什么要拿走她的戒指？”

“你不是说他拿走了达吉南的戒指吗？”

我无言以对。

他轻声说：“马特，你不会还认为达吉南被杀有什么原因吧？”

我觉得怒火在我内心淤积，像血管里的动脉瘤似的膨胀。我坐在那儿，企图用意志力灭火。

“另外，别再跟我说毛巾不毛巾的了。他是个开膛手，他是个机灵的变态狂，会制订计划，坚守他自己的规则。他不是世上第一个这种货色。”

“有人逼我放弃案子，乔。有人非常专业地逼我放弃这个案子。”

“所以？一个变态佬杀了她，但她的生活中还有其他秘密，她的某些朋友不希望那些事见光。也许她有个已婚的男朋友——就像你猜的那样——就算她死于他妈的猩红热，他也还是不喜欢你在她尸体上摸来摸去。”

我给我自己念了一遍米兰达警告。“你有权保持沉默。”我对自己说，然后行使了这项权利。

“除非你认为达吉南和布劳施泰因有什么联系。比方说，她们是失散多年的姐妹。不好意思，兄妹。也可能他们是兄弟，达吉南的手术几年前就做好了。她的个子对女性来说太高了，你说呢？”

“也许小饼干是个烟幕弹。”我说。

“怎么说？”

尽管不愿意，但我还是说了下去。“也许凶手杀她是为了转移视线，”我说，“让案件看起来像是一系列随机选择受害者的杀人案，用来掩盖他杀死达吉南的动机。”

“为了转移视线。老天在上，什么视线？”

“不知道。”

“他妈的根本没人在乎，但现在有了。他妈的最能让媒体兴奋的就是一系列随机杀人案。读者胃口大开，恨不得浇在燕麦片上吃。只要能给他们一丁点机会，跟原先的开膛手杰克扯上关系，那些编辑就会高兴得发疯。你说什么视线？这下子视线多得都能烤焦他屁股了。”

“看来是的。”

“斯卡德，你知道你是怎么一回事吗？你太顽固了。”

“也许。”

“你的问题是你在当私家侦探，一次只办一起案件。但我桌上的烂事堆积如山，要是能放手扔掉一两个，我高兴还来不及呢。而对你来说恰好相反，只要你能做到，就恨不得永远抱着这起案子不放手。”

“是这样吗？”

“我不知道，反正看着像。”他一只手松开方向盘，拍拍我的胳膊，“我不是存心跟你过不去，”他说，“我看见这样的案子，一个人被开膛破肚弄成这样，我想方设法盖上盖子捂住，但情绪会从其他方向冒出来。你的案子查得很好。”

“是吗？”

“毫无疑问，我们遗漏了不少细节，你查到的某些东西也许能帮我们省点事，早日抓住那个变态佬。谁知道呢？”

我反正不知道。这会儿我只知道我有多么疲惫。

他陷入沉默。我们驶过城市，他在我住的旅馆门口刹车，说：“加菲因怎么说的来着？里科内在意大利语里也许有什么意思。”

“查起来肯定不难。”

“嗯，当然不难。事情要是都这么容易查就好了。唉，我们会查的，知道我们会查到什么吗？结果这个词的意思就是琼斯。”

我上楼回房间，脱衣服上床。十分钟后，我又爬了起来。我觉得身上不干净，头皮发痒。我用热得发烫的热水冲澡，把身体擦得生疼。我走出淋浴房，对自己说上床前刮脸不合逻辑，然后还是涂上泡沫刮脸了。做完这些，我穿上浴袍，呆坐在床沿上，然后换位置到椅子上。

医生叫我别饿着自己，别动怒，别太孤独，也别太累。四个因素都有可能让你失去平衡，倒向烈酒的怀抱。我觉得四垒我全都跑了一遍，一天一夜之间我在这个罗盘上转了一圈，但说来奇怪，我却没有感觉到要喝一杯的欲望。

我从外套口袋里掏出手枪，正要放回抽屉里，忽然改变了主意，我坐回椅子上，翻来覆去把玩那把枪。

我上次开枪是什么时候？

我根本不需要认真回忆。就是那天晚上在华盛顿高地，我追赶两名劫匪跑到街上，朝他们开枪，结果打死了一个小女孩。事件发生后我还在警队里待了一段时间，但再也没得到机会掏出佩枪，更别说开枪了。离开警队后我就更没开过枪了。

今晚我无法让自己开枪。因为有某些因素提醒我，我瞄准的那辆车里是几个喝醉酒的小子而不是刺客？因为某些微妙的直觉让我等待，先确定我在瞄准什么再开枪？

不。我无法强迫自己相信这些。

我只是僵住了。就算我见到的不是拿酒瓶的年轻人，而是端着机关枪的匪徒，我也还是一样无法扣动扳机。我的手指失去了行动能力。

我打开枪膛，从弹仓里抖出子弹，然后重新合上。我用空枪瞄准房间另一头的垃圾篓，扣动了几次扳机。在我狭小的房间里，击铁落在空弹仓上的咔咔声出奇地响亮和尖厉。

我瞄准梳妆台上的镜子。咔嗒！

什么都证明不了。枪是空的，我知道它没装子弹。我可以拿着枪去靶场，装上子弹，对着目标射击，但同样什么都证明不了。

我没法开枪，这让我感到苦恼。但另一方面，事情如此发展也让我感到庆幸，否则我就会把枪里的子弹倾泻在那一车年轻人身上，很可能会杀死其中一两个，这对我的心理状态会造成什么影响呢？尽管筋疲力尽，我还是和这个难题搏斗了几轮。我很高兴我没朝任何人开枪，但无法开枪的意义又让我恐惧，我的脑子就这么转了一圈又一圈，追逐自己的尾巴。

我脱掉睡袍躺下，却无法放松。我重新穿上外出的衣服，用指甲刀的尾巴当螺丝刀，拆开左轮手枪开始清洁。我把手枪零件装进一个口袋，再把四颗没用过的子弹和我从劫匪那儿抢来的两把刀装进另一个口袋。

外面已经是早晨，天色大亮。我走到第九大道，拐弯走向五十八街，我把两把刀塞进下水道的格栅。我穿过马路，来到另一个格栅前，双手插在口袋里站在它旁边，我一只手拿着四颗子弹，另一只手抚摸被我拆开的手枪的零件。

既然没法开枪，你又何必带枪呢？既然没法带枪，又何必留着呢？

回旅馆的路上，我拐进一家熟食店。我前面的顾客买了两件六瓶装的老英国800麦芽酒。我拿了四板花生糖，路上吃掉一板，回到房间吃完剩下三板。然后我掏出口袋里的手枪零件，重新装配好。我填满六个弹仓里的四个，把枪放进梳妆台抽屉。

我上床，对自己说，无论睡不睡得着，你都给我好好躺着。正在嘲笑这个念头的时候，我感觉到意识开始模糊。

29

电话铃吵醒了我。我奋力爬出梦乡，就像潜泳者浮上水面换气。我坐起来，使劲眨眼，努力控制住呼吸。电话铃还在响，我不知道是什么东西在制造该死的噪声。然后我反应了过来，接起电话。

是钱斯。“刚看见报纸，”他说，“你怎么看？还是杀死金的那个男人？”

“给我一分钟。”我说。

“你在睡觉？”

“已经醒了。”

“所以你不知道我在说什么。又发生了一起凶案，这次在皇后区，一个变性站街女被切成肉块。”

“我知道。”

“你不是在睡觉吗，怎么会知道？”

“昨晚我去过那儿。”

“去过皇后区？”

他听上去吃了一惊。“我去了皇后大道，”我对他说，“和两个警察在一起。就是同一个凶手。”

“你确定？”

“我去的时候法医学证据还没整理出来，不过我很确定，就是他。”

他思考片刻。“所以金只是不走运，”他说，“在错误的时间出现在了错误的地点。”

“也许。”

“只是也许？”

我从床头柜上拿起手表，都快中午了。

“有些地方对不上，”我说，“至少在我看来对不上。昨晚有个警察说我的问题是太固执，我只有一个案子，所以不愿意放手。”

“所以？”

“他或许说得对，但有些地方还是对不上。金的戒指去哪儿了？”

“什么戒指？”

“她有一枚镶祖母绿的戒指。”

“戒指，”他说，想了一会儿，“金有这么一枚戒指吗？好像确实有。”

“去哪儿了？”

“不在她的珠宝盒里？”

“珠宝盒里只有她的毕业戒指，来自她家乡的高中。”

“嗯，对。我记得你说的那枚戒指，很大的祖母绿，是生日宝石戒指，诸如此类的。”

“从哪儿来的？”

“我猜是糖果盒子里的赠品。她好像说过是她自己买的。哥们儿，那东西不值钱。一块绿玻璃而已。”

摔碎酒瓶在她脚下。

“不是祖母绿？”

“开什么玩笑，哥们儿？你知道祖母绿有多值钱吗？”

“不知道。”

“比钻石还贵。那枚戒指有什么重要的？”

“也许并不重要。”

“你接下来做什么？”

“不知道，”我说，“假如杀死金的是个随机挑选受害者的变态狂，那我也不知道有什么事情是我能比警察做得更好的。但另一方面，有人不想让我查这个案子，一个酒店前台被恐吓得离开了纽约，再加上一枚失踪的戒指。”

“也许没有任何意义。”

“也许。”

“桑妮的遗书里好像说到戒指把什么人的手指染成了绿色？也许那是个便宜货，染绿了金的手指，她随手就扔掉了。”

“我不认为桑妮是这个意思。”

“那她是什么意思？”

“我也不知道，”我深吸一口气，“我想把小饼干布鲁和金·达吉南联系在一起，”我说，“我希望能做到这个。假如我能成功，应该就能找到杀死她们两个人的凶手了。”

“也许吧。你明天去参加桑妮的追悼会吗？”

“我会去的。”

“那就到时候见吧，结束后咱们可以谈一谈。”

“好。”

“是啊，”他说，“金和小饼干，她们能有什么共同之处呢？”

“金不是也站过一段时间的街吗？她在长岛市当街拉客被抓过一次，对吧？”

“几年前了。”

“她有过一个叫达菲的皮条客，对吧？小饼干有皮条客吗？”

“可能有，有些站街女有。但据我所知，大多数没有。也许我可以打听一下。”

“最好打听一下。”

“我几个月没见过达菲了，好像听说他死了。我也可以打听一下，但我很难想象，金这样的姑娘和一个长岛来的犹太皇后能有什么共同之处。”

一个犹太皇后和一个奶品皇后，我心想，随即想到唐娜。

“也许她们是姐妹。”我说。

“姐妹？”

“骨子里。”

我想吃早饭，但等我走到街上，首先买的却是一份报纸，我立刻发现这东西不太适合配培根和煎蛋吃。《酒店开膛手出现第二名受害者》，头版头条欢快地宣布道。底下用黑体大字印着，变性妓女在皇后区被大卸八块。

我叠起报纸，夹在胳膊底下。我不知道我该先干什么，读报还是吃东西，但我的脚替我做出决定——两条路都不是首要选择。我走了两个街区，才意识到我在去西六十三街的青年会的路上，等我走到那儿，刚好能赶上十二点半的那场聚会。

去他妈的，我心想。他们的咖啡和其他地方的一样好。

一小时后我离开青年会，在百老汇大街路口的一家希腊小馆子吃早饭。我边吃东西边读报。这会儿用报纸配早饭对我来说好像没什么大不了了。

报道里没多少我不知道的事情。文章称受害者住在东村，而我不知为何觉得她住在河对岸的皇后区。加菲因提到过花卉公园，那儿就在城界外的拿骚县，是她的故乡。《邮报》称她父母几年前死于空难。马克/萨拉/小饼干唯一在世的亲属是兄长艾德里安·布劳施泰因，他是一名珠宝批发商，家住皇后区的森林山，办公室开在西四十七街上。他目前不在国内，尚未得知他弟弟的死讯。

他弟弟的死讯？还是他妹妹的？一名亲属会如何描述变性的亲人？一位备受尊重的商人会如何看待变成妹妹的弟弟，而这个妹妹又在陌生人的车里满足嫖客的性欲？小饼干布鲁的死亡对艾德里安·布劳施泰因来说意味着什么？

对我来说又意味着什么？

每个人的死亡都在减损我，因为我和全人类息息相关。每个男人的死亡，每个女人的死亡，两者之间的任何死亡。但死亡减损了我吗？我真的和他们息息相关吗？

我还能感觉到点三二的扳机在我手指底下颤抖。

我又要了一杯咖啡，开始看另一篇报道，说一名年轻士兵休假回家，在布朗克斯的一片空地上和一伙人打棒球。一把枪不小心滑出一名观众的口袋，掉在地上走火，流弹打中年轻士兵，他当场身亡。这篇报道我读了两遍，坐在那儿边看边摇头。

又是一种死法。我的天，死法还真有八百万种，你说对不对？

晚上八点四十，苏活区王子街，我走进一所教堂的地下室。我给自己倒了一杯咖啡，找座位的时候，我扫视房间，看简在不在。她在右手边靠近前排的地方。我坐在后排，靠近咖啡壶。

说话的是个三十来岁的女人，她酗酒十年，最后三年在包厘街度过，靠乞讨和擦车窗搞点小钱买酒喝。“哪怕在包厘街，”她说，“也有人知道怎么照顾自己。有些男人总是随身携带剃刀和肥皂，我却直接落向了另一头，成了不刮脸不洗澡不换衣服的那种人。我的脑袋里有个微弱的声音在说：‘丽塔，你就应该待在这种地方。’”

休息时间，简走向咖啡壶，我和她打招呼。她似乎很高兴见到我。“我刚好在附近，”我解释道，“也刚好到了聚会时间，我就觉得说不定会在这儿见到你。”

“对，这是我最常来的地方，”她说，“散会后咱们去喝杯咖啡？”

“好的。”

西百老汇大街的一家咖啡馆里，我们十几个人围坐在两张桌子四周。我没有认真地参与交谈，也没怎么认真听。最后侍者算出每个人该付多少。简付她那份，我付我那份，我和她走向下城区她的住处。

我说："我不是刚好来这附近的。"

"我真是大吃一惊。"

"我想找你谈谈。不知道你有没有读今天的报纸——"

"皇后区的杀人案？我读了。"

"我就在现场。我非常难受，我觉得需要找个人谈一谈。"

我们上楼来到她的公寓里，她煮了一壶咖啡。我坐下，面前摆着一杯咖啡，等我说完停下，拿起来喝了一口，发现咖啡已经凉了。我把到目前的所有情况都告诉了她，包括金的毛皮夹克，包括喝醉酒的年轻人和摔碎的酒瓶，包括我去皇后区的那一趟和我们发现了什么。我还告诉她今天下午我做了什么，我搭地铁过河，在长岛市兜了一圈，回来后我去了东村，在小饼干布鲁住的公寓楼里敲门问话，然后去曼哈顿岛，在克里斯托弗街和西街前前后后的同性恋酒吧问话。

后来我看着时间差不多了，就给乔·德金打了个电话，打听实验室查出的结果。

"就是同一个凶手，"我对简说，"使用了相同的凶器。他个子比较高，右利手，很有力气，大砍刀——或者是他使用的天晓得什么凶器——磨得非常锋利。"

电话打到阿肯色州却一无所获。不出所料，史密斯堡的地址是假的，车牌号码属于一辆橙色大众轿车，车主是费耶特维尔市的一名卫校教师。

"而且她只在星期天开车。"简说。

"诸如此类的。阿肯色州的这些东西全是他捏造的，和印第安纳州韦恩堡一样。但车牌号码是真的，或者说离真的只差一点。有人想到去查失窃车辆目录，小饼干被杀前仅仅几个小时，杰克逊高地有一辆海军蓝的雪佛兰黑斑羚被盗。车牌号码和他用来登记的几乎相同，只颠倒了两位数字，当然了，那是个纽约车牌，而不是阿肯色州的。

“这辆车符合汽车旅馆人员的描述。小饼干被勾搭走的时候，附近还有几个站街的妓女，车也符合她们的描述。她们说有这么一辆轿车慢悠悠地兜了好一阵，最后车里的男人终于下定决心，搭上了小饼干。”

“车还没找到，但不等于车依然在他手上。失窃车辆被扔下后有可能会过了很久才出现。有时候偷车贼把车留在禁止停车的区域，结果被交警拖到扣车场去了。这种事不该发生，经办人员应该根据失窃车辆目录对比要拖的车，但应该做和实际上是两码事。反正也不重要。最后警察会发现凶手杀完小饼干后二十分钟就扔掉了那辆车，顺便擦干净了所有指纹。”

“马特，你就不能放手吗？”

“放手什么？这整件事？”

她点点头：“接下来完全是警务程序了，对吧？筛查证据，核实所有细节。”

“应该是吧。”

“他们不太可能把这起案子塞进箱子里再也不管，现在的情况和只有金一个死者的时候不一样了。就算他们想把案子塞进箱子里，报纸也不会答应的。”

“这倒是真的。”

“所以你还有什么理由非要往里挤吗？你已经很对得起委托人付你的钱了。”

“是吗？”

“不是吗？我觉得那点钱让你费的力气比他多得多。”

“你说得有道理。”

“所以你为什么不放手？有什么事情是你能做而整个警队做不到的？”

我努力思考这个问题。过了好一会儿，我说：“肯定有什么联系。”

“什么联系？”

“金和小饼干之间。真该死，否则就说不通了。变态杀人狂作案永远有规律，哪怕这个规律只存在于他的脑袋里。金和小饼干长得不像，过着不同的生活。老天在上，两个人连性别都不一样。金靠公寓里的电话联系工作，有皮条客罩着。小饼干是个变性站街女，在嫖客的车里满足他们，她不受任何保护。钱斯正在仔细核查，看她有没有一个无人知晓的皮条客，但看起来不像有。”

我喝了一口冷咖啡。“凶手选择小饼干的时候，”我继续说，“他不慌不忙，他在街上来回兜圈，他要确定他找到的是小饼干，而不是其他什么人。联系在哪儿？不是形象的问题。小饼干和金的外在形象完全不同。”

“是她私人生活中的某种因素？”

“有可能。她的私人生活很难查证。她住在东村，去长岛市卖身，我在西区的同性恋酒吧里找不到认识她的人。她没有皮条客，也没有情人。她在东第五街的邻居根本不知道她是妓女，怀疑她不是女人的人寥寥无几。她唯一的家人是哥哥，而他甚至不知道她死了。”

我继续说下去。里科内不是一个意大利单词，就算是名字，也相当不寻常。我查过曼哈顿和皇后区的电话号码簿，只找到一个姓里科内的。

我的咖啡喝完了，她又为我们煮了一壶，我们静悄悄地坐了几分钟，谁也不说话。然后我说："谢谢。"

"谢什么，咖啡？"

"谢谢你肯听我说，现在我觉得好些了。我必须说出来，否则就会钻牛角尖。"

"交谈总是很有用。"

"应该是吧。"

"你在戒酒会活动中从不开口，对吧？"

"我的天，我可不能跟他们说这些。"

"用不着说这么详细，但你可以说说你经历了什么和从中得到的感受。马特，这么做对你的帮助比你想象中还要大。"

"我不认为我能做到。妈的，我都没法说我是个酒鬼。'我叫马特，我无话可说。'这种话我打个电话就能说了。"

"也许会改变的。"

"也许吧。"

"马特，你滴酒不沾多久了？"

我回想了一下："八天。"

"天，真是了不起。你笑什么？"

"笑我发现的一件事。每次一个人问另一个人滴酒不沾多久了，无论答案是多久，问话的人都要说：'天，真是了不起。太厉害了。'假如我说的不是八天，而是八年，反应也还是一样的。'天，真棒，真了不起。'"

"呃，但确实了不起。"

“大概吧。”

“了不起的地方是你滴酒不沾。八年很了不起，但八天同样了不起。”

“嗯哼。”

“怎么了？”

“没什么。明天下午是桑妮的葬礼。”

“你会去吗？”

“我答应过要去了。”

“你担心吗？”

“担心是什么意思？”

“紧张，焦虑。”

“我不知道。总之并不向往。”我望着她的灰色大眼睛，随即转开视线。“八天是我目前坚持得最久的一次，”我漫不经心地说，“上次我也坚持了八天，然后就开戒了。”

“但不等于你明天也会开戒。”

“唉，妈的，我知道。明天我不会开戒的。”

“带个人和你一起去。”

“什么意思？”

“去参加葬礼。找个和你一起戒酒的伙伴陪你去。”

“我怎么能找人陪我做这种事？”

“当然能。”

“找谁呢？没有谁和我熟到我能开口的地步。”

“你和一个人要熟到什么程度，才能在葬礼上坐在他旁边？”

“嗯。”

“嗯什么？”

“你愿意吗？算了，我可不想让你去受煎熬。”

“我愿意。”

“真的？”

“有什么不行的？当然了，我看上去肯定很拿不出手，尤其是坐在那些漂亮的妓女旁边。”

“天，我不这么认为。”

“是吗？”

“嗯，我根本没有这种念头。”

我用手指抬起她的下巴，用嘴唇品尝她的嘴唇。我爱抚她的头发，她深色的头发里夹杂着灰发，是和她眼睛相配的灰色。

她说：“我就害怕会发生这种事，但另一方面我也害怕不会发生。”

“现在呢？”

“现在我就只剩下害怕了。”

“要我离开吗？”

“要你离开吗？不，我不要你离开，我要你再吻我一次。”

我又吻她。她搂住我，拉近我，我隔着两个人的衣服感觉到她温暖的身体。

“唉，亲爱的。”她说。

事后，我躺在她床上，听着自己的心跳，有一瞬间觉得孤独和凄凉得无以复加。我觉得我掀开了无底深井的盖子。我伸出手放在她的腰窝上，肉体接触斩断了这条思绪。

“哈啰。”我说。

“哈啰。”

“你在想什么？”

她哈哈一笑：“不是什么浪漫的事情。我在琢磨我的担保人会怎么说。”

“你必须告诉她吗？”

“没什么事情是必须做的，但我肯定会告诉她。‘哦，顺便说一句，我和一个滴酒不沾八天的男人上床了。’”

“这是不可饶恕的大罪，对吧？”

“肯定不是好事。”

“她会怎么惩罚你？抄六遍《玫瑰经》？”

她又哈哈一笑。她的笑声很好听，饱满而热忱。我一向喜欢听她笑。

“她会说：‘唉，至少你没喝酒。这是最重要的。’然后她会说：‘希望你得到了乐趣。’”

“得到了吗？”

“乐趣？”

“嗯。”

“妈的，当然没有。我假装高潮来着。”

“两次都是？”

“你自己想。”她贴近我，手放在我胸口上，“你会留下来过夜的，对吧？”

“你的担保人会怎么说？”

“多半会说要找死就干脆彻底一点。哦，妈的，我险些忘了。”

“你去哪儿？”

“打个电话。”

“你真要打给你的担保人？”

她摇摇头。她穿上睡袍，打开小地址簿翻看。她拨出一个号码，说：“嗨，是我，简。你还没睡觉吧？嗯，我知道我问得很突然，但‘里科内’（Ricone）这个词对你来说有什么意义吗？”她拼给对方听。“我觉得也许是脏话什么的。嗯哼。”她听了一会儿，又说，“不，没有的事。我在做西西里语的纵横字谜，就这样。晚上睡不着的消遣。你看，一个人读《圣经》时毕竟会有读不下去的时候。”

她结束对话，挂断电话，说：“嗯，只是个念头，我觉得它也许是字典里查不到的方言或脏话。”

“你觉得它有可能是什么脏话？你又是什么时候想到这个念头的？”

“就你聪明，不关你事。”

“你脸红了。”

“我知道，我能感觉到。我得到的教训是千万别帮朋友解决谋杀案。”

“好心不得好报。”

“老话就是这么说的。马丁·艾尔伯特·里科内、查尔斯·奥蒂斯·琼斯，他用的是这两个名字吗？”

“欧文。查尔斯·欧文·琼斯。”

“你认为名字有某种含义？”

“肯定有什么含义。就算他是疯子，这么精心编造的细节也必然有什么含义。”

“就像韦恩堡和史密斯堡？”

“对，就像韦恩堡和史密斯堡，但我觉得他用的那些名字还有更重要的意义。里科内这个名字太不寻常了。”

“也许他本来要写里科的。”

“我想到过这个可能性，黄页里倒是有很多里科，也许他来自波多黎各。”

“有什么不可能的？满街都是波多黎各人，也许他是卡格尼的影迷。”

“卡格尼？”

“他垂死的一幕。‘圣母在上，这就是里科的末日吗？’[1]忘记了？”

“主角是爱德华·G.罗宾逊演的吧？”

“也许吧。每次看午夜场我总是喝得烂醉，华纳兄弟那些电影里的匪徒在我脑袋里混成一团。反正肯定是某个卵大包天的硬汉。‘圣母在上，这就是——’”

“好一双卵蛋。”我说。

“什么？”

“我的天哪。”

“怎么了？”

“这家伙够逗的。真他妈够逗的。”

“你到底在说什么？”

“凶手。C. O. Jones和M. A. Ricone，我还以为它们是人名。”

“不是吗？”

“Cojones。Maricón。”

---

1 美国电影《小凯撒》（1931）里主角里科的临终遗言，主角由爱德华·G.罗宾逊扮演。

“这是西班牙语。”

“对。”

“Cojones的意思是‘卵蛋’，对吧？”

“而maricón是‘基佬’，不过结尾好像没有字母 e 。”

“结尾加e也许更加恶毒。”

“也许他只是拼写很烂。”

“嗯，妈的，”她说，“是人就有缺点嘛。”

30

上午十点来钟，我回旅馆冲澡刮脸，穿上我最像样的一身正装。我赶上了中午的戒酒会活动，在街边吃了个萨布莱特热狗，走到七十二街和百老汇大街路口，按约定在一个木瓜摊前和简会合。她穿着一条鸽羽灰夹黑线的针织裙。我从未见过她穿得这么正式。

我们拐过路口走向库克殡仪馆，一位穿黑衣的年轻人接待了我们。他面带职业的同情，知道我们属于哪个痛失亲友的群体，领着我们穿过走廊，来到三号套房。敞开的门上有个插槽，上面的卡片写着“亨德莱克斯”。房间里，中央过道两列各有六排座椅，一排四把椅子。前面讲台左侧的架高平台上是打开盖子的灵柩，灵柩周围摆满了鲜花。上午我订了鲜花送过来，其实根本不需要费这个心的。桑妮的鲜花够多的了，足以送禁酒时代的黑帮头目前往应许之地。

钱斯坐在右边第一排靠近过道的位置上。唐娜·坎皮昂坐在他身旁，弗兰·谢克特和玛丽露·巴克尔占据了那一排剩下的座位。钱斯穿着黑色套装和白衬衫，打着黑色丝绸窄领带。几个女人全都穿上了黑衣，不知道昨天下午他有没有带她们去购物。

我和简走进房间，他扭头看见我们，站起身来。我和简走过去，我介绍双方认识。我们尴尬地站了几秒钟，然后钱斯说："去瞻仰一下遗容吧。"同时朝灵柩摆摆头。

真会有人想瞻仰遗容吗？我走过去，简陪在我旁边。桑妮身穿颜色艳丽的裙装，躺在米色缎子内衬的棺材里。她的双手叠放在胸口，拿着一枝红玫瑰。说她的脸是用蜡雕出来的我都相信，但看上去并不比我最后一次见到她时更可怕。

钱斯站在我身旁。他说："能和你聊聊吗？"

"当然。"

简轻轻捏了一下我的手，转身走开。钱斯和我肩并肩站在那儿，低头看着桑妮。

我说："我还以为遗体还在停尸房呢。"

"他们昨天打电话给我说可以发还了。这儿的人为她化妆，一直忙到深夜。活儿干得不错。"

"嗯哼。"

"只是看上去不太像她，也不像咱们发现她那时候的样子，对吧？"

"是啊。"

"葬礼过后会火化遗体。这么处理比较简单。姑娘们看着挺不赖，对吧？她们打扮的样子。"

"看着挺好。"

“有尊严，”他说，然后顿了顿，“露比没来。”

“我注意到了。”

“她不相信葬礼。不同的文化，不同的习俗，你明白吧？另外，她这人比较自闭，几乎不认识桑妮。”

我没说什么。

“等葬礼结束，”他说，“我开车送姑娘们回家，然后咱们必须聊一聊。”

“好的。”

“知道帕克勃内吗？是个拍卖行，主馆开在麦迪逊大道上。明天有一场拍卖会，我想先去看看我也许会出价的几件物品。咱们在那儿碰头如何？”

“几点？”

“我说不准。这儿应该用不了多久，我三点能走。就四点一刻，四点半吧？”

“行。”

“哎，马特？”

我转过身。

“多谢你能来。”

仪式开始的时候，又来了十几位悼念者。一伙四个黑人坐在中间靠左边的座位上，我看见里面有基德·巴斯康，我结识桑妮的那天晚上看过他打拳。后排有两位年长的女士，比较前面有一位年长的先生单独坐着。有些孤独的人会去参加陌生人的葬礼，借此消磨时间，我猜这三位就是这种人。

仪式刚开始，乔·德金和另一个便衣警探悄悄坐进最后一排的座位。

牧师年轻得像个孩子。我不知道别人告诉了他多少逝者的生平故事，但他谈到了生命在怒放之时陡然夭折的悲剧，谈到了上帝行事神秘莫测，谈到了如此看似毫无意义的悲剧的真正受害者实际上是生者。他朗读艾默生、德日进、马丁·布伯作品和《传道书》的章节。然后他请桑妮的朋友上来说几句。

唐娜·坎皮昂念了两首短诗，我以为是她自己写的，后来发现是西尔维娅·普拉斯和安妮·塞克斯顿的，这两位诗人都死于自杀。接下来是弗兰·谢克特，她说："桑妮，我不知道你能不能听见，但有几句话我非说不可。"然后她开始讲述她多么重视死去姑娘的友谊、欢乐和对生命的热情。她开始时语气轻松快乐，最后却泣不成声，牧师不得不搀扶她下去。玛丽露·巴克尔只说了两三句话，而且音调低沉，说她后悔没能好好认识一下桑妮，希望她现在得到了安息。

接下来再没人上去。我短暂地幻想了一下乔·德金登上讲台，宣称纽约警局将如何齐心协力为死者讨回公道，但他留在座位上纹丝不动。牧师又说了几句，我没仔细听，然后一名吊唁者播放唱片，朱迪·柯林斯唱起《奇异恩典》。

来到外面，简和我走了几个街区，两人都不说话。最后我说："谢谢你陪我来。"

"谢谢你邀请我。天哪，这话听着傻乎乎的，就像毕业舞会后的对话。'谢谢你陪我来。我过得非常开心。'"她从包里取出手帕，擦擦眼睛，擤鼻子，"我很高兴你不是一个人来参加葬礼的。"

"我也是。"

“我很高兴我也去了。一方面非常悲伤，另一方面也很美。出来路上和你说话的男人是谁？”

“那是德金。”

“咦，是吗？他来干什么？”

“大概是希望能撞大运吧。你永远猜不到谁会来参加葬礼。”

“参加这场葬礼的人不多。”

“屈指可数。”

“我很高兴咱们来了。”

“嗯哼。”

我请她喝咖啡，然后送她上出租车。她说她坐地铁就行，但我还是把她塞进出租车，并给了她十块钱当车费。

帕克勃内的一名大堂服务员领我来到二楼的画廊，周五将会拍卖的非洲和大洋洲艺术品正在展览。我看见钱斯站在一套带玻璃罩的展架前，里面展示的是一组十八九个的金质小雕像。有些雕成动物模样，有些是人类和各种家居物品。有一个我记得是个男人跪坐着挤羊奶。最大的一个也可以很容易就被抓在小孩的手里，它们大多数有着某种滑稽的特性。

“阿散蒂人的黄金砝码，”钱斯解释道，“来自英国人所谓的黄金海岸。现在叫加纳了。你在商店里能看见镀金的复制品和赝品，这些是真货。”

“你打算买下来？”

他摇摇头：“它们引不起我的共鸣。我只买能引起我共鸣的东西。来，我给你看样东西。”

我们穿过展室。四英尺高的台子上摆着一个青铜雕刻的女性头颅，她鼻子宽阔而扁平，颧骨突出。她脖子上套着一圈又一圈的青铜项链，总体效果使得她的头部呈现锥形。

“这件青铜雕像来自贝宁的失落王国，”他说，“是一位女王的头部。从她佩戴的项链数量能看出她的阶层。马特，她能引起你的共鸣吗？反正引起了我的。”

我在青铜雕刻的五官中看到了力量，冰冷的力量，无情的意志。

“你知道她在说什么吗？她说：‘黑鬼，你那是什么眼神？你知道你的钱不够带我回家。’”他哈哈一笑，“拍卖前的预估是四万到六万美元。”

“你会出价吗？”

“我不知道我会不会。有几件物品是我不介意带回家的，但有时候我去拍卖行就像有些人并不想赌博，但还是来到了赛马场，只是为了晒着太阳看骏马奔跑。我喜欢拍卖会的气氛。我喜欢听落槌的砰然声响。看够了吧？咱们走。”

他的车停在七十八街的一个车库里。我们开车路过五十九街大桥，穿过长岛市。时不时能看见妓女站在路边，有些单枪匹马，有些三五成群。

“昨晚没几个出来的，”他说，“我猜她们觉得白天比较安全。”

“昨晚你来过？”

“就开车转了转。他在这附近搭上小饼干，然后开车去皇后大道，或者他走的是高速路？好像也无所谓。”

“是啊。”

我们走上皇后大道。“我想谢谢你来参加葬礼。”他说。

“是我自己想来。”

“陪你来的女人很好看。”

“谢谢夸奖。”

“简，你说她叫简？”

“对。”

“你和她是一对，还是——”

“我们是朋友。”

“嗯哼。”他在红灯前刹车，“露比没来。”

“我知道。”

“我先前说的全是胡扯，我和其他人那么说了，不想让他们听到矛盾的说法。露比跑了，她收拾细软走了。”

“什么时候的事情？”

“昨天某个时候吧。昨晚我的应答服务收到一通留言，但我昨天一整天都在跑来跑去，安排葬礼的各种事情。我觉得办得挺好的，对吧？”

“相当不赖。”

“我也这么觉得。总而言之，那个留言叫我打给露比，号码带415区码。那是旧金山。我心想，咦？于是我打过去，她说她决定向前走了。我心想她肯定在开玩笑，你明白吧？然后我开车过去查看她的公寓，她的东西全不见了。我说的是衣服，家具她没带走。哥们儿，这下我有三套公寓空置了。房屋供应短缺，人人找不到地方住，我手头却有三套公寓空置。了不起，对吧？”

“你确定和你说话的是她？”

“百分之百。”

“她确实在圣弗朗西斯科？”

“肯定是的，或者是伯克利、奥克兰之类的地方。我拨号码时加了区号。她肯定在那些地方，否则号码就不需要加区号了，对吧？”

“她说了她为什么离开吗？”

“她说她现在该向前走了，去搞她的什么玄妙东方玩意儿。”

“你觉得呢？她是因为害怕被杀吗？”

“鲍哈顿汽车旅馆就是这儿，”他指给我看，“对吧？”

“就是这儿。”

“而你来这儿正好发现了尸体。”

“尸体不是我发现的，但我在它被运走前来看了看。”

“肯定很值得一看。”

“场面并不好看。”

“那个小饼干是单干的，没有皮条客罩。”

“警方是这么说的。”

“嗯，也可能她有皮条客，但警方不知道。不过我找几个人聊了聊。她确实是单干的，就算她认识达菲·格林，也没人听说过。”他在路口向右拐，“咱们去我家，可以吗？”

“没问题。”

“我煮咖啡给咱们喝。你喜欢我上次调的咖啡，对吧？”

“相当好喝。”

“嗯，好，我再煮一壶。”

他家所在的绿点区的那个街区，白天和晚上一样安静。他按了一个按钮，车库门徐徐升起。他又按了按另一个按钮，车库门徐徐降下。我们下车，走进屋子。“我想运动一下，”他说，“做点举重。你喜欢负重锻炼吗？”

“我好几年没运动过了。”

“有兴趣过一遍动作吗？”

“我看我就算了吧。”

我叫马特，我无话可说。

“稍等一下。”他说。

他走进一个房间，出来时身穿猩红色运动短裤，拿着带兜帽的毛巾圈浴袍。我们走进他装修成健身室的房间，他用哑铃和多功能器械锻炼了十五到二十分钟。随着他的运动，汗水将皮肤变得亮晶晶的，结实的肌肉在皮肤之下起伏。

“现在我要蒸十分钟桑拿，”他说，“你没举铁，按理说是没资格蒸桑拿的，但我可以对你网开一面。”

“不了，谢谢。”

“那你去楼下等我吧？楼下比较舒服。”

他蒸桑拿、冲淋浴，我耐心等待。我研究了几件他的非洲雕塑，翻看了几本杂志。他按时出现，穿浅蓝色牛仔裤、海军蓝套头衫和绳编拖鞋。他问我准备好喝咖啡了吗。我说我半小时前就准备好了。

“很快就好。”他说。他打开机器煮咖啡，回来后坐在一个皮坐凳上。他说：“告诉你一个秘密吧，我这个皮条客做得很差劲。”

“我觉得你做得很有格调。克制，有尊严，等等。”

“我曾经有六个姑娘，现在只有三个了，而玛丽露也快走了。”

“你这么觉得？”

“我知道。哥们儿，她云游天下。你知道我是怎么说服她的吗？”

“她告诉过我。”

“她接的最初几个嫖客，她可以骗自己说她是记者，调查记者，这么做是为了实地研究。后来她认为她确实就是入行了。现在她发现了几点事实。”

“比方说？”

“比方说你有可能被杀，也有可能自杀。比方说等你死了，葬礼上只有十二个人。来参加桑妮葬礼的人实在不太多，对吧？”

“确实少了点。”

“一点不错。知道吗？要是我愿意，我可以找三倍多的人来填满房间。”

“应该吧。”

“不是应该，而是肯定。”他站起身，双手扣在背后，在房间里踱步，“我考虑过。我可以要他们最大的套房，还能把里面塞得满满当当的。上城区的人们，皮条客和妓女，还有看拳击的伙伴。我可以去告诉她那幢楼里的住户，也许有些邻居会想来和她告别。但是，你要明白，我不希望来那么多人。”

“我明白。”

“这场葬礼是为姑娘们举行的。她们四个人。安排葬礼的时候，我不知道四个人会变成三个。然后我心想，妈的，这也太凄凉了，只有我和四个姑娘。于是我通知了另外几个朋友。基德·巴斯康能来真是太好了，对吧？”

“对。”

“我去倒咖啡。”

他拿着两个杯子回来。我尝了一口，点头表示赞许。

“你可以带几磅回去。”

“上次我就说过了，我住的是旅馆房间，拿回去也没用。”

“那就给你那位女朋友，让她给你煮一杯最好喝的咖啡。”

“谢了。”

“你只喝咖啡，对吗？不喝酒？”

“最近不喝。”

“但以前喝。”

也许以后还会喝，我心想。但今天不喝。

“我也是，”他说，“我不喝酒，不嗑药，不碰任何毒品。以前样样都沾。”

“为什么停了？”

“不合我的形象。”

“哪个形象？皮条客形象？”

“鉴赏家，”他说，“艺术收藏家。”

“你怎么会这么了解非洲艺术？”

“自学的，”他说，“读我能找到的所有材料，跑来跑去拜访艺术品商人，和他们聊天。主要是我对这东西有感觉。”他想到什么，露出微笑，“很久以前，我上过大学。”

“哪所大学？”

“霍夫斯特拉。我在亨普斯特德长大。我是在贝德福-史蒂文生[1]出生，但我两三岁的时候，我父母在亨普斯特德买了幢屋子。我完全不记得贝史蒂了。”他回到坐凳上，身体向后倾斜，双手抱膝以维持平衡，“中产阶级的住宅，有草坪要修剪，有树叶要清扫，有车道要铲雪。贫民区的黑话我用得很熟练，但大体而言只是伪装。我家并不富裕，但过得很体面，还有足够的积蓄，可以送我去上霍夫斯特拉大学。”

“你学什么的？”

“主修艺术史。但我要告诉你，在那儿根本学不到任何非洲艺术。他们只提到布拉克和毕加索这些人从非洲面具中得到了大量灵感，就像印象派融汇日本浮世绘。但在我从越南回来之前，连一眼都没见过非洲雕像。”

“你什么时候去那儿的？”

“大学念完三年级后。我父亲去世了，你明白了吧？我本可以继续念到毕业，但怎么说呢，我疯得厉害，宁可退学入伍。”他的脑袋向后仰，闭上了眼睛，“我在那儿嗑了能有一吨禁药。我们什么都有。大麻卷、大麻膏、麦角酸。我最喜欢什么呢？海洛因。那儿的嗑法不一样，你可以把它卷在香烟里抽。”

“我从来没听说过。”

“唉，很浪费的，”他说，“但那儿的海洛因太便宜了。那些国家都种植鸦片，所以非常便宜。卷在香烟里抽，那叫一个飘飘欲仙。收到我母亲去世的消息的时候，我正抽得精神恍惚。她的血压一直很高，你明白吧，她中风去世了。当时我也没在打瞌睡什么的，就是抽白粉卷抽得精神恍惚了，然后收到消息，我

1 贝德福-史蒂文生：纽约布鲁克林的一个区域，简称贝史蒂。

什么感觉都没有，你明白吗？等药劲儿过去，我恢复正常，却还是什么感觉都没有。我第一次产生感觉是今天下午，坐在那儿听一个花钱雇来的牧师对着死去的妓女念拉尔夫·沃尔多·艾默生。”他直起腰，看着我，“我坐在那儿，想为我母亲大哭一场，但我做不到。我看我这辈子都不会为她哭泣了。”

他去给我们添咖啡，打断了这种情绪。他回来时说：“真不知道我为什么对你倾诉这些，就好像当你是心理医生了。你收了我的钱，现在必须听我倒苦水。”

“全都是服务的一部分。你怎么会决定要当皮条客？”

“我这么一个好孩子怎么会来做这一行？”他吃吃笑，然后停下，思考片刻，“我有个朋友，是一个白人小子，来自伊利诺伊州的奥克帕克。那地方在芝加哥郊外。”

“听说过。”

“我在他面前演戏，假装我来自贫民窟，什么坏事都做过，你明白吧？然后他死于非命。死得很蠢，我们离前线还很远，他喝醉了酒，被一辆吉普车轧死了。他死了以后我就再也不编那些故事了，我老妈去世时我就知道，等我回到家里以后不会回去念完大学了。”

他走到窗口。“我在那儿有个姑娘，”他背对着我说，“算是有点什么吧，我去她家，抽白粉卷，睡睡觉。我给她钱，说来好笑，我发现她拿了我的钱，然后给她男朋友用，我却在幻想娶这个女人，带她回美国。我不可能真这么做，但我会这么想，后来我发现她只是一个妓女。我不知道我为什么会觉得她还能是其他什么人，但男人都会做这种白日梦，你明白的。

“我考虑过要不要杀了她，可是，妈的，我不想这么做。我甚至不是特别生气。知道我是怎么做的吗？我停止嗑药，停止喝酒，戒了所有搞坏我脑子的东西。”

“就这么简单？”

“就这么简单。然后我问自己，好了，你想成为什么人？画面渐渐成形，你明白吗？这儿几根线条，那儿几根线条。服役期剩下的时间里，我是个乖乖听话的小兵。然后我退役回国，开始创业。”

“也是自学的？”

“妈的，我凭空制造了一个我。我给自己起名叫钱斯。我生下来有姓氏，有中间名，有本名，但没一个是钱斯。我给自己起了个名字，创造出一种风格，其他的细节自然会长出来。拉皮条这种事很容易学习，整件事的核心是权力。你只需要假装你已经有了权力，女人就会贴上来，把自己交给你。实际上就是这么一回事。”

“你不需要戴一顶紫色帽子[1]吗？”

“打扮成那个样子也许更容易入行。然而，当你存心和刻板印象对着干时，别人就会觉得你是个特殊人物。”

“你是吗？”

“我对姑娘们一向公平。从不打她们，也不威胁她们。金想退出，你说我做了什么？我对她说你尽管走，上帝保佑你。”

“有着黄金之心的皮条客。”

“你觉得在开玩笑，但我确实关心她们。另外，哥们儿，我

---

1 紫色帽子：流行文化中皮条客的典型装束包括毛皮大衣、雪茄、颜色夸张（例如紫色或绿色）的宽檐帽等。

的人生曾经过得像个美梦。真的。”

“现在也还是。”

他摇摇头。“不，”他说，“正在离我而去。整个美梦都在离我而去，我再怎么使劲也留不住。”

31

我们离开翻建成住宅的消防站，我坐后排，钱斯戴了顶司机帽。开了几个街区，他靠边停车，把帽子塞进手套箱，我换到前排的乘客座上。这会儿的通勤车流已经变得稀疏，我们很快就开到了曼哈顿，车里变得异常安静。我和他有点疏远，也许是因为我们交换的心事超过了两个人的预期。

旅馆前台没有留言。我上楼换衣服，出门时犹豫片刻，但还是从梳妆台抽屉里取出了那把点三二。带一把我似乎无法使用的枪有什么意义吗？我想不出来，但还是把枪放进了口袋。

我下楼买报纸，想也不想地拐弯，走进阿姆斯特朗酒馆，找了张台子坐下。还是我平时坐的那张角落桌子。翠娜走过来，说好久不见。我点了芝士汉堡、小份色拉和咖啡。

她走向厨房，我眼前忽然出现了马天尼的幻象——不兑水，特别干，冰凉，装在高脚杯里。我能看见它，能闻到杜松子的香味和柠檬皮的芬芳。我感觉到几口喝干的舒爽刺激。

我的天，我心想。

喝酒的冲动来得快去得也快。我认为这是条件反射，是对阿姆斯特朗酒馆的氛围的本能反应。我在这儿喝了很长时间，灌下去那么多酒，上次喝醉后老板对我下了禁令，我从此再也没进过他们的店门。我会想到喝酒是再自然不过的反应，并不等于我非得喝一杯不可。

我吃完饭，又要了一杯咖啡。我读报，付账单，留下小费。现在该去圣保罗教堂了。

今天的见证是美国梦的酗酒版。讲话者来自马萨诸塞州的伍斯特，穷苦出身，努力奋斗念完大学，在一家电视广播公司向上爬到副总裁，然后酗酒毁了这一切。他一路跌到底，最后落得在洛杉矶的潘兴广场嘬固体酒精度日，还好他找到匿名戒酒会，生活总算回到正轨。

要是我能集中精神听讲，肯定会大受鼓舞。然而我的注意力总是溜号。我想到桑妮的葬礼，想到钱斯对我说的话，我发现我的思绪在整个案子上打转，企图理清它的千头万绪。

真该死，答案就摆在我面前。我只是没有从正确的角度去看。

讨论环节开始，没等轮到我发言，我就离开了。今晚我甚至没兴趣说我叫什么。我走回旅馆，花了一两分钟克制去阿姆斯特朗酒馆坐一坐的冲动。

我打给德金，他出去了。我没有留言就挂断电话，然后打给简。

没人接。好吧，她的戒酒会估计还没结束。散会后她多半要出去喝咖啡，到家很可能是十一点以后了。

我可以在我的戒酒会上一直待到结束，然后和另外几个人去喝咖啡。说起来，这会儿我还是可以去找他们。他们经常去的科布角咖啡馆离我并不远。

我想了一会儿，得出的结论是我其实并不想去。

我拿起一本书，但一个字都看不进去。我扔下书，脱衣服，进卫生间冲澡。然而老天在上，我根本不需要洗澡，我早上刚洗过，一整天我做过的最出力气的事情就是看钱斯举重。我他妈为什么要洗澡？

我关掉热水，重新穿衣服。

老天在上，我觉得我像被关在铁笼里的狮子。我拿起电话。我想打给钱斯，但你没法直接打给他，你必须打给他的应答服务，然后等他打回来，而我不想这么折腾。我打给简，她还是没回来。我又打给德金，他依然没回来，我还是没留言。

也许他在第十大道的那家酒吧，忙着灌黄汤舒缓情绪。我考虑要不要过去找他，但随即醒悟过来，我想找的并不是德金，而仅仅是个借口。我需要一个借口走进那个火药桶，抬起脚踩在黄铜栏杆上。

他们那儿有黄铜栏杆吗？我闭上眼睛，努力想象那家酒吧，片刻之后，它的一切同时冲进我的脑海：各种各样的气味，有泼溅的烈酒，有陈年的啤酒和尿，就是欢迎你回家的那种潮湿的酒馆气味。

我心想，你已经九天没喝了，你今天参加了两场戒酒会活动，中午晚上各一场，而你和喝一杯之间的距离从没这么近过。你他妈到底中了什么邪？

要是我去德金的酒馆，我肯定会喝酒。要是我去法雷尔或波莉或阿姆斯特朗的店里，我也会喝酒。要是我待在这个房间里，我多半会发疯，等我疯到一定程度，我会逃出这四面墙筑成的监狱，然后呢？我会跑向某一家酒吧，然后开始喝酒。

我强迫自己待在房间里。我已经熬过了第八天，我没有理由无法熬过第九天。我坐在那儿，不时看手表，有时我两次看表的时间能隔着整整一分钟。等到十一点，我下楼叫了辆出租车。

十三街和莱克星顿大道路口的摩拉维亚教堂每晚都有戒酒会的午夜活动，教堂在聚会开始前一小时开门。我走进教堂，找了个座位坐下，等咖啡煮好了，我过去倒了一杯。

我的注意力没有放在见证和讨论上。我只是坐在那儿，让自己感觉安全。房间里有很多人刚开始戒酒，很多人正在经受煎熬，否则这个钟点他们为什么会待在这儿？

有一些人还没有停止喝酒。他们不得不把这么一位老兄请出去，但其他人并没有惹麻烦。这儿只是一屋子倒霉蛋，想尽量多坚持一个小时。

这一个小时结束后，我帮忙收拢折叠椅，倒空烟灰缸，另一个帮忙收椅子的人自我介绍说他叫凯文，问我滴酒不沾几天了。我说今天是我的第九天。

“了不起，”他说，“记得坚持来。”

他们永远这么说。

我走出教堂，朝一辆经过的出租车招手，他驶向路边，开始减速，我却忽然改变主意，挥手示意他开走。他把油门踩到底，扬长而去。

我不想回旅馆房间。

于是我向北走了七个街区，来到金住的公寓楼，大摇大摆地从门童面前走过，自己开门进她的公寓。我知道这儿有一壁柜的烈酒，但并不觉得烦恼。我甚至不认为有必要把烈酒倒进水槽，就像上次我对待那瓶野火鸡那样。

我走进她的卧室，翻看她的首饰。我并没有在寻找那枚祖母绿戒指。我拿起象牙手链，解开搭扣，套在我的手腕上比尺寸。对我来说太小了。我从厨房拿了几张纸巾，仔细包好手链，然后装进衣袋。

也许简会喜欢。我想象过几次她戴着这个手链的样子——在她的住处，在葬礼上。

要是她不喜欢，她当然可以不戴。

我走过去拿起电话。服务还没切断。我估计迟早会切断，这套公寓迟早会重新打扫，金的物品会被搬走。但此刻公寓依然保持原状，就好像她只是暂时出去了。

我挂上电话，没有打给任何人。三点左右，我脱掉衣服，躺在她的床上睡觉。我没有换床单，她的气味仍旧依稀可辨，我觉得它构成了房间里的某种存在。

即便如此，这也无法让我保持清醒。我立刻坠入梦乡。

我醒来时浑身是汗，深信我在梦里解决了案件，只是忘记了答案。我冲澡，穿衣服，离开那里。

我住的旅馆有几通留言，全都来自玛丽露·巴克尔。昨晚我刚出门她就打来电话，今天一早又打了两次。

我打过去，她说："我一直在找你。我本来想打到你女朋友家的，但我不记得她姓什么了。"

“黄页里没登记她的号码。”再说我也不在那儿，我心想，但没说出口。

“我想联系钱斯，”她继续道，“我觉得你也许和他交谈过。”

“自从昨晚七点左右就没再谈过。怎么了？”

“我找不到他。他唯一的联系方式就是打给应答服务——”

“我也只知道这个方式。”

“哦。我以为你也许有他的紧急号码。”

“只有服务号码。”

“我打过了。平时他总会回电话的。我留了——天哪，我也不知道我留了多少次言，但他一直没有打回来。”

“以前发生过这种事吗？”

“他从来没有这么久不联系我。我从昨天下午晚些时候开始找他，现在几点，十一点了？那就是十七个多小时了。他不可能那么久都不查应答服务的。”

我回想我们在他家的谈话。我们在一起的时候他查过应答服务吗？好像没有。

以前他每隔半小时就会查一次的。

“而且不仅是我，”她说，“他也没有打给弗兰。我问过她，她找过钱斯，但钱斯一直没有打回来。”

“唐娜呢？”

“她在我这儿，我们都不想一个人待着。还有露比，我不知道露比去哪儿了，她不接电话。”

“她在圣弗朗西斯科。”

“她在哪儿？”

我大致解释了一下，然后听她向唐娜转述。“唐娜引用了叶芝，”她说，“‘一切分崩离析，中心难以维系’，连我都记得这句。相当贴切。所有的地方，一切分崩离析。”

“我来试试看找钱斯。”

“找到了以后打个电话给我？”

“好的。”

“唐娜会待在我这儿，我们暂停接客，就算有人敲门也不开。我已经跟门童说过了，不要让任何人上来。”

“很好。”

“我请弗兰过来，但她不愿意。她听上去像是嗑大了。我会再打给她，我会命令她过来，而不是邀请她。”

“好主意。”

“唐娜说这就像三只小猪躲在砖房里，等着大灰狼从烟囱滑下来。我宁愿她继续引用叶芝。”

打给钱斯的应答服务毫无用处。他们乐于听写留言，但不肯透露钱斯最近有没有打过电话。“他应该很快就会打过来，”一个女人说，“我会确保他收到你的留言。”

我打给布鲁克林的查号台，问到绿点区那幢屋子的号码。我拨过去，电话铃响了十二声。我记得他说过他早就取掉了电话铃上的铃锤，但试一试总归没有坏处。

我打给帕克勃内。非洲与大洋洲艺术品及工艺品的拍卖会定于下午两点开始。

我冲澡，刮脸，吃面包卷，喝咖啡，看报纸。《邮报》想办法把旅馆开膛手留在了头版，但不得不说做得有些牵强。布朗克斯的贝德福公园有个男人用厨刀捅了妻子三刀，然后打电话告诉警察他做了什么。通常来说这种事顶多只会在二版占据两段，但《邮报》把它放在头版，用耸人听闻的头条帮大家思考：他得到了旅馆开膛手的启发吗？

我去参加了十二点半的活动，两点过几分来到帕克勃内。拍卖会在另一个大厅举行，而不是展览拍卖品的那个陈列室。你必须有拍品目录才能得到座位，而目录一份要卖五块钱。我解释说我来找人，然后扫视大厅。钱斯不在。

领座员不希望我在这儿转悠，除非我肯买一份目录，与其和他争论，还不如买一份算了。我给他五块钱，结果他要我登记和领取出价者号码。我不想登记，也不想要出价者号码，我他妈也根本不想要什么目录。

我在拍卖会上坐了近两小时，看着一件接一件拍品落槌拍出。两点半，我差不多敢确定钱斯不会来了，但我还是留在了座位上，因为我想不出还有更好的事情可以做。我只把最小的一部分注意力放在拍卖上，每隔几分钟就左右张望一遍找钱斯。三点四十分，贝宁的青铜头像开始拍卖，以六万五千美元售出，价钱只比预估略高一点。它是整个拍卖会的亮点，售出后有好几位出价者起身就走。我又待了几分钟，我知道钱斯不会来了，我只是在努力拼凑我已经拼凑了两三天的线索。

我觉得我已经拿到了拼图的所有碎片，现在的问题是该怎么拼在一起。

金。金的戒指和貂皮夹克。Cojones。Maricón。毛巾。警告。卡尔德伦。小饼干布鲁。

我起身离开。穿过大堂的时候，一张台子吸引了我的注意力，台子上摆着过往拍卖会的目录。我拿起今年春天一场珠宝拍卖会的目录翻看。目录没有给我任何提示。我把它放回去，问大堂工作人员，这儿有没有驻馆的宝石和首饰专家。“你不妨去找希尔奎斯特先生。”他说，然后告诉我他的房间号码和该怎么走。

希尔奎斯特先生面前是一张整齐干净的办公桌，像是一整天都在等我来咨询他。我先做自我介绍，然后说我希望他能大致估计一下一块祖母绿的价值。他问他能不能看一眼那块宝石，我解释说我没带在身边。

“那你必须带来给我看看才行，”他解释道，“宝石的价值取决于许多因素。大小、切工、颜色、火彩——”

我的手伸进口袋，碰到点三二手枪，摸索着找到那块绿色玻璃。“差不多就这么大。”我说。他戴上珠宝商的单眼放大镜，从我手中接过那块玻璃。他看了一眼，整个人顿时变得僵硬，用另一只眼睛警惕地盯着我。

“这不是祖母绿。”他小心翼翼地说。听他的语气，坐在他对面的更有可能是个小孩，或者疯子。

“我知道，这是一块玻璃。”

“当然。”

“我说的那块宝石就差不多这么大。我是一名侦探，想知道一枚戒指的大致价值，我见过这枚戒指，但它失踪了，我——”

“哦，”他松了一口气，“有一瞬间我还以为——”

“我知道你怎么以为。”

他取下单眼放大镜，放在面前的桌上。“你坐在这儿，”他说，“就只能看大众的脸色过日子了。你不会相信都有什么人走进来，给我看什么东西，问我什么问题。”

“我能想象。”

“不，你不能。”他拿起那块绿色玻璃，看着它摇摇头，“我还是没法给你一个价值。大小只是几个考量因素之一。还有颜色、透明度和火彩。你确定那是一块祖母绿吗？你测试过硬度吗？”

“没有。”

“所以也有可能是彩色玻璃。就像，呃，你给我的这件宝贝。”

“据我所知，这是一块玻璃。我想知道的是，假如它是一块祖母绿，那它能值多少钱？”

“我好像明白你的意思了。”他对着那块玻璃皱起眉头，“你必须理解，我的一切发言都必须避免确定性的数字。你要明白，即便假定这是一块真正的祖母绿，价值也还是很难估计。有可能极为值钱，也可能近乎一文不值。比方说，它有可能有着严重的缺陷，甚至仅仅是一块等级非常低的宝石。有些邮购公司以便宜得可笑的价钱按克拉销售祖母绿，四五十美元一克拉，卖的自然是蹩脚货。但它们依然是真正的祖母绿，无论多么不值钱，也仍旧是宝石。”

“我明白了。”

“就算是宝石级的祖母绿，价值也有可能千差万别。你可以花——”他掂量一下那块玻璃的分量，“几千美元买这么一块宝石，而且品质还很好，不是北卡罗来纳州西部产的工业级刚玉。但另一方面，假如这块祖母绿是最高等级的，颜色最好，火彩完美，没有瑕疵，甚至不是秘鲁产，而是最优秀的哥伦比亚祖母绿，能卖到四五万甚至六万美元。不过这依然是大致估计，做不得准的。”

他还有其他话想说，但我已经不想听了。他实际上没有告诉我任何消息，没有在拼图里加上新的碎片，但他好好地摇了一下装碎片的盒子。现在我知道所有碎片都该摆在哪儿了。

我拿上那块方形的绿色玻璃，起身离开。

32

晚上十点半左右，我走进西七十二街的普根夜总会，又走了出来。差不多一小时前，细雨开始纷纷扬扬地洒落。街上的大多数人打着雨伞。我没带伞，但我有帽子，我在人行道上站住，扶正帽子，拉直帽檐。

街对面停着一辆水星轿车，引擎没有熄火。

我向左转，走向鸟冠。我看见丹尼男孩坐在里面的一张台子旁，但还是走到吧台前问他在不在。我的嗓门肯定太大了，因为人们都在扭头看我。酒保指了指店堂后面，我走过去在他旁边坐下。

他已经有伴儿了。同一张台子旁有个狐媚子脸的苗条姑娘，头发和丹尼男孩的一样白，但要为她的白发负责任的不是大自然。她的眉毛都快被拔得一根不剩了，额头闪着亮光。丹尼男孩介绍说她叫布莱娜。“和安吉娜（angina，心绞痛）押韵，”他说，“当然还有其他的娜。”她微笑，露出细小尖利的犬牙。

我拖出一把椅子，重重地坐下。我说：“丹尼男孩，替我传个话。金·达吉南的男朋友的事情我全都知道了。我知道是谁杀了她，也知道她为什么被杀。”

“马特，你没事吧？”

“我很好，”我说，“你知道打听金的男朋友的消息为什么这么困难吗？因为他不喜欢出来活动，这就是原因。不去夜总会，不赌博，不在外面瞎混，没有关系网。”

“马特，你喝酒了是吧？”

“你算老几，宗教裁判所？我喝没喝酒关你什么事？”

“你嗓门很大，我好奇而已。”

“好，我想告诉你金的事情，”我说，“还有她的男朋友。你看，他是做珠宝生意的。他没有发财，但也饿不死。他靠这个过日子。”

“布莱娜，”他说，“不如你去补个妆吧，几分钟就好。”

“哎，让她坐着好了，”我对他说，“我看她的妆好得很。”

“马特——”

“丹尼男孩，我告诉你的这些又不是秘密。”

“随你便。”

“这位珠宝商，”我继续道，“要是我没弄错，刚开始他只是金的嫖客，但后来情况不一样了。总而言之，他爱上了她。”

“这种事经常发生。”

“确实如此。总而言之，他坠入爱河。但另一方面，有些人找上了他。他们有一些珍贵的宝石，但不是通过海关进口的，也没有供销售用的证书。是祖母绿，哥伦比亚产的祖母绿，真正的高品质货色。”

“马特，我求求你，你能不能告诉我，你他妈为什么要跟我说这些？”

“因为这个故事很有意思。”

“你不只是在对我说，整个店堂都听得见你说的话。你知道你在干什么吗？”

我看着他。

“行啊，”过了一会儿，他说道，“布莱娜，亲爱的，你好好听着，这个疯子想给大家讲一讲祖母绿。”

“金的男朋友担任中间人，那些人把祖母绿带进美国，他负责销售。他以前也做过这种事，为自己挣了几个小钱。但现在他爱上了一个花钱如流水的女人，他有理由要搞一笔真正的大钱，所以他动了背叛的念头。”

“怎么做？”

“我不知道。也许他调换了部分宝石，也许他雁过拔毛，也许他决定劫走一批货逃之夭夭。他肯定告诉了金一些情况，因为她受到鼓舞，才会去对钱斯说她想退出。她再也不接嫖客了。要我猜，他应该是调包了，然后出国去销赃。他不在的时候，金切断了她和钱斯的联系，等他回来，他们就可以天长地久到永远了。但他这一走就再也没回来。”

“要是他再也没回来，那她是谁杀的呢？”

“他背叛的那些人。他们骗她去银河酒店的那个房间，她多半以为她去了酒店会见到爱人。她已经不卖身了，去酒店不会是为了会嫖客。事实上，她本来也很少‘送外卖’去酒店。不过，假如她接到一个电话，自称是她男朋友的朋友，说她男朋友不敢去她家，因为他认为有人在跟踪他，所以她能不能来酒店找他？”

“于是她就去了。”

"她当然会去。她精心梳妆打扮，穿戴起男朋友送她的礼物，貂皮夹克和祖母绿戒指。貂皮夹克算不上特别值钱，因为那男人并不富裕，他没钱可烧，但他有能力给她一颗好得出奇的祖母绿，因为宝石不需要花钱。他是做这一行的，他可以偷一颗走私进来的宝石，然后镶在戒指上送给她。"

"于是她就去了，结果丢掉性命。"

"没错。"

丹尼男孩喝了一口伏特加："为什么？你觉得他们杀她只是为了取回那枚戒指？"

"不。他们杀她就是为了杀她。"

"为什么？"

"因为他们是哥伦比亚人，"我说，"他们就是这么做事的。假如他们有理由做掉一个人，那么就会灭他满门。"

"我的天。"

"也许他们觉得这是某种威慑，"我说，"我能想象他们的思路。类似的案子经常上报纸，尤其在迈阿密。一家人被连锅端，就因为一个人在可卡因交易里蒙骗了另一个人。哥伦比亚是个富裕的国家，他们出产最好的咖啡、最好的大麻、最好的可卡因。"

"还有最好的祖母绿？"

"没错。金的那位珠宝商不是个已婚男人。我本来以为他是，所以才打听不到他的消息，但他根本没结过婚。也许他在爱上金之前甚至没爱过别人，也许这就是他想斩断一切重来的原因。总而言之，他是个单身汉。没有妻子，没有孩子，没有在世的父母。你想灭他满门，你会怎么做？只能杀了他的女朋友。"

布莱娜的脸色已经和头发一样白了。她不喜欢故事里有女朋友被杀。

“人杀得相当专业，”我继续道，“因为凶手处理证据非常用心。他掩盖踪迹的手法相当出色，但某些因素使得他把受害者开膛破肚，而不是仅仅掏出无声手枪飞快地开两枪。也许他对妓女有什么情结，也可能是对所有女人。总而言之，他在金身上好好发泄了一通。

“然后他清洗干净，把脏毛巾连同大砍刀一起收拾好，悄悄离开酒店。他没碰毛皮夹克和她包里的钱，但拿走了她的戒指。”

“因为戒指特别值钱？”

“或许吧。戒指算不上什么要命的证据，说不定只是一块工艺玻璃，她自己买来消遣的。然而也有可能真的是祖母绿，就算不是，凶手还是有可能认为它是。放着死者的几百块钱不拿，表示你杀人不为抢劫，这是一码事。但放着一块有可能价值五万美元的祖母绿不管，那就是另一码事了，尤其是这块祖母绿本来就属于凶手。”

“我明白你的意思了。”

“银河都会酒店的前台是个哥伦比亚年轻人，名叫奥克塔维奥·卡尔德伦。也许仅仅是巧合，现如今纽约到处都是哥伦比亚人；也许凶手选择银河酒店就是因为他认识在那儿工作的某个人。这个并不重要。卡尔德伦很可能认出了凶手，至少他足够明智，知道该闭嘴不说话。后来警察回去又找卡尔德伦谈话，他立刻消失了。有可能是凶手的朋友命令他消失，也可能卡尔德伦觉得他换个地方待着比较安全。比方说回卡塔赫纳老家，或者皇后区另一个地方的另一套寄宿公寓。”

也可能已经被杀，我心想。这个可能性同样存在，但我不这么认为。这些暴徒杀人后，喜欢把尸体留在光天化日之下。

“还有一个妓女也丢了性命。”

“桑妮·亨德莱克斯，”我说，“她是自杀的。也许是金被杀引发的，所以杀死金的凶手要为桑妮的死负上一些道德责任。但她确实是自杀的。”

“我说的是那个站街的。那个变性人。”

“小饼干布鲁。”

“就是她。她为什么被杀？为了误导你？但你本来就没跟对方向。”

“是啊。”

“那为什么呢？难道前一次杀人搞坏了凶手的脑子？打开了他的某个开关，让他想要再来一次？”

“我认为这是一部分原因，”我说，“除非第一次乐在其中，否则谁会第二次还把人大卸八块呢？我不知道他和两个受害者有没有发生性关系，但他从杀人过程中得到的刺激肯定与性有关。”

“所以他选中小饼干只是为了追求刺激？”

布莱娜的脸色又变得煞白。听见一个姑娘因为选错了男朋友而被杀已经够糟糕了，听见一个姑娘无缘无故被凶手选中就更加糟糕了。

“不，”我说，“小饼干被杀是有原因的。凶手特地去找她，经过了一群站街女，最后才选中她。小饼干是家人。”

“家人？谁的家人？”

“金的男朋友的。”

“这个珠宝商有两个情人？一个应召女郎，一个变性站街女？”

“小饼干不是他的情人，而是他的弟弟。”

“小饼干——”

“小饼干布鲁原名马克·布劳施泰因。马克有个哥哥叫艾德里安，是做珠宝生意的。艾德里安·布劳施泰因有个女朋友叫金，还有几个来自哥伦比亚的生意伙伴。”

“所以小饼干和金确实有关系。”

“当然有关系。我确定她们从没见过面。我不认为马克和艾德里安这几年有过联系，这也许能解释为什么凶手过了这么久才找到小饼干。但我知道两名被害人之间肯定存在联系。先前我对别人说，她们是骨子里的姐妹，几乎被我说中了。她们险些成为姑嫂。”

他沉思片刻，然后请布莱娜让我们单独待一会儿。这次我没有阻止。她从桌边走开，丹尼男孩示意女招待过来。他要了威士忌，问我喝什么。

“这会儿什么都不想喝。”我说。

女招待端着伏特加回来，他小心翼翼地尝了一口，然后放下酒杯。“你找过警察了。”他说。

“没找警察。”

“为什么？”

“就是还没走到那一步。”

“但你先来了这儿。”

“没错。”

“我可以守住秘密，马特，但布莱娜不知道怎么闭嘴。她觉得事情压在脑袋里不说出去就会炸开头壳，而她绝对不会冒这个险。再说你说话嗓门太大，半屋子人都能听见你的话。”

“我知道。”

“我猜到你知道。你想干什么？”

“我希望凶手知道我知道了。”

“用不了多久。”

“我要你替我传话，丹尼男孩，我很快就会出去，然后我会走回我的住处。我有可能会在阿姆斯特朗酒馆待两个小时，然后出来拐个弯，回我住的旅馆。”

“马特，你会送命的。”

“这个狗娘养的只会杀姑娘。”我说。

“小饼干只算半个姑娘，也许他很快就能杀男人了。”

“也许。”

“你要他对你下手。”

“看着像，对吧？”

“看着像是你在发疯，马特，你一进门我就想拦住你，想劝你冷静下来。”

“我知道。”

“现在大概已经来不及了。我传不传话都一样。”

“早就来不及了，我来这儿前先去了趟上城区。你认识罗亚尔·沃尔德隆吗？”

“我当然认识罗亚尔。”

“我和他聊了一阵。大家都知道罗亚尔和几个哥伦比亚人有生意往来。”

“可想而知，”丹尼男孩说，“他毕竟是做那一行的。”

“所以他们多半已经知道了。不过，为了保险，你还是去传个话吧。”

“保险，”他说，“生命保险的反义词是什么？”

“不知道。”

“死亡保险。马特，他们说不定正在外面等你呢。”

“有这个可能。”

“你为什么不拿起电话打给警察？他们可以派车来接你去某个地方录口供。那帮狗娘养的不能光拿钱不干活。”

“我要找那个凶手，”我说，“我要他和我单挑。”

“你又不是拉丁裔，要什么男子汉派头？”

“丹尼男孩，你就替我传话吧。”

“你稍等一下，”他凑近我，压低声音，“你不能不带家伙就从这儿出去。你等一下，我去给你搞个防身武器。”

“我不需要枪。”

“不，当然不需要。谁需要枪呢？你可以抢过他的大砍刀，逼着他吃下去，然后打断他的两条腿，扔他在小巷里等死。”

“差不多吧。”

“不需要我给你搞把枪？”他盯着我的眼睛，“你本来就有，而且带在身上。对吧？”

“我不需要枪。”我说。

我确实不需要枪。走出鸟冠，我把手伸进口袋，抚摸点三二小枪的枪身和枪管。谁需要这东西呢？这么一把小枪本来也谈不上有多少威力。

尤其是你还没法逼着自己扣动扳机。

我走出酒吧。外面还在下雨，但没先前那么大了。我拉正帽檐，仔细扫视周围。

水星轿车停在马路对面。我从撞弯的保险杠认出了这辆车。我站在那儿的当口，司机发动了引擎。

我走向哥伦布大道。等红灯的时候，我看见水星轿车掉了个头，正在向我开近。绿灯亮了，我穿过马路。

我手里握着枪，手揣在口袋里。我的食指放在扳机上。我记得不久前扳机在我的手指下如何颤抖。

当时我也在这条街上。

我走向下城区。我几次回头张望，水星轿车一直跟在我背后，保持不到一个街区的距离。

我一直没有放松下来，但走到我上次拔枪的那个街区时，我变得格外紧张。我忍不住要回头看，总觉得会见到一辆车开足马力冲向我。有一次我听见刹车的吱嘎声响，不由自主地原地转身，随即意识到声音来自足足两个街区之外。

神经过敏。

我经过上次我卧倒翻滚的位置，我看了看酒瓶摔碎的地方。那儿还有几块碎玻璃，但我无法确定是不是上次那些碎玻璃。每天都有很多人摔碎酒瓶。

我一直走到阿姆斯特朗酒馆。来到店里，我点了山核桃馅饼和咖啡。我的右手一直揣在口袋里，眼睛扫视房间，仔细端详每一个人。吃完馅饼后，我把右手又放回口袋里，用左手喝咖啡。

过了一阵，我又点了一杯咖啡。

电话响了。翠娜接听，然后走向吧台。吧台前有个暗金色头发的壮汉，翠娜对他说了句什么，他走过去接电话。他和对方谈了几分钟，环顾四周，然后走向我的桌子。他的双手都放在我能看见的地方。

他说："你是斯卡德吗？我叫乔治·莱特纳，咱们应该没见过。"他拖出一把椅子坐下，"刚才是乔打过来的。外面没动静，完全没有。他们躲在水星车里盯着，他还在街对面二楼的窗户里安排了两个神枪手。"

"很好。"

"这儿有我，前面的一张桌子还有两个弟兄。我猜你进来时就认出我们了。"

"我认出他们了，"我说，"我猜你不是警察就是凶手。"

"我的天，好想法。这地方不错。你经常在这儿消磨时间？"

"没以前那么常来了。"

"这儿很舒服。等我除了咖啡还能喝其他东西的时候，我一定会再来坐坐。他们今晚卖掉了很多咖啡，有你，有我，还有前面那两位。"

"他们的咖啡挺好喝。"

"对，确实不错，比分局的狗屁东西好多了。"他用Zippo打火机点了支烟，"乔说其他地方也没动静。有两个弟兄在下城区守着你女朋友，东区的三个妓女也有人盯着。"他咧咧嘴，"我们也只能保护到这一步了。不可能面面俱到，对吧？"

"我看也是。"

"你打算在这儿待多久？乔估计那家伙要么已经准备好了，要么今晚就不会动手了。从这儿到旅馆的每一步我们都能罩着你。当然了，我们不能保证没有狙击手从屋顶或高处的窗口开枪。早些时候我们扫过一遍屋顶，但没法打包票。”

“我不认为他会从远处下手。”

“那咱们也就没什么可担心的了，再说你还穿着防弹背心呢。”

“对。”

“肯定有用。当然了，是网眼型的，未必能挡住刀子，但我们不会允许他靠你那么近。我们估计假如他要动手，多半是在从这儿到你旅馆的门口之间。”

“我也这么估计。”

“打算什么时候上火线？”

“再过几分钟，”我说，“让我喝完这杯咖啡。”

“听着，”他站起身，“管他妈的，好好享受。”

他回到吧台前的座位上。我喝完咖啡，起身走向卫生间。我在卫生间里检查那把点三二，确定击铁底下有一颗子弹，后面还有三颗等着上阵。我可以找德金再要两颗子弹，填满剩下的空弹仓。说到枪，他可以给我一把火力更强劲的大枪，但他不知道我身上有一把点三二，我也不想告诉他。按照目前的布置，我不会有机会朝任何人开枪。凶手会径直扑进我们的怀抱。

但事情不会那么发生。

我付账，留下小费。我们的布置不会奏效。我能感觉到。那个狗娘养的不在外面。

我走出店门，雨势又小了些。我望向水星轿车，扫视街对面的建筑物，琢磨警方的神枪手会埋伏在哪儿。无所谓。他们今晚不会有任何事情可做，我们的猎物不会上钩。

我向南走到五十七街，我贴着路沿走，免得他埋伏在某个黑黢黢的门洞里。我走得很慢，希望我猜得对，他不会尝试远距离暗杀，因为防弹背心未必能挡住所有子弹，况且假如对方瞄准的是头部，那就更加毫无用处了。

不过没关系。他不在这儿。妈的，我知道他不在。

话虽如此，我走进旅馆大门时还是松了一口气。我一方面或许有点失望，但另一方面也如释重负。

旅馆大堂里有三个便衣警察。他们立刻表明身份，我和他们站着聊了几分钟，然后德金单独走进旅馆。他和他们之中的一个交头接耳谈了几句，然后走向我。

"我们扑空了。"他说。

"似乎是的。"

"妈的，"他说，"我们没留下多少漏洞。也许他闻到了什么异样，但我不知道他是怎么做到的。也许他昨天就飞回波哥大老家去了，咱们设陷阱想抓的人已经在另一块大陆了。"

"有可能。"

"总而言之，你去睡一觉吧，只要你还没紧张到没法休息的地步。喝两杯，不省人事睡个八小时。"

"好主意。"

"弟兄们一整个晚上都守着大堂。没人来访，也没人登记入住。我会留个人在楼下过夜。"

"你觉得有这个必要？"

"我觉得反正没坏处。"

"随你便。"

"我们已经尽力了，马特，要是咱们能把那个狗娘养的骗出来，这么折腾一场当然很值得，因为天晓得全城搜捕祖母绿走私犯能有什么结果。运气这东西，有时候有，有时候就是没有。”

“我知道。”

“我们迟早会逮住那个王八羔子。你知道的。”

“当然。”

“很好。”他说，尴尬地换只脚站着，“呃，那什么，你去睡一觉吧，好吗？”

“当然。”

我乘电梯上楼。凶手不在南美洲，我心想。我他妈打心底里清楚，他不在南美洲。他就在纽约，他还会杀人，因为他喜欢杀人。

也许他以前也杀过人；也许金是他的第一次，让他发现杀人的感觉很好。但他确实喜欢杀人，因为他以同样的方式再次行凶，而下次他就不需要借口了。只需要一个猎物、一个旅馆房间和他忠实可靠的大砍刀。

喝两杯吧，德金是这么建议我的。

但我根本不想喝酒。

十天了，我心想。你滴酒不沾去上床，那就是十天了。

我从口袋里掏出枪，放在梳妆台上。象牙手链还揣在另一个口袋里，我把它拿出来，放在枪的旁边，手链还用金的厨房纸巾包着。我脱掉长裤和上衣，挂在衣柜里，然后脱掉衬衫。防弹背心脱起来麻烦，穿起来不方便，我认识的大多数警察都不喜欢穿它。但另一方面，也没人喜欢中弹。

我脱掉防弹背心，搭在梳妆台上，紧挨着枪和手链。防弹背心不但笨重，而且隔热，我在它底下汗流浃背，内衣的腋窝底下有两团汗渍。我脱掉内衣、短裤和袜子，有什么东西咔嗒一响，我脑袋里的警报器顿时狂叫，我转向卫生间，它的门刚好被踹开。

他扑了出来。一个魁梧男人，橄榄色的皮肤，眼神狂乱。他和我一样浑身赤裸，手里抓着一把大砍刀，一英尺长的刀锋寒光闪烁。

我抓起防弹背心扔向他。他挥动大砍刀，拍开防弹背心。我从梳妆台上抓起枪，躲开他的攻击。刀锋划着弧线下落，与我擦身而过，他再次举起手臂，我把四颗子弹打进他的胸膛。

33

地铁LL线始于第八大道，沿着十四街穿过曼哈顿，然后一路蜿蜒，在卡纳西开出地面。它过河后来到布鲁克林，第一站位于贝德福大道和北第七街的路口。我在那儿下车，走了一圈，最后总算找到他家。找他家花了我不少时间，我拐错了几个弯，不过天气不错，挺适合散步，阳光普照，晴空万里，空气中还有一丝暖意，与前几天大不相同。

车库右边有一扇没有窗户的沉重大门。我按门铃，但没人应门，我也听不见屋里有门铃在响。他是不是说他切断了门铃？我又按了一下，还是鸦雀无声。

门上有个黄铜门环，我拿起来叩了叩。依然毫无反应。我拢起手喊道：“钱斯，开门！是我，斯卡德。”然后我继续敲门，既用门环，也用拳头。

门无论看上去还是摸起来都非常结实。我试着用肩膀顶了顶，觉得自己没法踹门而入。我可以打破一扇窗户爬进去，但这儿是绿点区，邻居多半会报警，甚至拿起枪，自己过来解决。

我接着砸门。忽然响起了马达声，绞盘开始提起按钮控制的车库门。

“这边走，”他说，“别他妈把我的门砸坏了。”

我从车库进去，他按了个按钮，重新放下车库门。“我的前门打不开的，”他说，“我没给你看过吗？用铁条什么的彻底封死了。”

“要是失火那可就太棒了。”

“失火我会跳窗的，但你听说过消防站失火吗？”

他还是我上次见到他的那身打扮，浅蓝色牛仔裤和海军蓝的套头衫。“你忘拿咖啡了，”他说，“或者是我忘记给你了。前天，还记得吧？你本来要带几磅回家的。”

“哦，对，我忘了。”

“给你女朋友，那个好看的女人。我煮了咖啡，要喝一杯吗？”

“谢了。”

我跟着他走进厨房。我说：“你这家伙可真难找。”

“哦，我就是不再查我的应答服务了。”

“我知道。这两天你听过新闻节目吗？或者看报纸了吗？”

“这两天没有。你喝黑咖啡，对吧？”

“对。钱斯，到处都是这个消息。”他闻言望向我，“我们逮住那家伙了。”

“那家伙，也就是凶手。”

“对。我觉得应该过来一趟，亲口告诉你。”

“哦，”他说，“我很乐意听一听。”

我讲了一遍前后经过，细节相当完满。现在我已经习惯了。此刻是下午三四点，自从凌晨两点我把四颗子弹打进佩德罗·安托尼奥·马奎斯的胸膛以来，就一直在各个地方讲述这个故事。

"所以你杀了他，"钱斯说，"有什么感想？"

"现在还太早，很难说。"

但我知道德金的感想。他不可能更加高兴了。"这种人死了，"他是这么说的，"你知道他们不会过个三年就回到街上，然后再次犯案。而且这次这个是他妈该死的禽兽。他尝到了血的味道，发现他很喜欢。"

"是同一个人吗？"钱斯想得到确认，"没有任何疑问？"

"没有。鲍哈顿汽车旅馆的经理做了指认。潜指纹也对得上两份样本，一份是在鲍哈顿采的，一份是在银河酒店采的，因此确定了他和两起杀人案的关系。另外，那把大砍刀就是两起杀人案的凶器。警方在刀身与刀柄相接的地方找到了微量血迹，血型符合金或小饼干的，我忘记具体是谁了。"

"他是怎么混进你住的旅馆的？"

"大摇大摆穿过大堂，坐电梯上楼。"

"警察不是在监视那地方吗？"

"是的。他就从他们面前走过，到前台取钥匙，上楼回房间。"

"他是怎么做到的？"

"全世界最简单的办法，"我说，"他前一天就登记入住了，免得有什么意外。他在做各种准备工作。他收到风声说我在找他，就回到我住的旅馆，上楼去他的房间，然后去我的房间，自己开门进去。我那个旅馆的门锁算不上什么挑战。他脱掉衣服，磨好大砍刀，等我回来。”

“险些就成功了。”

“也应该成功的。他可以等在门背后，我还没反应过来就被他砍死。他也可以在卫生间里再待几分钟，等我上床再动手。然而杀人对他的刺激太大了，结果毁了他。他希望他杀我的时候我和他都赤身裸体，因此他守在卫生间里，但他等不及我上床了，因为他过于兴奋，根本按捺不住。当然了，假如我不是手边刚好有枪，肯定会死在他手上。”

“他不可能是单独作案的。”

“就杀人而言，他确实是单独作案的，走私祖母绿方面他肯定还有同伙。警察在找他们，也许能有结果，也许不会有。但就算查到了，恐怕也很难针对任何人立案。”

他点点头：“那个哥哥后来呢？就是金的男朋友，所有事情的起点？”

“他始终没有露面。很可能已经死了，也许还在亡命天涯，他会活到被他的哥伦比亚朋友找到为止。”

“他们会找到他吗？”

“多半会。他们出了名地不屈不挠。”

“那个酒店前台呢？叫什么来着，卡尔德伦？”

“对。嗯，假如他躲在皇后区的某处，就会在报纸上读到消息，然后回去要求重新上班。”

他想说什么，想了想又停下，他带着我俩的杯子去厨房倒咖啡。他端着两杯咖啡回来，给我一杯。

“你熬夜了。”他说。

“一整夜。”

“一直没睡？”

“还没有。”

“我坐在椅子里一阵一阵打瞌睡，但上床就睡不着了，连躺着都不行。我去健身，洗桑拿，冲澡，又喝一杯咖啡，然后坐着发呆。就这么周而复始。”

“也不再打给你的应答服务了。”

“对，也不再打给我的应答服务了。我不再出门。我好像吃过东西，从冰箱里翻出些东西，不知不觉吃了下去。金死了，桑妮死了，那个小饼干死了，她哥哥，也就是金的男朋友，叫什么我忘记了，他大概也死了。还有你开枪打的那家伙，我忘了他叫什么。”

“马奎斯。”

“马奎斯死了，卡尔德伦失踪了，露比在圣弗朗西斯科。现在的问题是钱斯在哪儿，答案是我实在不知道。我在哪儿无所谓，反正不在这个行当里了。”

“姑娘们都挺好。”

“多谢你告诉我。”

“玛丽露不打算再接客了。她很高兴有过这段经验，从中学到了很多，但她准备好进入人生新阶段了。”

“好，很好，我给她打过电话了。我没在葬礼后告诉你吗？”

我点点头：“唐娜认为她能申请到基金赞助，还能通过读书会和工坊挣钱。她说她已经到了瓶颈期，出卖自身开始破坏她的诗性。”

“唐娜，她挺有天赋的。要是她能靠写诗过日子，那可就太好了。你说她在申请赞助？”

“她认为机会很大。”

他咧嘴苦笑：“是不是还有剩下那个要说？好莱坞刚签下了小可爱弗兰，她将成为下一个戈尔迪·霍恩。”

“也许明天吧，”我说，“目前她只想住在村里，嗑得精神恍惚，招待华尔街的好男人。”

“所以我至少还有弗兰。”

“一点不错。”

他先前一直在房间里踱来踱去，此刻他又坐回坐凳上。“我眨眨眼就能再搞来五六个姑娘，”他说，“你都不知道这有多容易。这是全世界最容易的事情了。”

“你以前告诉过我。”

“千真万确，哥们儿。有那么多女人就等着别人告诉她们该怎么过日子。我从这儿走出去，用不了一个星期，就能再给自己找来一个排的女人。”他黯然摇头，“然而有个问题。”

“什么问题？”

“我觉得我再也做不下去了。”他再次起身，“妈的，我是个多么优秀的皮条客。我喜欢这个行当。我为自己打造了一种人生，它像我自己的皮肤一样合身，但你知道我怎么了吗？”

“怎么了？”

“我长大了，它不合身了。”

“常有的事。”

“一个拉丁崽子发疯拿刀乱砍，我就没生意做了。但你知道吗？这种事无论如何都有可能发生，对吧？”

“迟早的事。”就像我肯定会离开警队，哪怕我的子弹没有杀死爱斯特丽塔·里维埃拉。“人生会改变，”我说，“顽抗似乎没什么意义。”

“那我该去做什么？”

“你想做什么就做什么。”

“比方说？”

“你可以回去念大学。”

他哈哈一笑：“学习艺术史？妈的，我可没这个兴趣重新坐在教室里。想当年我就觉得那纯属放屁，我他妈去参军就是为了逃避。你知道我前两天晚上想到什么吗？”

“什么？”

“我要生一堆火。把所有面具堆在房间中央，浇汽油，擦根火柴扔上去。像维京人似的自我了断，带走我的所有财宝。我不敢说这个念头我琢磨了很久。知道我能怎么做吗？我可以卖掉所有的东西，屋子、艺术品、汽车，换来的钱应该能让我过一段日子了。”

“应该吧。”

“但之后我该做什么呢？”

“要么你去做中间商吧？”

“你疯了吗，哥们儿？我去贩毒？我他妈连皮条都没法拉了，而拉皮条比做中间商干净一万倍。”

“我说的不是毒品。”

“那是什么？”

“非洲的那些东西。你似乎有很多这种玩意儿，我猜它们的品质都相当高。”

“我从不收藏垃圾。”

“你这么说过。你可以把它们当存货，帮你走上这条路。你对这个领域的了解足以让你入行吗？”

他皱起眉头，思考片刻。“早些时候我也考虑过这个。”他说。

“然后？”

“有很多事情我不了解，但也有很多是我了解的，而且我对这东西有感觉，你在教室或书本里都学不到这种感觉。可是，妈的，想当中间商，你需要的可不只是这个。你需要一整套举手投足的风格，一个与之相配的人格。”

“你不是凭空制造出了钱斯吗？”

“所以呢？哦，我懂了。我可以凭空制造出一个黑鬼艺术品中间商，就像我把自己塑造成一个皮条客那样。”

“你做不到？”

“当然能做到。”他又想了一会儿，“说不定能成功，但我必须学习。”

“你有时间。”

“有大把时间。”他看着我，目光灼灼，金色斑点在棕色眼睛里闪闪发亮。“天晓得我为什么会雇你，”他说，“我对天发誓，我不知道。也许是我想给自己脸上贴金，超级皮条客为手下横死的妓女复仇。要是我知道会引出什么结果——”

“很可能救了几条人命呢，”我说，“不知道这个算不算一点安慰。”

“但没能救金或桑妮或小饼干的命。”

“金本来就死了，桑妮是自杀的，出于她本人的选择。至于小饼干，马奎斯一找到她，她就必死无疑了。但假如没有我阻止他，他还会继续去杀别人。警察也许迟早会逮住他，但在此之前还会有人丧命。他自己绝对不会罢手。杀人对他的诱惑实在太大了。他举着大砍刀冲出卫生间的时候，那玩意儿硬邦邦的。”

“你说真的？”

“千真万确。”

“他硬邦邦地扑向你？”

“呃，但我更害怕的是大砍刀。”

“呃，哦，”他说，“我明白你想说什么了。”

他想给我奖金。我说没必要，他出的钱买我的时间已经绰绰有余，但他坚持要给我。别人坚持要给我钱的时候，我通常不会反对。我说我从金的公寓拿走了她的象牙手链。他哈哈一笑，说他早就忘了还有那东西，欢迎我拿走，希望我的女朋友喜欢。就当那也是我的奖金好了，他说，再加上一些现金和两磅他的特调咖啡。

“要是你喜欢那咖啡，”他说，“我可以告诉你去哪儿搞。”

他送我回城区。我本来想搭地铁，但他说他反正要去曼哈顿找玛丽露、唐娜和弗兰聊聊，收拾剩下的残局。“趁现在再享受一下我的赛威，”他说，“我多半会卖掉它，用来筹措运营资金。屋子很可能也会卖掉。”他摇摇头，“但我敢发誓，住在这儿很适合我。”

“你可以找政府借创业贷款。”

“你在开玩笑吗？”

“你是少数族裔，有些机构就等着把钱借给你呢。”

“何等了不起的念头。”他说。

他在我住的旅馆门口停车，说："那个哥伦比亚浑球，我还是没记住他叫什么。"

"佩德罗·马奎斯。"

"对，就是他。他在你住的旅馆登记时用的是这个名字吗？"

"不是，这是他证件上的名字。"

"我猜也是。就像他当过C. O. 琼斯和M. A. 里科内一样，不知道他在你身上用了什么骂人话。"

"他用的是斯塔鲁多先生，"我说，"托马斯·爱德华·斯塔鲁多。"

"T. E. 斯塔鲁多？Testarudo？这是西班牙语的骂人话吗？"

"不是骂人话，但确实是个单词。"

"什么意思？"

"顽固，"我说，"顽固，一根筋。"

"嗯，"他大笑道，"唉，妈的，他这么说你可没法怪他，对吧？"

34

回到房间里，我把两磅咖啡放在梳妆台上，然后去检查卫生间，确定里面没躲着什么人。我觉得傻乎乎的，就像老处女检查床底下一样，但我觉得我恐怕要过一段时间才能克服心障了。再说我身边也没枪了。警方当然收走了那把点三二，官方说法是枪是德金拿给我的，为了让我保护自己的安全。他甚至都没问枪的来路，我看他大概也不在乎。

我坐在椅子里，看着脚下的一块地方，马奎斯就倒毙在那儿。地毯上还有他的血迹，尸体四周用粉笔画出的轮廓线也还在地板上。

我思考我在这个房间里还能不能睡得着。我当然可以找旅馆换个房间，但我在这儿已经住了几年，早就住习惯了。钱斯说这儿很适合我，我觉得他说得没错。

我对于杀死他有什么感觉?

我想来想去，最后认为我觉得挺好的。我对那个狗娘养的儿乎一无所知。有句名言说“理解一切就能宽恕一切”，要是我知道了他的整个人生，也许就能理解他的嗜血欲望来自何方。但我不是非得宽恕他不可。宽恕是上帝的职责，不是我的。

还有一点，我终究还是能扣动扳机的。这次子弹没有乱跳，没有反弹，没有飞出去击中其他人。四枪全部正中胸膛。了不起的侦探，了不起的诱饵，最后，了不起的枪法。

不坏。

我下楼拐弯。我走到阿姆斯特朗酒馆，往橱窗里看了看，继续向前走，到五十八街再拐弯，又走了半个街区。我走进乔伊法雷尔酒吧，到吧台前站住。

店里人不多。点唱机在放音乐，男中音柔情歌手，弦乐大乐队伴奏。

“早年时光，双份，”我说，“另外要一杯水。”

我站在那儿，脑袋里什么都不想，留胡子的酒保先斟酒，然后倒酒后清水，把两个杯子放在我面前。我把一张十块钱放在吧台上。他把零钱找给我。

我看着烈酒，光线在醇美的琥珀色液体里舞动。我伸手去拿酒杯，内心有个柔和的声音喃喃低语：欢迎回家。

我缩回手。我把酒留在吧台上，从那堆零钱里挑出一毛钱。我走向公用电话，投硬币，拨简的号码。

没人接。

很好，我心想。我守住了我的承诺。当然了，有可能是我拨错了号码，也有可能是电话公司接错了线路。这种事时有发生，大家都知道。

我重新把硬币塞进投币口，再次拨号。我听着铃声响了十二下。

没人接。

可以了。我取回我的一毛钱，回到吧台前。我的零钱还是我走开时的那一堆，面前的两个杯子也没人动过，一杯波本威士忌，一杯清水。

我心想：为什么？

案子完事了，解决了，结案了。凶手再也没法杀人了。我把许许多多事情扳回了正轨，对我在破案过程中扮演的角色非常满意。我并不紧张，也不焦虑，更不抑郁。老天在上，我一切都好。

我面前的吧台上有一杯双份波本威士忌。我并不想喝酒，我甚至没想到要喝酒，而我却站在这儿，面前摆着一杯酒，我打算一饮而尽。

为什么？我他妈到底出了什么毛病？

要是我喝下这杯该死的酒，我大概会送命，最少也会进医院。也许只需要一天，也许要一周或一个月，但最后肯定是这个结局。我很清楚。我不想死，也不想进医院，此刻我却在一家小酒馆里，面前摆着一杯烈酒。

因为——

因为什么？

因为——

我把那杯酒留在吧台上，我把零钱也留在吧台上。我转身走出酒馆。

八点半，我下楼梯走进地下室，来到圣保罗教堂的戒酒会活动室。我拿了一杯咖啡和几块饼干，找位置坐下。

我心想，你险些喝酒。你已经滴酒不沾十一天，你无缘无故走进酒吧，更加无缘无故地点了一杯酒。你险些拿起那杯酒，你离开戒就差那么一丁点，你千辛万苦熬到第十一天，险些毁掉自己的全部努力。你他妈到底出了什么毛病？

主持人念完议程安排，介绍今天的发言者。我坐在那儿，竭尽全力想听他的故事，但无论如何都做不到。我的思绪一次又一次地飞向那杯波本威士忌所代表的冷酷事实。我不想喝酒，我甚至没动这个念头，但我还是被它吸引，就像铁粉被磁铁吸引。

我心想，我叫马特，我觉得我快发疯了。

发言者说完他的见证，我和众人一起鼓掌。休息时间，我去上厕所，与其说是因为内急，不如说是想避免和其他人交谈。我回到房间里，又倒了一杯咖啡，尽管我既不需要也不想喝咖啡。妈的，我两天一夜没休息过了。比起参加我根本没法集中精神听讲的戒酒会活动，睡一觉对我更有好处。

我拿着咖啡杯回去坐下。

讨论环节，我坐在那儿。人们说的话像波浪似的席卷而过。我只是坐在那儿，什么也听不进去。

然后轮到我了。

“我叫马特。”我说，然后停下，重新开始。

“我叫马特，”我说，“我酒精成瘾。”

然后全世界最他妈要命的事情发生了。我开始哭泣。

图书在版编目（CIP）数据

八百万种死法 / (美) 劳伦斯 · 布洛克
(Lawrence Block) 著；姚向辉译. -- 南京：江苏凤凰
文艺出版社, 2020.4（2025.9重印）
书名原文: Eight Million Ways to Die
ISBN 978-7-5594-4465-3

Ⅰ. ①八… Ⅱ. ①劳… ②姚… Ⅲ. ①侦探小说－美
国－现代 Ⅳ. ①I712.45

中国版本图书馆CIP数据核字 (2020) 第037417号

八百万种死法

［美］劳伦斯 · 布洛克 著　　姚向辉 译

责任编辑　丁小卉
特约编辑　徐陈健　王　品
装帧设计　李子琪
责任印制　刘　巍
出版发行　江苏凤凰文艺出版社
　　　　　南京市中央路165号，邮编：210009
网　　址　http://www.jswenyi.com
印　　刷　三河市龙大印装有限公司
开　　本　890 毫米 × 1270 毫米　1/32
印　　张　12.25
字　　数　267 千字
版　　次　2020 年 4 月第 1 版
印　　次　2025 年 9 月第 15 次印刷
书　　号　ISBN 978-7-5594-4465-3
定　　价　49.90 元

江苏凤凰文艺版图书凡印刷、装订错误，可向出版社调换，联系电话：010-87681002。